Diogenes Taschenbuch 21195

de
te
be

Muriel Spark

Vorsätzlich Herumlungern

Roman
Aus dem Englischen
von Hanna Neves

Diogenes

Titel der Originalausgabe
›Loitering With Intent‹

Die deutsche Erstausgabe erschien 1982
im Diogenes Verlag
Umschlagzeichnung von Edward Gorey

Veröffentlicht als Diogenes Taschenbuch, 1984

60/90/8/2
ISBN 3 257 21195 3

Erstes Kapitel

Eines Tages in der Mitte des zwanzigsten Jahrhunderts saß ich auf einem alten Friedhof, der noch nicht demoliert worden war, in der Gegend von Kensington, als ein junger Polizist vom Weg abging und zu mir herüber kam. Er war schüchtern und lächelte, er hätte über den Rasen kommen können, um mich zu einer Partie Tennis einzuladen. Er wollte nur wissen, was ich hier tat, aber die Frage war ihm offenbar peinlich. Ich sagte ihm, ich schreibe an einem Gedicht, und bot ihm ein Sandwich an, das er ablehnte, da er eben gegessen hatte. Er unterhielt sich ein bißchen mit mir, dann verabschiedete er sich, die Gräber hier müßten sehr alt sein, und er wünschte mir alles Gute und es sei nett, mit jemandem zu sprechen.

Das war für mich der letzte Tag eines Lebensabschnitts, aber das wußte ich damals noch nicht. Ich saß auf der Steinplatte eines viktorianischen Grabs und schrieb an meinem Gedicht, solange es noch Sonne gab. Ich hatte nicht weit von hier ein Untermietzimmer mit einem Gasofen und einem Gaskocher, die man durch vordezimalische Pennies oder Shillings, was man gerade hatte oder vorzog, in Betrieb setzte. Meine Moral war ausgezeichnet. Ich brauchte einen Job, und das hätte mich zwar bei kaltblütiger Betrachtung deprimieren können, tat es aber keineswegs. Ebensowenig wie die säuische Gesinnung meines Vermieters, eines Mr. Alexander, kurz von Gestalt. Vielleicht lauerte er mir schon wieder auf, deshalb ging ich nur ungern nach Haus. Ich war ihm keine Miete schuldig, aber er bestand beharrlich darauf, daß ich ein größeres und teureres Zimmer in seinem Haus nehmen sollte, wo ich doch mein kleines Einzelzimmer derart mit Büchern, Papieren, Schachteln und Tüten und Speisevorräten überladen hatte und den Spuren ständiger Besucher, die zum Essen blieben oder spät kamen.

Bis jetzt hatte ich mich gegen die Unterstellung des Hausherrn, daß ich gegen meine Einzelzimmermiete eigentlich ein Doppelzimmerleben führte, tapfer behauptet. Gleichzeitig war ich fasziniert von seiner säuischen Gemeinheit. Die große Mrs. Alexander hielt sich immer im Hintergrund, wenn es ums Zimmervermieten ging, sie wollte durchaus nicht für eine Zimmerwirtin gehalten werden. Ihr Haar war immer glänzend schwarz, frisch vom Friseur, ihre Nägel rot lackiert. Mit einem höflichen Nicken ging sie im Haus aus und ein, wie ein anderer, aber höher stehender Mieter. Ich trank sie geradezu in mich hinein, während ich höflich zurücklächelte. Abgesehen davon, daß sie mich in ein teureres Zimmer drängen wollten, hatte ich nicht das geringste gegen diese Alexanders. Selbst wenn er mich hinausgeworfen hätte, hätte ich nicht viel gegen sie gehabt und wäre auch dann noch hauptsächlich fasziniert gewesen. In bestimmtem Sinn hatte ich das Gefühl, daß das Schwein Alexander ganz hervorragend als solches war, sorgfältigst handverlesen. Und obwohl ich ihm bei der Heimkehr auf mein Zimmer lieber aus dem Weg ging, war mir doch klar, daß ich von einer Konfrontation, sollte sie sich ergeben, auch etwas zu gewinnen hatte. Ich spürte in meinem Inneren einen *daimon,* der es genoß, die Leute so zu sehen, wie sie waren, und nicht nur das: noch mehr so, als sie waren, und noch mehr, und mehr.

Damals hatte ich eine ganze Reihe von großartigen Freunden, voll wirklicher Güte, und wirklicher Schlechtigkeit. Ich stand so gut wie ohne Penny da, aber ich war in Hochstimmung, denn ich war erst kürzlich der Autobiographischen Gesellschaft (nicht gewinnbringend) entronnen, wo man mich für ziemlich verrückt, wenn nicht sogar schlecht, gehalten hatte. Ich werde Ihnen über die Autobiographische Gesellschaft berichten.

Zehn Monate vor dem Tag, als ich, mein Gedicht schreibend, auf den abgewetzten Gräbern der Toten in Kensington saß und mich mit dem schüchternen Polizisten unterhielt, kam »Liebe Fleur«, der Brief.

»Liebe Fleur«. Fleur war der Name, der bei der Geburt auf gut

Glück verliehen wurde, wie immer in diesen Fällen, bevor man weiß, was aus einem wird. Nicht, daß ich geradezu häßlich gewesen wäre, aber Fleur paßte einfach nicht, doch der Name gehörte zu mir, wie die Namen aller jener melancholischen Joys, jener schüchternen Viktors, jener unrühmlichen Glorias und jener materialistischen Angelas, denen man im Lauf eines langes Lebens voll Veränderung und Unterwanderung zwangsläufig begegnet; und einmal hatte ich einen Lancelot kennengelernt, der, das versichere ich Ihnen, mit Ritterlichkeit nicht das geringste zu tun hatte.

Sei dem, wie ihm wolle, »Liebe Fleur«, begann jedenfalls der Brief. »Ich glaube, ich habe einen Job für Dich gefunden! . . .« ging es weiter, äußerst langweilig. Er kam von einer wohlmeinenden Freundin, ich habe ganz vergessen, wie sie aussah. Warum hob ich diese Briefe auf? Warum? Sie sind alle säuberlich in schmalen Mappen geordnet, mit rosa Klebeband zusammengebunden, 1949, 1950, 1951, und so weiter und so weiter. Ich war zur Sekretärin ausgebildet worden; vielleicht meinte ich, Briefe müßten abgelegt werden, und sicher glaubte ich auch, daß sie eines Tages interessant sein würden. Aber in Wirklichkeit ist gar nichts an ihnen dran. So schrieb mir ungefähr um diese Zeit, kurz vor der Mitte des Jahrhunderts, eine Buchhandlung und verlangte ihr Geld, sonst würde sie »weitere Schritte unternehmen«. Damals schuldete ich mehreren Buchhandlungen Geld; manche waren nachsichtiger als andere. Ich weiß noch, daß ich damals den Brief über die weiteren Schritte recht lustig fand, wert, ihn aufzuheben. Vielleicht schrieb ich auch zurück und sagte ihnen, daß ich voll Entsetzen ihre Schritte erwarte, wie sie sich immer weiter näherten, näher, näher; vielleicht schrieb ich das auch gar nicht, sondern malte es mir nur aus. Offenbar bezahlte ich schließlich meine Schulden, denn hier liegt die Quittung, auf £ 5.8.9. Ich hatte immer Bücher begehrt; fast alle meine Rechnungen waren für Bücher. Ich besaß ein sehr seltenes Buch, das ich gegen einen Teil der Rechnung bei einer anderen Buchhandlung in Zahlung gab, denn ein Bibliophile war ich nicht; seltene Bücher interessierten mich nicht wegen ihrer Seltenheit, sondern wegen ihres Inhalts. Vieles lieh ich mir von der Öffentlichen Leihbibliothek, aber trotzdem ging ich oft in eine Buchhandlung, und in meiner Begierde, zum Beispiel die Gesammelten Gedichte von Arthur Clough oder eine neue Chaucer-Gesamtausgabe zu besitzen, ließ ich mich auf eine Unterhaltung mit dem Verkäufer ein und damit auf eine neue Rechnung.

»Liebe Fleur, ich glaube, ich habe einen Job für Dich gefunden!«

Ich schrieb an die Adresse in Northumberland und strich meine Glanzpunkte als Sekretärin heraus. Schon nach einer Woche nahm ich den Bus und fuhr damit zum Berkeley Hotel, um mich von meinem neuen Chef interviewen zu lassen. Es war sechs Uhr Abend. Ich hatte die Stoßzeit einkalkuliert und war zu früh gekommen. Aber er war noch vor mir da, und als ich zum Empfang ging, um mich nach ihm zu erkundigen, erhob er sich von einem Sessel in der Nähe und trat auf mich zu.

Er war schlank, ziemlich groß, weißhaarig, ein schmales Gesicht mit hohen, rot gefleckten Backenknochen, sonst war sein Gesicht bleich. Seine rechte Schulter schien weiter vorzustehen als die linke, gleichsam erstarrt in der Stellung des Händeschüttelns, so daß sein allgemeines Aussehen irgendwie schief war. Er hatte einen Ausdruck, der besagte, ich bin distinguiert. Name: Sir Quentin Oliver.

Wir saßen an einem Tisch und tranken Sherry. Er sagte: »Fleur Talbot – fließt französisches Blut in Ihren Adern?«

»Nein. Der Name Fleur gefiel einfach meiner Mutter.«

»Ah, interessant ... Nun ja, lassen Sie mich die Sache erklären.«

Das Gehalt, das er mir anbot, war Jahrgang 1936, aber wir schrieben 1949, moderne Zeitrechnung. Aber ich rückte das Anfangsgehalt etwas hinauf und nahm den Job auf Grund seines Versprechens einer vollkommen neuen Erfahrung.

»Fleur Talbot . . .«, sagte er damals im Berkeley. »Verwandt mit den Talbots von Talbot Grange? Der Ehrenwerte Martin Talbot, wissen Sie, wen ich meine?«

»Nein«, sagte ich.

»Nicht mit ihnen verwandt. Dann gibt es natürlich auch noch die Talbots von den Findley-Raffinerien. Diese Zuckerleute. Mit ihr bin ich sehr eng befreundet. Eine entzückende Person. Viel zu gut für ihn, wenn Sie mich fragen.«

Sir Quentin Olivers Londoner Wohnung lag in Hallam Street unweit von Portland Place. Dort übte ich also von neun Uhr morgens bis halb sechs Uhr abends meinen Job aus und kam am BBC-Gebäude vorbei, wo ich immer auf eine Stelle hoffte, aber nie eine bekam.

In Hallam Street wurde jeden Morgen die Tür von Mrs. Tims, der Haushälterin, geöffnet. Am ersten Morgen stellte Sir Quentin sie mir vor als »Beryl, Mrs. Tims«, was sie, im vornehmsten Akzent, in Mrs. Beryl Tims korrigierte, und während ich im Mantel wartend dastand, hatten sie darüber eine Auseinandersetzung, er hielt höflich daran fest, daß sie vor ihrer Scheidung Mrs. Thomas Tims gewesen wäre, und daß sie jetzt, um ganz genau zu sein, Beryl, Mrs. Tims wäre, aber keinesfalls sei es üblich, Mrs. Beryl Tims zu sagen. Worauf Mrs. Tims verkündete, sie könnte ihre Pensionsversicherungskarte, ihr Rationierungsbuch und ihre Identitätskarte vorweisen zum Beleg, daß ihr Name Mrs. Beryl Tims laute. Sir Quentin vertrat die Auffassung, die Ministerialbeamten, die diese Dokumente ausstellten, seien schlecht informiert. Er würde ihr, so sagte er, noch einmal in einem seiner Nachschlagewerke zeigen, was er unter einer korrekten Anredeform verstand. Danach wandte er sich zu mir.

»Ich hoffe, Sie sind nicht streitsüchtig«, sagte er. »Ein zänkisches Weib ist wie ein ständig triefendes Dach; so steht es in der Heiligen Schrift, entweder im Buch der Sprüche oder im Prediger Salomo, ich weiß nicht mehr wo. Hoffentlich reden Sie nicht zu viel.«

»Ich rede sehr wenig«, sagte ich, was stimmte, dafür hörte ich aber gut zu, denn ich hatte einen Roman, meinen ersten, *in larva*. Ich zog meinen Mantel aus und reichte ihn etwas von oben herab der feinen Mrs. Tims, die ihn mir mürrisch wegriß und davonstelzte, den Parkettboden mit ihren Absätzen behämmernd. Im Davongehen blickte sie verachtungsvoll auf den Mantel, der von einer billigen Sorte war, die damals unter der Bezeichnung »Utility« lief. Utility war das Gewand des Volkes, erkennbar an seinem Etikett mit einem Motiv sich kreuzender Mondsicheln. Viele Reiche, die es sich leisten konnten, ihre Kleidercoupons für non-Utility bei Dorville, Jacqmar oder in der Savile Row auszugeben, kauften freiwillig Utility, und verwandten darauf, wie mir auffiel, die unvermeidliche Redensart »doch wirklich ganz in Ordnung«. Meine Ohren waren ständig gespitzt auf der Jagd nach dieser Art von Ausdrucksweise.

Aber »doch wirklich ganz in Ordnung« war nicht Beryl Tims' Meinung von meinem Mantel. Ich folgte Sir Quentin in die Bibliothek. »Komm in meine Stube, sprach die Spinne zu der Fliege«, sagte Sir Quentin. Ich quittierte seinen Scherz mit dem glatten Lächeln, das ich meinem Job schuldig zu sein glaubte.

Bei dem Interview im Berkeley hatte er mir mitgeteilt, die Arbeit sei ». . . literarischer Natur. Wir sind eine Gruppe. Eine Gruppe, wie ich hinzufügen darf, von einiger Distinktion. Ihr Pflichtenkreis wird hochinteressant sein, obwohl natürlich auch die allgemeine Büroorganisation und Tippen zu Ihren Aufgaben gehören – wie ich das Wort Stenographie hasse, so amerikanisch – und natürlich ist auch die Ablage im Augenblick schrecklich durcheinander und wird aufgeräumt werden müssen. Die Arbeit ist genau auf Sie zugeschnitten, Miss Talbot.«

Am Ende des Interviews hatte ich gefragt, ob ich schon nach einer Woche etwas Geld bekommen könnte, da ich keinen ganzen Monat durchhalten würde. Er reagierte distanziert, leicht verletzt. Vielleicht verdächtigte er mich, die erste Woche als Probezeit zu betrachten; das war zum Teil richtig, aber gleichfalls mein Bedarf nach rascher Zahlung. Er hatte gesagt: »Nun ja, wenn es tatsächlich ein Härtefall ist«, so wie man sagen würde, ein Fall von Seekrankheit. Seither hatte ich mir übrigens den Kopf zerbrochen, warum er das Interview in einem Londoner Hotel abgehalten hatte statt in der Wohnung, in der ich arbeiten sollte.

Jetzt, wo ich schon in der Wohnung war, beantwortete er diese Frage selbst. »Ich lade nicht jedermann ein, mein Heim zu betreten, Miss Talbot.« Ich gab liebenswürdig zur Antwort, daß wir wohl alle so empfänden, und ließ meine Augen im Zimmer herumgehen; die Bücher konnte ich nicht sehen, die waren alle hinter Glas. Aber Sir Quentin war mit meinem »Wir empfinden wohl alle so« nicht einverstanden; das stellte uns auf gleiche Stufe. Er ging sofort daran, mir klarzumachen, daß ich ihn falsch verstanden hatte. »Was ich sagen will«, sagte er, »ist, daß wir einen ganz besonderen Kreis gebildet haben, für ein sehr delikates Ziel. Die Arbeit ist streng geheim. Ich möchte, daß Sie das nicht vergessen. Ich habe sechs junge Damen interviewt, und ich habe Sie gewählt, Miss Talbot, ich möchte, daß Sie das nicht vergessen.« Inzwischen hatte er sich an seinen prunkvollen Schreibtisch gesetzt und lehnte sich in seinem Stuhl zurück, Augen halb geschlossen, seine Hände vor sich in Brusthöhe, die Fingerspitzen beider Hände berührten einander. Ich saß ihm gegenüber vor der anderen Seite des Schreibtisches.

Er deutete mit der Hand auf einen großen antiken Schrank. »Dort drin«, sagte er, »sind Geheimnisse.«

Ich war nicht beunruhigt, denn obwohl er eindeutig nicht ganz bei Trost war und obwohl es mir natürlich in den Sinn kam, daß er vielleicht etwas im Schild führte, was nicht ganz koscher war, empfand ich doch nichts in seiner Stimme oder in seinem Benehmen als eine unmittelbare persönliche Bedrohung. Aber ich war auf der Hut, sogar erregt. Der Roman, den ich damals schrieb, mein erster, *Warrender Chase,* füllte wirklich mein Leben völlig aus. Und ich fand es einfach unglaublich, wie die ganze Zeit über, wo ich an dem Roman geschrieben hatte, mit Kapitel Eins angefangen, jene Bilder und Wendungen, die ich für das Buch dringend brauchte, sozusagen aus dem Nichts in meinem Blickwinkel erschienen. Ich war ein Magnet für die Erfahrungen, die ich brauchte. Nicht, daß ich sie etwa fotografisch und buchstäblich reproduziert hätte. Es wäre mir nicht im Traum eingefallen, Sir Quentin so darzustellen, wie er war. Was mich sehr glücklich machte, war sein Geschenk an mich von den Fingerspitzen seiner Hände, wie sie einander berührten, und die unter den Worten, wie er zum Schrank hindeutete: »Dort drin sind Geheimnisse!«, nistende, pulsierende Erkenntnis, wie sehr ihm daran lag, Eindruck zu machen, wie wichtig es ihm war, daß er an sich selbst glauben konnte. Und selbst wenn ich diesen Job auf der Stelle liegen gelassen und Sir Quentin nie wieder gesehen oder an ihn gedacht hätte, so hätte ich diese zwei Dinge mit mir genommen, und noch mehr. Ich kam mir selber vor wie die Walnußvitrine, auf die er hindeutete. Hier drin sind Geheimnisse, sagte es in mir. Aber gleichzeitig schenkte ich ihm meine volle Aufmerksamkeit.

Nach so vielen Jahren bin ich jetzt an diesen Prozeß der künstlerischen Wahrnehmung im normalen Tagesablauf gewöhnt, aber damals war mir das noch ziemlich neu. Mrs. Tims hatte mich in der gleichen Weise erregt. Eine grauenhafte Frau. Aber für mich wunderbar grauenhaft. Ich muß sagen, daß ich im September 1949 nicht die geringste Ahnung hatte, ob ich *Warrender Chase* wirklich fertigbringen würde. Aber ob ich das ganze Buch abschließen konnte oder nicht, die Aufregung war dieselbe.

Sir Quentin fuhr fort, mir zu erklären, worum es bei meiner Arbeit ging. Mrs. Tims brachte die Post herein.

Sir Quentin beachtete sie nicht, sagte aber zu mir: »Ich befasse mich nie vor dem Frühstück mit meiner Post. Das verwirrt mich.« (Sie müssen wissen, daß damals die Post um acht Uhr morgens kam, und wer nicht zur Arbeit ging, las seine Briefe zum Frühstück, wer schon zur Arbeit ging, las sie im Bus.) »Verwirrt.« Mrs. Tims ging mittlerweile zum Fenster und sagte: »Die sind tot.« Sie bezog sich auf eine Vase voll Rosen, die ihre Blütenblätter auf den Tisch gestreut hatten. Sie schob die

Blütenblätter zusammen und steckte sie in die Vase und hob dann die Vase auf, um sie wegzutragen. Dabei sah sie zu mir herüber und ertappte mich dabei, wie ich sie beobachtete. Ich starrte weiter auf die Stelle, wo sie gestanden hatte, wie in glasäugiger Zerstreutheit, und vielleicht gelang es mir dadurch, sie zu überzeugen, daß ich sie gar nicht bewußt beobachtet, sondern nur auf die Stelle gestarrt hatte, wo sie gestanden war, meine Gedanken ganz woanders; vielleicht ließ sie sich aber auch nicht täuschen, so etwas kann man nie wissen. Sie brummte weiter über die toten Rosen, bis sie aus dem Zimmer war, und sah dabei der Frau eines Mannes, den ich kannte, immer ähnlicher; Mrs. Tims hatte sogar den gleichen Gang wie sie.

Ich wandte meine Aufmerksamkeit Sir Quentin zu, der auf den Abgang seiner Haushälterin wartete, Augen halb geschlossen, die Hände in einer fast gebetsähnlichen Haltung, die Ellbogen auf den Armlehnen seines Sessels, die Fingerspitzen aneinander.

»Die menschliche Natur«, sagte Sir Quentin, »ist etwas ganz Außerordentliches. Ich finde sie außerordentlich. Sie kennen das Sprichwort: Das Leben schreibt die seltsamsten Romane?«

Ich sagte ja.

Es war ein trockener, sonniger Septembertag des Jahres 1949. Ich weiß noch, wie ich zum Fenster schaute, wo immer wieder ein Sonnenstrahl die Musselin-Vorhänge befingerte. Meine Ohren haben ein gutes Gedächtnis. Wenn ich mich überhaupt an bestimmte Begegnungen aus der Vergangenheit erinnere, oder wenn ich vielleicht durch alte Briefe wieder drauf komme, dann fließen mir die akustischen Bilder zuerst zu, die visuellen erst nachher. Ich erinnere mich also an Sir Quentins Art zu sprechen, an seine genauen Worte, an seinen Tonfall, als er zu mir sagte: »Miss Talbot, interessiert es Sie, was ich sage?«

»O ja. Doch, doch, das Leben schreibt die seltsamsten Romane.«

Ich hatte gedacht, seine Augen wären zu sehr in seine eigenen Gedanken verschlossen, als daß er bemerkt hätte, wie ich meinen

Kopf zum Fenster drehte. Ich weiß, daß ich weggeblickt hatte, um innerlich ein paar instinktive Gedanken festzuhalten.

»Ich habe eine Anzahl von Freunden«, sagte er, und wartete, daß das einsickerte. Pflichtschuldig fixierte ich meine Augen auf seine Worte.

»Sehr bedeutende Freunde, V.I.P.s. Wir bilden eine Gesellschaft. Verstehen Sie etwas von den britischen Verleumdungsgesetzen? Meine liebe Miss Talbot, diese Gesetze sind sehr eng, und sehr strikt. Zum Beispiel hat man nicht das Recht, die Ehre einer Dame anzurühren, was man natürlich auch gar nicht tun möchte, falls sie wirklich eine Dame ist, aber wenn man wirklich die Wahrheit über sein eigenes Leben sagen will, was naturgemäß auch andere noch lebende Personen einbezieht, so ist das einfach ausgeschlossen. Wissen Sie, was wir also – wir, die wir außerordentliche, und ich meine tatsächlich außer-ordentliche, Leben führten – getan haben? Wissen Sie, auf welche Art wir die wahren Tatsachen der Nachwelt erhalten?«

Ich sagte nein.

»Wir haben eine Autobiographische Gesellschaft gegründet. Wir haben begonnen, unsere Memoiren zu schreiben, die Wahrheit, die ganze Wahrheit, und nichts als die Wahrheit. Und wir bringen sie siebzig Jahr' lang an einem sicheren Ort unter, bis alle darin vorkommenden lebenden Personen nicht mehr unter den Lebenden weilen.«

Er deutete auf den eleganten Vitrinenschrank, schwach erleuchtet von der Sonne, die durch die gezogenen Musselin-Vorhänge filterte. Ich sehnte mich danach, draußen im Park spazieren zu gehen und den Charakter von Sir Quentin innerlich durchzukauen, bevor ich noch mehr über ihn erfuhr.

»Dokumente dieser Art gehören in ein Banksafe«, sagte ich.

»Richtig«, erwiderte Sir Quentin gelangweilt. »Sie haben völlig recht. Das ist vielleicht auch wirklich die endgültige Bestimmung unserer biographischen Reminiszenzen. Doch wir greifen vor. Nun muß ich Ihnen sagen, daß für meine Freunde diese literarische Betätigung eher ungewohnt ist; ich selbst, der ich auf diesem Gebiet eine natürliche Begabung habe, habe die Führung ihrer Bemühungen in die Hand genommen. Es handelt sich natürlich um Herren und Damen von Stand, die volle, sehr volle Leben leben. So oder so in diesen Tagen der Nachkriegszeit, voll von Veränderungen. Was soll man da erwarten. Nun, ich helfe ihnen also, ihre Memoiren zu schreiben, wozu sie selbst keine Zeit haben. Wir haben gesellige Treffen, Zusammenkünfte, Teekränzchen und so weiter. Wenn wir einmal besser organisiert sein werden, werden wir auf meinem Besitz in Northumberland zusammenkommen.«

Dieses waren seine Worte, und ich genoß sie. Als ich durch den Park nach Haus ging, dachte ich darüber nach. Sie waren schon zu einem Teil meiner eigenen Memoiren geworden.

Zuerst nahm ich an, daß Sir Quentin aus dieser Memoiren-Sache ein Vermögen scheffelte. Die Gesellschaft, wie er es nannte, umfaßte damals zehn Leute. Er gab mir eine umfangreiche Liste mit den Namen der Mitglieder und ergänzenden biographischen Angaben, die so ausgewählt waren, daß sie mir mehr über Sir Quentin sagten als über die beschriebenen Leute. Ich erinnere mich noch deutlich an meine Verblüffung und Freude über:

> Generalmajor Sir George C. Beverley, Bt. C.B.E., D.S.O., ehemals in diesem »Klasseregiment« von den »Blauen«, heute ein erfolgreicher, ein sehr erfolgreicher Geschäftsmann in der City und auf dem Kontinent, General Sir George ist ein Cousin jener bezaubernden, jener unendlich bezaubernden Gastgeberin, Lady Bernice »Bucks« Gilbert, Witwe des ehemaligen Chargé d'affaires in San Salvador, Sir Alfred Gilbert, K.C.M.G., C.B.E. (1919), dessen Porträt von der Hand des berühmten, des illustren Porträtisten Sir Ames Baldwin, K.B.E., im prachtvollen nördlichen Dining-Room von Landers Place in Bedfordhire hängt, einem der Familienbesitztümer von Sir Alfreds Mutter, der verstorbenen, unvergleichlichen Comtesse Marie-Louise Torril-Gil, Freundin s. M. des

Königs Zog von Albanien und von Mrs. Wilks, die als Debütantin in St. Petersburg mit Sir Q., dem Verfasser dieser Zeilen, befreundet war; Tochter eines Rittmeisters am Hof des verstorbenen Zaren vor ihrer Heirat mit einem britischen Offizier, Leutnant Wilks.

Mir erschien das als eine Art Gedicht, und auf einmal sah ich Sir Quentin, obwohl er gute fünfunddreißig Jahre älter war als ich, im Licht eines ernsthaften Kindes, das voll Eifer an seiner hölzernen Spielzeugburg mit ihren Gräben und Türmen bastelte; dann wieder dachte ich an dieses Kunstwerk, die Darstellung von Generalmajor Sir George C. Beverley mit seinen ganzen Etceteras, unter dem Aspekt eines infinitesimalen Kristallteilchens, sagen wir Schwefel, sechzig Mal vergrößert und in Farbe fotografiert, so daß es wie ein höchst kunstvoller Schmetterling aussah oder ein exotisches Meeresgewächs. Schon diese erste Eintragung in Sir Quentins Liste brachte mich auf zahlreiche künstlerische Analogien zu seinen Machinationen, und im selben Moment erkannte ich auch schlagartig, wieviel religiöse Energie er da hineingesteckt hatte.

»Sie sollten diese Liste studieren«, sagte Sir Quentin.

Das Telefon läutete, und die Tür zum Studierzimmer wurde gleichzeitig aufgerissen. Sir Quentin hob den Hörer ab und sagte »Hallo«, während seine Augen sich voll Bestürzung der Tür zuwandten. Herein schwankte eine große, dünne und steinalte weibliche Person von glänzender Erscheinung, hauptsächlich hervorgerufen durch ihre vielen Perlenschnüre auf einem schwarzen Kleid und ihr helles Silberhaar; die Augen waren tief eingesunken und blickten recht wild.

Sir Quentin gestikulierte inzwischen ins Telefon: »Oh, Clotilde, meine Liebe, welche Freude – nur einen Augenblick, Clotilde, ich werde eben gestört . . .« Die alte Dame rückte ins Zimmer vor, das Gesicht mit Make-up vollgepflastert, das Lächeln scharlachrot klaffend. »Wer ist das Mädchen?« sagte sie, und meinte mich.

Sir Quentin hatte eine Hand über den Hörer gelegt. »Bitte«, sagte er ängstlich beschwichtigend, die andere Hand flatterte auf und ab, »ich spreche am Telefon mit der Baronin Clotilde du Loiret.«

Die alte Frau quiekte. Ich nahm an, daß sie lachte, aber das war schwer auszumachen. »Ich weiß, wer sie ist. Du glaubst, ich bin gaga, was?«

Sie wandte sich an mich. »Er glaubt, ich bin gaga«, sagte sie. Jetzt fielen mir ihre Fingernägel auf, so lang, daß sie sich bogen wie Klauen; sie waren dunkelrot lackiert. »Ich bin nicht gaga«, sagte sie.

»Mummy!« sagte der alte Sir Quentin.

»Was der für ein Snob ist«, kreischte die Mutter.

Jetzt erschien auch Beryl Tims und beschleunigte grimmig den Rückzug der alten Dame; beim Hinausgehen starrte Beryl mir ins Gesicht. Sir Quentin nahm seine telefonische Konversation mit vielen Entschuldigungen wieder auf.

Sein Snobismus war ungeheuer. Aber in gewisser Weise war er für Leute wie mich auch viel zu demokratisch. Er glaubte allen Ernstes, daß Begabung, wenn auch von Natur aus nicht gleichmäßig verteilt, später durch einen Titel verliehen oder durch überkommenen Stand ererbt werden konnte. Und was diese Memoiren anging, so konnten sie von jedem beliebigen Ghostwriter geschrieben, ja erfunden werden. Ich habe ihn im Verdacht, daß er wirklich glaubte, daß die Wedgwood-Tasse, aus der er elegant seinen Tee nippte, ihren Wert aus dem Umstand bezog, daß die Gesellschaft die Familie Wedgwood akzeptiert hatte, und nicht etwa von dem Porzellan, das herzustellen ihnen gelungen war.

Zu Ende der ersten Woche hatten sich mir die Geheimnisse des versperrten Schranks in Sir Quentins Studierzimmer bereits eröffnet. Er enthielt zehn unfertige Manuskripte, Erzeugnisse der Mitglieder der Autobiographischen Gesellschaft.

»Wenn diese Werke einmal abgeschlossen sind«, sagte Sir

Quentin, »werden sie nicht nur für den Historiker der Zukunft von unschätzbarem Wert sein, sie werden auch die Themse in Brand setzen. Es dürfte Ihnen nicht schwer fallen, irgendwelche Ungeschicklichkeiten oder Fehler in Form, Syntax, Stil, Charakterisierung, Inhalt, Lokalkolorit, Beschreibung, Dialog, Konstruktion und anderen Nebensächlichkeiten zu berichtigen. Sie werden diese Dokumente unter äußerster Geheimhaltung tippen, und wenn Ihre Arbeit zu unserer Zufriedenheit ausfällt, dann können Sie vielleicht später bei den Sitzungen dabei sein und sich Notizen machen.«

Seine betagte Mummy ging in seinem Studierzimmer aus und ein, sooft es ihr gelang, Beryl Tims zu entschlüpfen. Ich freute mich immer, wenn sie plötzlich auftauchte, mit ihren roten Klauen winkend, und krächzend, Sir Quentin sei ein Snob.

Zuerst hatte ich den dringenden Verdacht, daß Sir Quentin selber gesellschaftlich hochstapelte. Aber es stellte sich heraus, daß er tatsächlich, wie behauptet, in Eton und Trinity College, Cambridge, gewesen und Mitglied von drei Clubs war, ich erinnere mich nur mehr an White's und Bath, außerdem war er ein Baronet, und seine köstliche Mummy die Tochter eines Earls. Ich hatte recht, aber nur zum Teil, wenn ich mir seinen Snobismus damit erklärte, daß er beschlossen hatte, aus diesen Umständen einen einträglichen Beruf zu machen. Und es ging mir tatsächlich schon in dieser ersten Woche durch den Kopf, wie leicht er diese eingesperrten Geheimnisse zu Erpressungen verwenden konnte. Erst viel später fand ich heraus, daß er genau das tat; nur ging es ihm dabei nicht um Geld.

Wenn ich um sechs Uhr abends durch die goldene Dämmerung dieses schönen Herbstes nach Haus ging, spazierte ich zuerst zur Oxford Street, nahm den Bus zum Speaker's Corner im Hyde Park, dann ging ich durch den Park bis zum Queen's Gate. Die Merkwürdigkeit dieses Jobs faszinierte mich. Notizen machte ich mir keine, aber an den meisten Abenden arbeitete ich an meinem Roman, und die Ideen des Tages ordneten sich und schufen die beiden weiblichen Charaktere in *Warrender Chase*, Charlotte und Prudence. Nicht, daß Charlotte völlig auf Beryl Tims aufgebaut wäre, ganz und gar nicht. Genauso wenig war meine alte Prudence ein genauer Abklatsch von Sir Quentins Mummy. Die Erschaffung neuer Charaktere ging instinktiv vor sich, als Summe meiner Erfahrung mit anderen und meinem eigenen potentiellen Selbst; und so ist es immer gewesen. Manchmal begegnet mir eine Figur aus einem meiner Romane erst einige Zeit, nachdem der Roman geschrieben und veröffentlicht ist. Und was meine Figur Warrender Chase selber angeht, so hatte ich ihn bereits umrissen und fixiert, lange bevor ich Sir Quentin kennenlernte.

Jetzt, da ich diesen Abschnitt meiner Autobiographie schreibe, erinnere ich mich lebhaft daran, wie ich in diesen Tagen der Arbeit an *Warrender Chase* ohne viel Hoffnung, ihn jemals veröffentlicht zu sehen, eines Abends durch den Park nach Haus ging, konzentriert über meinen Roman und über Beryl Tims als Typ nachdachte und dabei mitten auf dem Gehsteig stehenblieb. Rechts und links strömten die Leute an mir vorüber, die genau wie ich von ihrer täglichen Arbeit heim gingen. Was ich auch immer an Spezifischem über den Typus von Mrs. Tims gedacht hatte, verschwand mir vollständig aus dem Gedächtnis. Ich stand da, und die Leute gingen an mir vorbei. Junge Männer in dunklen Anzügen und Mädchen in Hüten und gut geschnittenen Mänteln. In klaren Worten kam mir der Gedanke: »Was für ein herrliches Gefühl, eine Künstlerin und eine Frau zu sein im zwanzigsten Jahrhundert.« Daß ich eine Frau im zwanzigsten Jahrhundert war, entsprach den Tatsachen. Daß ich auch Künstlerin war, davon war ich derart fest überzeugt, daß mir weder damals noch heute Zweifel gekommen wären; und wie ich also im September 1949 so dastand auf dem Gehsteig in Hyde Park, gab es mindestens drei Umstände, die in wunderbarer Weise auf mich zutrafen, und ich ging froh und glücklich meines Weges.

Ich dachte oft an Beryl Tims, einen Frauentyp, den ich bei mir selber als »Englische Rose« identifiziert hatte. Nicht daß sie etwa wie englische Rosen aussahen, weit davon entfernt; aber ich hatte das Gefühl, daß sie in ihrer eigenen Vorstellung englische Rosen waren. Der Typ widerte mich an, und ich war fasziniert davon, so war eben meine Phantasie angelegt und mein Bedürfnis, das Äußerste zu erfahren. Ihr affektiertes Lächeln, wenn sie allein mit mir war, ihre Besitzgier nährten meine poetische Wachsamkeit in einem solchen Maß, daß ich schon selber anfing, affektiert zu lächeln, nur um sie noch weiter anzustacheln, und ich glaube, ich befriedigte meine Gier nach ihren Reaktionen, indem ich sie selbst provozierte. Sie hatte eine Brosche bewundert, die ich trug; es war meine beste, eine auf Elfenbein gemalte Miniatur, oval, in einer Kupferlegierung gefaßt. Sie stammte aus dem achtzehnten Jahrhundert. Das Bild zeigte den Kopf eines jungen Mädchens, das Haar auf ländliche Art offen. Beryl Tims bewunderte sie, wie sie auf meinem Aufschlag steckte, denn ich trug Mantel und Rock aus dem gleichen Stoff, wie das damals für schick galt. Ich haßte Beryl Tims, wie ich bei ihr in der Küche meinen Morgenkaffee trank und sie über meine reizende Brosche zirpte. Ich haßte sie derart, daß ich die Brosche abnahm und ihr gab, eigentlich nur, um mich von meinem Haß freizusprechen. Aber ich wurde belohnt: durch das Funkeln in ihren Augen, das Stöhnen aus ihrem großen, dicklippigen Mund. »Meinen Sie das ernst?« rief sie.

»Ja natürlich.«

»Gefällt sie Ihnen nicht?«

»Doch.«

»Warum geben Sie sie dann her?« fragte sie, mit dem widerwärtigen Mißtrauen einer Frau, die man vielleicht immer schlecht behandelt hatte. Dann steckte sie sich die Brosche auf ihr Kleid. Ich dachte, daß sie bei Mr. Tims vielleicht kein Honiglecken gehabt hatte. »Sie können sie wirklich gern haben«, sagte ich, ganz aufrichtig, trug meine Kaffeetasse zum Spülbekken und spülte sie unterm fließenden Wasser sauber. Beryl Tims kam mir mit ihrer Tasse nach. »Ich habe immer Lippenstift am Rand«, sagte sie. »Die Männer sehen Lippenstift am Rand von

Tasse oder Glas nicht gern, habe ich nicht recht? Dabei gefällt es ihnen aber, wenn man Lippenstift trägt. Man bewundert mich immer wegen der Farbe meines Lippenstifts. Er heißt ›Englische Rose‹.«

Sie war wirklich der gräßlichen Frau meines Liebhabers sehr ähnlich. Als nächstes sagte sie: »Die Männer sehen es gern, wenn ein Mädchen etwas Schmuck trägt.«

Immer ging es darum, was die Männer gern hatten, wenn sie sich mit mir allein unterhielt. In der zweiten Woche fragte sie mich, ob ich nicht heiraten wollte.

»Nein, ich schreibe Gedichte. Ich will schreiben. Eine Ehe würde mich dabei stören.« Das kam ganz natürlich aus mir heraus, ohne viel Überlegung, aber vielleicht klang es eingebildet, denn sie sah mich leicht schockiert an und sagte: »Aber Sie könnten doch heiraten und Kinder haben, und Gedichte schreiben, wenn die Kinder im Bett sind.« Darüber lächelte ich. Ich war nicht besonders hübsch, aber ich wußte, daß ich, wenn ich lächelte, Grübchen bekam, die mein Gesicht veränderten, und jedenfalls war es mir gelungen, Beryl Tims wütend zu machen.

Ihr schockierter Gesichtsausdruck erinnerte mich sehr stark an den Ausdruck auf Dotties Gesicht, der Gattin meines Geliebten, bei einer anderen Gelegenheit. Zugegeben, Dottie war etwas gebildeter als Beryl Tims, aber der Gesichtsausdruck war der gleiche. Sie hatte mich wegen meiner Affäre mit ihrem Mann konfrontiert, was ich recht lästig von ihr fand. Ich gab zurück: »Jawohl, Dottie, ich liebe ihn. Ich liebe ihn ab und zu, wenn er mich nicht bei meiner Lyrik stört, oder bei anderem. Ich habe übrigens einen Roman angefangen, der eine Menge lyrische Konzentration verlangt, ich fasse nämlich alles lyrisch auf. Mit Leslie wird's also wahrscheinlich mehr ab sein als zu.«

Dottie war erleichtert, daß sie nicht Gefahr lief, ihren Mann zu verlieren, gleichzeitig aber auch empört über meine, wie sie es nannte, unnatürliche Einstellung, die allerdings mir selber ganz natürlich vorkam.

»Dein Verstand beherrscht dein Herz«, sagte sie voll Abscheu. Ich erklärte ihr, daß das eine blöde Art war, die Dinge darzustellen. Das wußte sie zwar selber auch, aber in kritischen Momenten verfiel sie in Banalitäten. Sie war eine Moralistin, die mich geistigen Hochmuts beschuldigte.

»Hochmut kommt vor dem Fall«, sagte Dottie. Wenn ich wirklich Hochmut besaß, dann war der eher eine Berufung; ich konnte mir nicht helfen, und ich habe übrigens noch nie festgestellt, daß er notwendigerweise vor dem Fall kommt. Dottie war eine recht füllige Person mit einem lieben jungen Gesicht, rundlichen Brüsten und Hüften, dicken Knöcheln. Sie war Katholikin, dem Kult der Jungfrau Maria sehr zugetan, über deren Gnadenbezeugungen sie sich nicht wenig täuschte, und sie gab gar nicht so üblen Verstand dauernd durch ihr Geflenne über die Heilige Jungfrau preis.

Nachdem Dottie also ihr Sprüchlein gesagt hatte, ließ sie es dabei bewenden. In ihrem Badezimmer sah ich eine Parfümflasche mit der Aufschrift »Englische Rose«, und davon wurde mir einerseits übel, andererseits empfand ich voll Glück, wie sich ein Charakter, der sich in meiner Vorstellung gebildet hatte, hiermit bestätigte. Ich habe in meinem Leben eine Menge von Dottie gelernt, indem sie mir verschiedene Grundsätze beibringen wollte, die ich mit Gewinn ablehnen konnte. Sie lernte nichts Nennenswertes von mir.

Aber Beryl Tims war die bessere, die erschreckendere Englische Rose. Und gerade damals sah ich sie viel öfter als Dottie. Aber in voller Fahrt erlebte ich Beryl Tims erst ein paar Wochen später, bei einer Zusammenkunft der Mitglieder der Autobiographischen Gesellschaft, deren Memoiren ich getippt und in verständliche englische Sätze gefaßt hatte. Bis dahin hatte ich zugesehen, wie Beryl Sir Quentin behandelte, immer mit einem provozierenden Ton, der ihn aber nicht in der Art provozierte, wie sie das wünschte; Beryl begriff nicht warum, aber schließlich war sie dumm.

»Die Männer haben es gern, wenn man sich nichts gefallen

läßt«, erklärte sie mir, »aber Sir Quentin versteht mich manchmal nicht richtig. Und ich muß mich ja auch um seine Mutter kümmern, oder nicht?« Sie lieferte Sir Quentin richtige Schlachten; offensichtlich versuchte sie ihn sexuell für sich einzunehmen, aber vergeblich. Nur ein hoher Rang oder eine Perlenkette von Adelstiteln jagten ihm orgiastische Schauer durch Gesicht und Körper. Aber er schürte Beryl Tims' Hoffnungen. Nicht weniger aufmerksam hatte ich Beryl im Umgang mit der alten Lady Edwina, Sir Quentins Mummy, beobachtet. Beryl war ihre Gefängniswärterin und Gesellschafterin.

Zweites Kapitel

Die von den Mitgliedern der Autobiographischen Gesellschaft verfaßten Memoiren wiesen, wenn auch noch keine über ihr erstes Kapitel hinausgediehen war, bereits eine Reihe von Gemeinsamkeiten auf. Eine davon war Nostalgie, die zweite war Paranoia, eine dritte war der durchsichtige Drang der Autoren, liebenswert zu wirken. Ich glaube, sie lebten ihr Leben nach dem Grundsatz aus, daß alles, was sie waren, taten oder wollten, vor allem hübsch auszusehen hatte. Diese Kompositionen abzutippen und ihnen einen Sinn abzuringen war mir eine geistige Qual, bis ich ein Verfahren los hatte, sie mit Sachkunde noch schlechter zu machen; und alle Beteiligten hatten ihre helle Freude am Ergebnis.

Eine Versammlung der zehn Mitglieder der Gesellschaft war auf drei Uhr nachmittags von Dienstag, dem 4. Oktober, anberaumt worden. Bis jetzt hatte ich noch keines von ihnen kennengelernt, denn das letzte monatliche Treffen hatte an einem Samstag stattgefunden.

An diesem Morgen machte Beryl Tims eine Szene, als Sir Quentin zu ihr sagte: »Mrs. Tims, ich wünsche, daß Sie Mummy heute nachmittag unter Kontrolle behalten.«

»Unter Kontrolle«, sagte Beryl. »Sie haben leicht reden. Wie kann ich ihre Exellenz unter Kontrolle behalten und gleichzeitig Tee servieren? Wie kann ich mit ihren fluxiven Präzipitationen fertig werden?« Letztere Wendung hatte ich selbst Beryl beigebracht, zu meinem eigenen Zeitvertreib, als sie wieder einmal darüber jammerte, daß die alte Dame den Boden benetzt hatte. Eigentlich hatte ich selber nicht damit gerechnet, daß sie sich die Wendung aneignen würde.

»Sie gehört in eine Anstalt«, sagte Beryl zu Sir Quentin, »sie braucht eine eigene Krankenschwester«, und auf diese Art greinte sie dahin. Sir Quentin sah besorgt drein, gleichzeitig aber auch beeindruckt. »Fluxive Präzipitationen« murmelte er, geistesabwesend auf die Seitenwand blickend, als probiere er einen bisher noch nie gekosteten Wein, dem seine Anerkennung zu geben er durchaus geneigt war.

Ich hatte inzwischen Lady Edwina einigermaßen ins Herz geschlossen, vielleicht hauptsächlich deshalb, weil sie mich offenbar besonders gern hatte. Aber ich genoß auch ihre dramatischen Auftritte und ihre verblüffenden Feststellungen. Mir war klar, daß sie ihren Verstand viel besser beisammen hatte, als sie Beryl oder ihrem Sohn zeigen wollte, denn wenn ich manchmal mit ihr allein in der Wohnung war, dann plapperte sie mit einer ganz normal klingenden Stimme dahin. Und aus irgendeinem Grund schwankte sie, wenn sie mit mir allein war, auch ein paar Mal noch rechtzeitig aufs Klo. Ich nahm also an, daß ihre Inkontinenz und ihr eher wüstes Benehmen mit Sir Quentin und Beryl darauf zurückzuführen war, daß sie die beiden entweder fürchtete oder haßte, daß beide ihr aber jedenfalls auf die Nerven gingen.

»Ich kann heute nachmittag nicht die Verantwortung für Ihre Mutter übernehmen, nein, ich nicht«, verkündete Beryl durch ihre englischen Rosenlippen an diesem Morgen vor dem Meeting.

»Du meine Güte«, sagte Sir Quentin. »Du meine Güte.«

Herein schwankte Lady Edwina persönlich, um die Konfusion noch zu schüren. »Er glaubt, ich bin gaga, was? Fleur, meine Liebe, glaubst du, daß ich gaga bin?«

»Aber natürlich nicht«, sagte ich.

»Die wollen mir den Mund stopfen, aber ich will verdammt sein, wenn ich mir den Mund stopfen lasse«, sagte sie.

»Mummy!« sagte Sir Quentin.

»Die wollen mir Schlafpillen geben, damit ich heute nachmittag Ruhe gebe. Sehr witzig. Ich werde nämlich keine Schlafpillen schlucken. Das ist meine Wohnung, oder nicht? In meiner eigenen Wohnung kann ich tun, was ich will, oder nicht? Ich kann empfangen oder nicht empfangen, ganz wie es mir beliebt, ist das nicht so?«

Ich vermutete, daß die alte Dame reich war. Sie hatte mir eines Tages vorgeschnattert, wie ihr Sohn gern hätte, sie würde etwas tun, um die Erbschaftssteuern zu vermeiden, also ihm ihren Besitz übergeben, aber viel Besitz hatte sie nicht, und außerdem wollte sie verdammt sein, wenn sie Königin Lear spielen sollte. Ich hatte mich darauf nicht recht eingelassen und lieber ein sehr einsichtiges und interessantes Gespräch mit ihr über die mögliche Natur und Charakterzüge der verstorbenen Königin Lear selbst geführt. Lady Edwina war wirklich ganz in Ordnung, nur sie konnte eben ihren Sohn und Beryl Tims nicht vertragen. Und was ihre bizarre Erscheinung anging, so gefiel sie mir. Mir gefiel ihre zittrige, welke Hand mit den anklagend vorgestreckten Klauen, mir gefielen die vier grünlichen Zähne, durch die sie zischte und gackerte. Sie brachte einen Lichtstrahl in meinen Job mit ihren wilden Augen und Vorkriegs-Teetoiletten aus schwarzer Spitze oder gerafft, bedruckter Seide, immer behangen mit glitzernden Perlen. Wie sie jetzt vor Mrs. Tims und Sir Quentin stand und sie mit ihren Rechten konfrontierte, überlegte ich mir, was für eine Geschichte wohl dahintersteckte. Das mußte seit Jahren so gegangen sein. Beryl Tims starrte auf eine irgendwie frigide Art auf den Teppich unter Lady Edwinas Füßen, ohne Zweifel eine weitere fluxive Präzipitation befürchtend. Quentin saß mit zurückgeworfenem Kopf da, die Augen geschlossen, die Fingerspitzen seiner Hände berührten einander wie in einem kostbaren Gebet.

Ich sagte: »Lady Edwina, falls Sie sich heute nachmittag gern etwas hinlegen würden, dann könnten Sie nachher zum Abendessen mit mir nach Hause kommen.«

Sie schluckte den Köder mit Bereitwilligkeit. Alle schluckten sie den Köder, mit Geschnatter und Geschwätz: Bringen Sie sie im Taxi hin, ich bezahle mit Vergnügen, wir können ein Taxi für sechs Uhr buchen, nein, buchen ist nicht notwendig, ich nehme sehr gern an, meine liebe Miß Talbot, was für eine ausgezeichnete, eine wirklich originelle Idee. Das Taxi wird . . . Wir können kommen und dich abholen, Mummy, in einem Taxi.

Meine liebe Miß Talbot, wir sind Ihnen wirklich sehr dankbar. Also Mummy, jetzt gehst du nach dem Essen und legst dich nieder.

Lady Edwina wehte aus dem Studierzimmer, um telefonisch ihre Friseurin zu bestellen, sie hatte nämlich ein junges Lehrmädchen, das immer auf Wunsch zu ihr kam, um ihr das Haar zu machen. Ich weiß noch, wie Sir Quentin und Beryl Tims sich vor Dankbarkeit gar nicht fangen konnten; sie wären nie auf den Gedanken gekommen, daß es mir Spaß machen könnte, einen Abend mit meiner neuen, etwas mitgenommenen Freundin zu verbringen, eine Verlegenheit für sie, aber nicht für mich. Ich überlegte, was zum Abendessen da war: Heringseier aus der Dose auf Toast mit Nescafé und Milch, ein ideales Souper für Lady Edwina in ihrem Alter, und mich in meinem. Die Heringsdosen und der Kaffee standen auf einem kleinen Brett, wo ich meine kostbaren Schätze hortete. Essen war damals streng rationiert.

Um halb drei hatte sie sich bereits hingelegt, nachdem sie vorher noch hereingeschaut und mir mitgeteilt hatte, sie habe sich entschlossen, ihr Taubengraues mit dem perlenbestickten Oberteil zu tragen, schon bloß um Mrs. Tims zu ärgern, die ihr zu einem alten Rock und Pullover geraten hatte, was besser in mein Untermietzimmer passen würde. Ich sagte Edwina, daß sie ganz recht hatte, und daß sie sich warm einpacken sollte.

»Ich habe meinen Chinchilla«, sagte sie. »Tims hat ein Auge auf meinen Chinchilla geworfen, aber ich habe ihn der Cochin-Mission vermacht, die sollen ihn für die Armen verkaufen. Das wird Tims zu denken geben, wenn ich tot bin. Falls sie mich überlebt. Ha! Aber man weiß ja nie.«

Nur sechs der einberufenen zehn Mitglieder konnten zur Sitzung kommen. Es war ein geschäftiger Nachmittag. Ich saß an meiner Schreibmaschine in einer Ecke des Studierzimmers, während die sechs hereintrudelten.

Ich hatte wahrscheinlich zu viel von ihnen erwartet. Seit Jahren hatte ich auf meinen Roman *Warrender Chase* hingearbeitet und mir angewöhnt, zunächst eine fiktive Figur vor meinem inneren Auge festzuhalten und sie erst dann mit einer Geschichte auszustatten. Im Fall von Sir Quentins Gästen waren mir die Geschichten vorgelegt worden, bevor die Gestalten im Fleische erschienen. Wie sie jetzt hier antraten, spürte ich sofort eine Atmosphäre von Niedergeschlagenheit um sie herum. Ich hatte nicht nur Sir Quentins fabelhafte Liste mit den Who's-Who-Angaben über sie alle, sondern auch die ersten Kapitel ihrer kläglichen Memoiren gelesen, und indem ich sie abgetippt und nachhaltig verbessert hatte, wahrscheinlich bereits angefangen, diese Leute für meine eigenen Erfindungen zu halten, beruhend auf Sir Quentins ursprünglichen Erfindungen.

Und nun traten diese Leute, deren Eigenschaften Sir Quentin bis zur letzten raren Distinktion aufgebaut hatte, an diesem friedlichen und ruhigen Oktobernachmittag mit offensichtlicher Bangigkeit ins Zimmer.

Sir Quentin schoß und wieselte durchs Zimmer, arrangierte sie in Stühlen und kluckte, und in einigen Fällen stellte er mich ihnen auch vor. »Sir Eric – meine neue und ich darf sagen sehr verläßliche Sekretärin, Miss Talbot, offenbar nicht verwandt mit jenem distinguierten Zweig jener Familie, der Ihre teure Gemahlin angehört.«

Sir Eric war ein kleiner, schüchterner Mann. Verlegen schüttelte er allen reihum die Hand. Ich nahm an, zu Recht, daß es sich um Sir Eric Findlay, K.B.E., handle, einen Zucker raffinierenden Kaufherrn, dessen Memoiren, wie die aller anderen auch, nicht weiter gediehen waren als bis Kapitel eins: Kindheitstage. Wichtigste Figur: das Kindermädchen. Ich hatte etwas Farbe hineingebracht, indem ich das Kindermädchen mit dem Butler in Abwesenheit der Eltern auf Klein-Erics Schaukelstuhl setzte, während dieser selbst in die Geschirrkammer gesperrt wurde, um das Silber zu putzen.

In diesem Anfangsstadium pflegte Sir Quentin im voraus Abschriften der getippten und überarbeiteten Kapitel an jedes der zehn Mitglieder zu senden, so daß jetzt jedes der sechs anwesenden, und der vier abwesenden, Mitglieder nicht nur bereits ihr eigenes, sondern auch die Manuskripte aller anderen gesehen hatte. Anfangs hatte Sir Quentin meine Einschübe für leicht extravagant gehalten, finden Sie nicht, meine teure Miss Talbot, das ist ein bißchen zu – *zu?* Nachdem er die Sache einmal überschlafen hatte, fand er offenbar gewisse Vorteile in meinen Zurichtungen, da ihm aufging, wie er gewisse Möglichkeiten in Zukunft zu seinem eigenen Vorteil nutzen konnte; am nächsten Morgen sagte er: »Nun also, Miss Talbot, wir wollen sehen, was sie zu Ihren Fassungen sagen. Schließlich leben wir in modernen Zeiten.« Schon damals hatte ich den Verdacht, daß er plante, mich allerhand kompromittierenderes Material in diese Memoiren einführen zu lassen, aber ich hatte nicht die geringste Absicht, über das hinauszugehen, was mir vorläufig in den öderen Stunden dieses Jobs die Zeit aufheiterte und meine Phantasie für meinen Roman *Warrender Chase* nähren konnte. Seine Zwecke waren also von meinen ganz verschieden, aber sie fielen insofern mit meinen zusammen, als er eitle Pläne schmiedete, wie er mich am besten ausnutzen konnte, und ich mit Spitzengeschwindigkeit für ihn schuftete: Fotokopiermaschinen waren dazumals noch nicht gebräuchlich.

Bei der Zusammenkunft widmete ich den sechs Mitgliedern meine gesamte Aufmerksamkeit, ohne sie geradezu direkt mit meinen Augen zu mustern. Ich habe immer das vorgezogen, was ich sozusagen aus dem Augenwinkel aufnahm. Außer dem kleinen Sir Eric Findlay waren unter den Anwesenden noch Lady Bernice Gilbert, Bucks genannt, dann die Baronin Clotilde du Loiret, eine Mrs. Wilks, eine Miss Maisie Young, und ein seines Amtes enthobener Priester namens Pater Egbert Delaney, dessen Memoiren besessen darauf herumritten, daß er den Priesterrock durch einen Abfall vom Glauben und nicht von der Moral eingebüßt hatte..

Jetzt schwamm Lady Bernice Gilbert herein und steckte die ganze Party zuerst völlig in die Tasche. »Bucks!« sagte Sir Quentin und umarmte sie. »Quentin«, erklärte sie heiser. Sie war um die vierzig, sehr herausgeputzt in neuen Kleidern, die die Leute, die es sich leisten konnten, nun haufenweise kauften, da Kleider erst vor wenigen Monaten der Rationierung entzogen worden waren. Bucks war in einem Aufzug erschienen, den man den New Look nannte, eine kleine Tocque mit Halbschleier, einen Mantel mit Puffärmeln, und einen langen, schwingenden Rock, alles in Schwarz. Sie setzte sich unweit von mir hin, ihre körperliche Nähe war überaus duftend. Sie war der letzte Mensch, den ich mit ihrem Anfangskapitel in Verbindung gebracht hätte. Ihre Geschichte war, zum Unterschied von einigen anderen, keinesfalls unbeholfen, insofern als sie immerhin Sätze aneinanderzureihen verstand. Zu Beginn der Geschichte erblicken wir sie im Alter von zwanzig Jahren, ganz allein in einer Kirche.

In diesem Moment wurde ich jedoch abberufen, um Miss Maisie Young die Hand zu schütteln, einem großen, attraktiven Mädchen von etwa dreißig, die an einem Stock ging, da eines ihrer Beine in einem Gehäuse war, das so aussah, als wäre es ein Teil ihres Lebens, und nicht etwa die vorübergehende Folge eines Unfalls. Maisie Young gefiel mir sofort sehr; so gut, daß ich gar nicht verstand, was sie in diesem bereits schwatzenden Chor hier zu suchen hatte; und noch verblüffter war ich darüber, daß sie zu dem Memoirenanfang gehörte, über dem ihr Name stand, einer vollkommen unverständlichen Abhandlung über den Kosmos, und wie Sein stets auch Werden bedeutet.

»Maisie, meine Liebe, darf ich dich hierhin setzen? Sitzt du bequem? Meine teure Clotilde! Mein lieber, mein teurer Pater Egbert, habt ihr es alle bequem? Laß mich deinen Umhang abnehmen, Clotilde. Mrs. Tims – wo ist Mrs. Tims? – Miss Talbot, würden Sie bitte so freundlich, so ungemein freundlich sein und den Umhang von Baronin Clotilde . . .«

Die Baronin Clotilde, deren Hermelincape ich zur Tür nahm und der gurgelnden Mrs. Tims überreichte, hatte ihre Memoiren in einem reizenden französischen Château in der Nähe von Dijon angesiedelt, wo sich allerdings alles dazu verschworen hatte, die achtzehnjährige Baronin unter den Daumen zu bekommen. Als ich einmal kurz einen Gedanken fassen konnte, war ich momentan verblüfft über den Umstand, daß Clotilde in ihrer Autobiographie im Jahr 1936 achtzehn Jahre gewesen war, während sie jetzt im Jahr 1949 weit über fünfzig sein mußte. Doch weiter mit Pater Egbert, in Prince-of-Wales-Tweedjackett und grauer Flanellhose; sein Gesicht sah aus wie das eines Schneemanns, mit kleinen schwarzen Kieselsteinen für Augen, Nase und Mund; seine Autobiographie hatte begonnen mit: »Nur mit Zagen greife ich zur Feder.« Jetzt schüttelte er Mrs. Wilks die Hand, einer beleibten, fidelen, drallen Dame Mitte fünfzig, in helles Purpur gekleidet mit zahlreichen, schleierartigen Schals, und beachtlich bemalt.

Da sie am Hof der russischen Zaren aufgewachsen war, hätten ihre Memoiren eigentlich interessant sein sollen, aber bisher war ihre Schilderung nur eine öde Klage über die unglaubliche Gemeinheit ihrer drei Schwestern und die Unbequemlichkeiten des königlichen Palasts, wo sich alle vier Mädchen ein Schlafzimmer teilen mußten.

Die Schriften dieser Leute waren, abgesehen von Bernice Gilbert, äußerst unbeholfen. Ich wartete nun also darauf, während sie jetzt noch Geschwätz und Ausrufe losließen, was sie von meinen Verbesserungen halten würden.

Mrs. Tims drang aus irgendeinem Grund geschäftig ins Studierzimmer herein und teilte mir im Vorübergehen mit, daß Lady Edwina friedlich eingeschlafen sei.

Für mich war dieses Meeting einfach wunderbar. Die ersten zwanzig Minuten vergingen mit Vorstellungen und mannigfaltigen Ausrufen; Pater Egbert und Sir Eric, die die vier abwesenden Mitglieder offenbar kannten, verbrachten einige Zeit im kritischen Gespräch über sie. Dann sagte Sir Quentin: »Meine Damen und Herren, darf ich um Ihre Aufmerksamkeit bitten«, und alle hörten zu sprechen auf, bis auf Maisie Young, die zuende zu bringen gewillt war, was sie mir über das Universum zu sagen hatte. Sie saß da, ihr verkrüppeltes Bein in seinen Eisen vor sich ausgestreckt, was ihr ja auch wirklich eine Art Recht verlieh, länger zu reden als alle anderen. Ihre Handtasche hatte einen weichen Tragriemen; mir fiel auf, daß sie diesen Griff durch ihre Finger gezogen hatte wie Pferdezügel; ich war nicht überrascht, als ich später erfuhr, daß Maisies gelähmtes Bein das Ergebnis eines Reitunfalls war.

Die anderen im Zimmer waren schon zum Schweigen gebracht, aber Maisies Stimme fuhr unbekümmert und kräftig fort und behauptete, »es gibt verschiedene universale Phänomene, denen nachzuforschen uns Sterblichen nicht zusteht«. Über diese dumme Äußerung als solche zerbrach ich mir nicht weiter den Kopf, obwohl die tatsächlichen Worte noch immer in meinem Kopf klingen. Sie hatte einen ziemlichen Haufen Unsinn geredet, der hauptsächlich darauf hinauslief, daß Autobiographien mit den Letzten Dingen des Jenseits anfangen und nicht auf die kleinen Tatsächlichkeiten des Lebens verschwendet werden sollten. Ich war ganz und gar nicht ihrer Ansicht; gleichwohl war mir Maisie selber sympathisch, mir gefiel ganz besonders die Art, wie sie jetzt weiterredete in diesem Raum, der zum Schweigen aufgerufen worden war, und darauf bestand, daß es Dinge im Leben gab, denen man nicht nachforschen durfte, wo sie ihre eigene Biographie gerade mit diesen Dingen eingeleitet hatte. Widersprüche im menschlichen Charakter gehören zu seinen wesentlichsten Zügen, daher hatte ich das Gefühl, daß Maisie eine starke Persönlichkeit war. Da die Geschichte meines Lebens nicht weniger aus den Geheimnissen meines Handwerks besteht als aus anderen Vorfällen, kann ich hier sehr wohl einflechten, daß man eine Figur glaubhaft gestaltet, indem man sie etwas widersprüchlich macht, irgendwie paradox. Und ich hatte bereits erkannt, daß der Punkt, wo die Selbstporträts von Sir Quentins zehn Augenzeugen alle in die Irre gingen, wo sie plötzlich steif und falsch klangen, dort war, wo sie sich selber in eine Beständigkeit und Festigkeit zwangen, die sie wohl gern gehabt hätten, aber nicht hatten. Und ich hatte meine eigenen erfundenen Flickstücke darunter gemischt, um die Sache aufzufrischen, und nicht etwa, um jedem Charakter Zusammenhang zu geben.

Sir Quentin, stets höflich zu seinen Kunden, wartete lächelnd, bis Maisie mit ihrer nachdrücklichen Behauptung zu Ende war: »Es gibt verschiedene universale Phänomene, denen nachzuforschen uns Sterblichen nicht zusteht.«

Dann trottete Beryl Tims herein, in irgendeiner praktischen aber unnötigen Absicht. Da sie als Frau übersehen wurde, war sie offenbar entschlossen, sich wie ein Mann zu benehmen. Es gelang ihr naturgemäß, die Aufmerksamkeit aller mit ihrem Gestöckel und Getrampel auf sich zu ziehen. Worum es ging, weiß ich nicht mehr.

Als sie fort war, wollte Sir Quentin seine einleitende Ansprache wiederaufnehmen, mußte aber noch einmal damit warten. Sir Eric Findlay nahm das Wort. Offenbar hatte er seinen ganzen Mut dafür zusammennehmen müssen.

»Hör mal, Quentin«, sagte er, »in meinen Memoiren hat jemand rumgepfuscht.«

»Du meine Güte«, sagte Sir Quentin, »es hat ihnen hoffentlich nicht geschadet. Wenn etwas stört, kann ich alles Anstößige herausnehmen lassen.«

»Ich sagte nicht anstößig«, sagte Sir Eric und sah nervös im Zimmer herum. »Nein, nein, du hast einige interessante Änderungen vorgenommen. Tatsächlich, ich habe mich gefragt, wie du erraten konntest, daß mich der Butler ins Geschirrzimmer gesperrt hat, um das Silber zu putzen, was er tatsächlich getan hat. Das hat er tatsächlich getan. Aber Nanny auf dem Schaukelpferd, also, Nanny war eine sehr religiöse Frau. Auf meinem Schaukelpferd mit unserem Butler, also nein, weißt du. So etwas hätte Nanny wirklich nicht getan.«

»Bist du sicher?« sagte Sir Quentin und deutete schalkhaft mit dem Finger auf ihn. »Wie kannst du sicher sein, wenn du doch in die Geschirrkammer eingesperrt warst? In deinen überarbeiteten Memoiren erfährst du von einem Bedienten von ihrem Techtelmechtel. Aber falls du in Wirklichkeit . . .«

»Mein Schaukelpferd war nicht eben sehr geräumig«, sagte Sir Eric Findlay, K.B.E., »und Nanny, obwohl nicht füllig, hätte kaum mit dem Butler darauf Platz gefunden, der zwar dünn, aber ziemlich stark war.«

»Wenn ich dazu etwas sagen darf«, sagte Mrs. Wilks, »ich fand Sir Erics Stück sehr amüsant. Es wäre jammerschade, die böse Nanny und den hinterhältigen Butler auf dem Schaukelpferd des kleinen Eric zu opfern, und besonders gut gefiel mir dieses realistische Detail, wie das Haar des Bedienten nach Brillantine riecht, als er sich zu dem damaligen kleinen Sir Eric hinunterbeugt, um ihm von seiner Entdeckung zu berichten. Das erklärt so vieles über den Sir Eric, wie er ist. Psychologie ist etwas Wunderbares. Psychologie ist überhaupt alles.«

»Meine Nanny war nicht eigentlich böse«, murmelte Sir Eric. »Sie war in –«

»Ach, die war durch und durch böse«, sagte Mrs. Wilks.

»Ganz meine Meinung«, sagte Sir Quentin. »Sie war ganz offenbar eine sinistre Erscheinung.«

Lady Bernice »Bucks« Gilbert sagte in ihrer Bronchialstimme: »Du läßt am besten deine Memoiren so, wie Quentin sie bearbeitet hat, Eric. Man muß diese Dinge objektiv sehen. Ich finde es bei weitem interessanter als den Anfang meiner Memoiren.«

»Ich werde die Sache beschlafen«, sagte Eric nachgiebig.

»Und deine Memoiren, Bucks?« sagte Sir Quentin unruhig. »Gefallen Sie dir denn nicht?«

»Ja und nein, Quentin. Es fehlt etwas.«

»Das läßt sich leicht beheben, meine liebe Bucks. Was fehlt denn?«

»Ein *je ne sais quoi,* Quentin.«

»Aber«, sagte die Baronin Clotilde du Loiret, »weißt du, Bucks, ich fand, dein Stück war wirklich ganz du. Meine Liebe, die Atmosphäre, wenn der Vorhang aufgeht, sozusagen. Wie der Vorhang aufgeht, und du in der leeren Kirche. In der leeren Kirche mit dem Duft von Weihrauch, und wie du zur Madonna betest in der Stunde deiner Not. Ich war einfach hingerissen,

Bucks. Wirklich. Dann kommt Pater Delaney und legt seine Hände auf deine Schulter –«

»Ich war nicht da. Das war ich nicht.« Das war Pater Delaneys Stimme. »Hier ist ein Irrtum, der berichtigt werden muß.« Er sah zu Sir Quentin, dann zu mir, mit seinen runden Kieselsteinaugen, die Patschhände zusammengepreßt. Dann sah er von mir zu Sir Quentin. »Ich muß in aller Offenheit sagen, daß ich nicht der Pater Delaney bin, wie er in der ersten Szene von Lady Bernices Memoiren beschrieben wird. In der fraglichen Zeit war ich in Wirklichkeit Seminarist am Beda in Rom.«

»Mein guter Vater«, sagte Sir Quentin, »wir dürfen das nicht allzu wörtlich auffassen. Es gibt so etwas wie eine künstlerische Strategie. Wenn Sie allerdings etwas dagegen haben, namentlich erwähnt zu werden –«

»Nur mit Zagen habe ich zur Feder gegriffen«, erklärte Pater Delaney, und schaute dann voll Grausen auf die Frauen, mich eingeschlossen, und voll Schrecken auf die Männer.

»Ich habe den Priester ja nicht bei Namen genannt«, sagte Bucks. »Ich habe auch nie behauptet, daß diese Auseinandersetzung in einer Kirche stattfand, ich habe nur –«

»Aber das hat doch einen Effekt von großer *tendresse*«, sagte Mrs. Wilks. »Meine Memoiren sind überhaupt nicht so ergreifend, zu meinem größten Bedauern. Meine Memoiren –«

Aber gerade in diesem Augenblick schwankte Lady Edwina ins Zimmer. »Mummy!« sagte Sir Quentin.

Ich sprang auf und schob ihr einen Stuhl zurecht. Jedermann sprang auf, um irgendetwas für sie zu tun. Sir Quentin flatterte mit den Händen, bat sie, zu gehen und sich auszuruhen, und rief: »Wo ist Mrs. Tims?« Er rechnete offenbar mit einer Szene, und damit rechnete ich gleichfalls. Aber Lady Edwina machte keine Szene. Sie nahm das Meeting in die Hand, als wäre es eine Teegesellschaft in ihrem Salon, und hielt alles auf durch die Erpressung mit ihrem hohen Alter und ihrem neu enthüllten Charme. Ich war von ihrem Auftritt außerordentlich beeindruckt.

Sie kannte einige von den Gästen mit Namen und erkundigte sich so teilnahmsvoll nach ihren Familien, daß es kaum eine Rolle spielte, daß die meisten von ihnen längst gestorben waren, und als Mrs. Tims mit dem Tee und Teebäckereien hereinkam, rief sie: »Ah, Tims! Was für köstliche Dinge bringen Sie uns denn da?« Beryl Tims gingen die Augen über, als sie sie so sitzen sah, hell wach, mit ihrem gepuderten Gesicht, das elegante schwarze Satinkleid frisch überpudert auf Ausschnitt und Schultern von dem, was im Gesicht nicht mehr Platz gehabt hatte. Mrs. Tims war wütend, aber sie stellte ihr Englisches-Rosen-Gezirpe an und plazierte das Tablett mit Fürsorglichkeit auf den Tisch neben der alten Edwina, die gerade den Priester fragte: »Sind Sie nicht der Rektor von Wandsworth in Zivil?«

»Lady Edwina, Ihre Ruhestunde«, flötete Mrs. Tims. »Kommen Sie jetzt bitte. Kommen Sie mit mir.«

»Ach du meine Güte, keineswegs«, sagte Pater Egbert, richtete sich auf und zupfte an seinem Prince-of-Wales-Jackett. »Ich gehöre keinerlei religiöser Hierarchie an, welcher Konfession auch immer!«

»Merkwürdig, Sie riechen nach Pfarrer«, sagte Edwina.

»Mummy!« sagte Sir Quentin.

»Kommen Sie schon«, sagte Mrs. Tims, »hier ist eine wichtige Zusammenkunft, eine geschäftliche Besprechung, die Sir Quentin –«

»Wie nehmen Sie Ihren Tee?« sagte Edwina zu Maisie Young. »Schwach? Stark?«

»Mittel, bitte«, antwortete Miss Young und sah mich unter ihrem weichen Filzhut hervor von der Seite an, wie um sich Mut zu holen.

»Mummy!« sagte Sir Quentin.

»Was ist denn mit Ihrem Bein passiert?« fragte Lady Edwina Maisie Young.

»Ein Unfall«, antwortete Miss Young, leise.

»Lady Edwina! Wie können Sie nur so etwas fragen . . .«, sagte Miss Tims.

»Nehmen Sie Ihre Hand von meinem Arm, Tims«, sagte Edwina.

Nachdem sie Tee eingeschenkt und die Baronin Clotilde gefragt hatte, wie sie ihr Hermelincape ohne Kampfergeruch so gut instand halte, und ich Sir Quentin die Tassen herumreichen geholfen hatte, sagte Edwina: »Nun, dann muß ich mein Nickerchen machen.« Sie schob Beryl Tims' Hand fort und ließ sich von Sir Eric auf die Beine helfen. Als sie, von Mrs. Tims gefolgt, gegangen war, riefen alle: Wie reizend. Wie großartig für ihr Alter. Was für eine bezaubernde alte Lady. Und so machten sie weiter zwischen Bissen von Teegebäck, begleitet von einem kleinen Orchester von Teelöffeln auf Porzellan, als Lady Edwina noch einmal die Tür aufmachte und den Kopf hereinsteckte. »Mir hat der Gottesdienst sehr gefallen, Kirchenlieder konnte ich sowieso nie leiden«, sagte sie, und entschwand.

Beryl Tims trippelte herein und räumte das Geschirr ab, sie brummte mir im Vorbeigehen zu: »Sie ist zurück ins Bett. Mich einfach Tims zu nennen, unerhört.«

Ich saß an meinem Tippsentisch in der Ecke und machte mir Notizen, während sie alle bis sechs über ihre Memoiren redeten, eine halbe Stunde über meine Arbeitszeit hinaus.

»Wenn ich zu meinen Kriegserlebnissen komme«, sagte Sir Eric, »dann wird's spannend, das ist der Höhepunkt.«

»Es war im Krieg, daß ich meinen Glauben verlor«, erklärte Pater Egbert. »Auch für mich war es ein Höhepunkt. Ich rang mit meinem Gott, eine ganze geschlagene Nacht lang.«

Mrs. Wilks bemerkte, daß ja wohl nicht jede Frau die groben Unziemlichkeiten der Russischen Revolution erlebt und überlebt habe, so wie sie. »Das gibt einem einen ganz andersartigen Sinn für Humor«, erklärte sie, ohne irgend etwas zu erklären.

Ich hatte mir Notizen gemacht, dort an meinem Ecktisch. Ich weiß noch, wie die Baronin Clotilde sich vor dem Weggehen an mich wandte und fragte: »Haben Sie alles Einschlägige festgehalten?«

Maisie Young, auf ihren Stock gelehnt, die Hand noch immer durch ihre Taschenträger geschlungen, als wären es Pferdezügel, sagte zu mir: »Wo kann ich das Buch finden, von dem Pater Egbert Delaney gesprochen hat? Es ist eine Autobiographie.«

Sie hatte sich mit dem Priester abseits des Durcheinanders privatim unterhalten. Ich wandte mich an Pater Delaney, Bleistift über meinem Notizbuch in der Schwebe, und bat um Aufklärung. »Die *Apologia pro Vita Sua«*, sagte er, »von John Henry Newman.«

»Wo kann ich das bekommen?« sagte Miss Young.

Ich versprach, ihr aus der Städtischen Bücherei ein Exemplar zu beschaffen.

»Wenn man schon eine Autobiographie schreibt, dann sollte man sich die beste zum Vorbild nehmen, oder nicht?« sagte sie.

Ich versicherte ihr, die *Apologia* gehöre zu den besten. Pater Egbert murmelte leise, nur für unserer beider Ohren: »Leider!«

Es war ein Viertel nach sechs, als sie alle fort waren. Ich wollte zu Lady Edwina, um sie zum Abendessen nach Hause mitzunehmen.

»Sie schläft ganz fest«, sagte Beryl Tims. »Und außerdem hat sie ja ihr Versprechen gebrochen, warum sollten wir uns also noch mit ihr abgeben?« Sir Quentin stand lauschend da. Beryl Tims wandte sich an ihn. »Warum sollen wir ein Taxi zahlen, und überhaupt, soviel Umstände? Schließlich hat sie ja auch das Meeting gestört.«

»Aber das hat doch allen sehr gefallen«, sagte ich.

Sir Quentin sprach: »Aber ich, rein persönlich gesprochen, hatte *un maivais quart d'heure;* man weiß bei meiner armen Mutter schließlich nie, was sie sagen oder tun könnte. Ich lehne die Verantwortung ab. Ein *mauvais quart d'heure* –«

»Lassen wir sie weiterschlafen«, sagte Beryl Tims. Als ich ging, sagte Sir Quentin zu mir: »Wir haben ein Gentlemen's Agreement, Sie und ich, daß nichts, was innerhalb dieser Gesellschaft vorgeht, jemals an die Außenwelt dringt, nicht? Diese Dinge sind höchst vertraulich.«

Da ich in keinem Sinn des Wortes ein Gentleman war, stimmte ich ihm fröhlich zu; jesuistische Kasuistik hat nie ihren Eindruck auf mich verfehlt. Aber im Augenblick dachte ich nur an die Zusammenkunft selber; sie erfüllte mich mit Freude.

Als ich heimkam, war es nach sieben. Mein Hausherr, Mr. Alexander, erwartete mich unten polternd, als ich die Tür zum Vorzimmer aufsperrte. »Eine ältere Person wartet oben auf Sie. Ich habe sie in Ihr Zimmer gelassen, weil sie sich setzen hat müssen. Ich habe sie auch das Badezimmer benützen lassen, weil sie hat gehen müssen. Sie hat den Toilettenboden naß gemacht.«

Und hier, in meinem Zimmer, fand ich Lady Edwina, eingehüllt in ihr langes Chinchillacape; sie saß in meinem geflochtenen Lehnstuhl neben der Orangenkiste, die meinen Essensvorrat und das Bücherregal enthielt. Sie strahlte vor Stolz. »Ich bin entkommen«, sagte sie. »Ich habe sie überlistet. Ein Taxi war nirgends zu sehen, aber ein Amerikaner hat mich mitgenommen. Ihre Bücher – so eine Menge. Haben Sie sie alle gelesen?«

Ich wollte Sir Quentin anrufen, um ihm zu sagen, wo seine Mutter war. Es gab ein Telefon in meinem Zimmer, das mit einer Zentrale unten im Keller verbunden war. Aber ich bekam keine Antwort, was nicht ungewöhnlich war, daher ratterte ich mit der Gabel, um mich bemerkbar zu machen. Darauf brach mit rotem Gesicht der Hausboy, unterbezahlt und schlecht gelaunt, der mit Frau und Kindern in diesen unteren Regionen lebte, in mein Zimmer und schrie, ich solle aufhören, mit dem Telefon zu rattern. Anscheinend wurde die Zentrale eben repariert, und ein Arbeiter machte sogar Überstunden dabei. »Die Zentrale ist auseinander«, bellte der Boy. Mir gefiel die Wendung, ich hob sie heraus aus den Ruinen dieses Augenblicks, wie das so meine Gewohnheit war.

»Lady Edwina«, sagte ich, »wissen die, wo Sie sind? Ich komme am Telefon nicht durch.«

»Die werden gar nicht bemerken, daß ich fort bin«, gab sie zurück. »Die meinen, ich bin mit einer Schlafpille ins Bett gegangen, aber die Pille habe ich durchs Klo gespült. Nennen Sie mich Edwina, was ich übrigens Beryl Tims keinesfalls erlaube.«

Ich holte Tassen und Untertassen heraus und ging daran, uns einen lustigen Abend zu machen. Ich legte der alten Dame die Füße auf drei Bände des kompletten Oxford English Dictionary. Sie sah königlich aus, sie sah aus, als würde sie sich wohl fühlen; sie hatte keine Schwierigkeiten mit ihrer Blase und verlangte nur einmal, zur Toilette gebracht zu werden; sie gackerte vor Vergnügen über ihre Heringseier und sagte, das schmecke ihr besser als Kaviar, »was ja das gleiche ist, nur eine andere Art von Fisch.«

»Ihr Studio ist so pariserisch«, sagte sie. »Die Künstler, die ich gekannt habe . . .« sagte sie sinnend, »Künstler und Schriftsteller, die sind heute natürlich berühmt. Und Sie auch . . .« Eilig versicherte ich ihr, daß darauf nicht viel Aussicht bestand. Es war für mich eher erschreckend, mich mir selbst im Lichte des Erfolgs vorzustellen, das lenkte von den Qualitäten meines bereits umfangreichen Werkes ab, von dem erst acht der Gedichte in kleinen Magazinen erschienen waren.

Ich fischte ein unveröffentlichtes Gedicht heraus, von dem ich sehr viel hielt, obwohl es achtmal abgelehnt worden und ein ganzes Jahr lang immer wieder in dem von mir selbst mit Briefmarken versehenen und adressierten Umschlag pünktlich mit meiner restlichen Post um acht Uhr morgens zurück nach Haus gekommen war. Vielleicht fühlte ich mich ihm gerade seines Ausgestoßenen-Schicksals wegen nahe. Die Hände der alten Dame preßten den Chinchilla an sich, ihre langen roten Fingernägel gruben sich in das silbergraue Fell. Das Gedicht war betitelt: *Metamorphosis*

Seeanemonen leiden derlei Schmerz
aus Angst vor Aberration, und die doch willentlich
auf Respirationen aspirieren, auf eine andere,
viel schwierigere, Art, verwandelnd unablässig
die Blumen in ein Animalisches.

Ich las gerade diese erste Strophe, als sich mein Freund Leslie selbst mit dem Schlüssel, den ich ihm gegeben hatte, die Tür aufsperrte. Er war groß und leicht vorgebeugt, mit einer blonden Locke, die ihm über ein Aug' fiel, und einem frischen jungen Gesicht. Ich war stolz auf ihn.

»Wie geht es Ihnen?« fragte Edwina, als ich ihn vorstellte. Sie hatte mir gesagt, daß sie Leute immer mit dieser Frage begrüße, da sie sich Gesichter oder Namen nicht merken konnte und den Leuten möglicherweise schon einmal begegnet war.

»Danke, mir geht's gut«, sagte Leslie, ohne die Frage zu erwidern. Mit solchen kleinen Unhöflichkeiten verärgerte er mich oft bis zum äußersten. Er war ganz vertieft in seine unzähligen privaten Ängste und zu sehr auf sich selbst bezogen, um mit ihnen fertig zu werden, selbst jetzt, wo ich ihm diese glanzvolle Erscheinung vorstellte, Edwina, einen uralten, faltigen, bemalten Geist, in kostbare Pelze gehüllt. Während er seinen Mantel abnahm und sich auf das Couchbett setzte, fragte Edwina freundlich: »Was sind Sie von Beruf, Sir?«

»Kritiker«, sagte Leslie.

Plötzlich war ich von Leslie enttäuscht. Es war ein Gefühl, das ich jetzt immer öfter bekam und das am Ende immer häufiger in einen Streit mündete. Leslie saß einfach da und ließ sich interviewen, außerstande, sich und seine Anliegen zu vergessen, mit seinem jungen Gesicht und seiner glänzenden Gesundheit, in solchem Kontrast zu Edwinas rappeligem Scharfsinn, ihren scharlachroten Nägeln, ihren hellen, wachen Augen. In Leslies Manteltasche erblickte ich den Hals einer Flasche, die er offenbar für uns beide gebracht hatte. Ich zog sie heraus; geschmuggelter algerischer Wein.

»Musikkritiker?« fragte Edwina Leslie.

»Nein, Literaturkritiker.« Er wandte sich an mich: »Übrigens, das Gedicht, das du gerade gelesen hast – wie war die Zeile ›auf Respirationen aspirieren‹ . . .?«

Ich stellte die Flasche hin und nahm mein Gedicht auf.

»Die glauben, ich habe eine Schraube locker«, sagte Edwina. »Aber ich habe keine Schraube locker. Ha!«

»Eine sehr schwache Zeile«, sagte Leslie.

Ich las sie laut vor. »Auf Respirationen aspirieren, auf eine . . .« Mir schien jetzt, daß Leslie recht hatte, aber ich sagte: »Was ist nicht in Ordnung damit?«

»Ist das eine Flasche von was zum Trinken?« fragte Edwina.

Leslie sagte: »Viel zu matt. Klingt wirklich nicht gut.«

Ich sagte: »Edwina, das ist algerischer Wein. Von mir aus können Sie ihn sehr gern trinken, aber ich fürchte, es wird Ihnen nicht gut tun.«

»Laß mich die Flasche aufmachen«, sagte Leslie mit hausherrischem Gehabe und holte sich einen Korkenzieher. Meinen Schriften gegenüber nahm er eine ambivalente Haltung ein, indem ihm zwar oft gefiel, was ich schrieb, aber keineswegs meine Absicht, als Schriftstellerin an die Öffentlichkeit zu treten. Das wieder brachte mich dazu, seine Kritik meistens abzulehnen.

Wenn er sich als Literaturkritiker ausgab, war das insofern nicht völlig falsch, als er für ein Magazin namens *Time and Tide* und andere kleine Blätter Bücher besprach, obwohl er tagsüber für einen Rechtsanwalt arbeitete.

Leslie entkorkte die Flasche, während Edwina ihm versicherte, daß sie einen Schluck algerischen Wein bestens vertragen würde.

Es klopfte an der Tür. Es war der wutentbrannte Hausboy, hinter sich Mr. Alexander, meinen Hausherrn.

»Jemand ruft bei Mr. Alexanders privater Nummer an, es ist wirklich eine unangenehme Störung«, sagte der Boy. Mr. Alexander sagte: »Das Haustelefon ist außer Betrieb. Ich kann Sie dieses Gespräch in meinem Wohnzimmer führen lassen, da Ihr Freund behauptet, es sei dringend. Bitte sagen Sie Ihren Freunden, sie möchten mich nicht weiter belästigen.« Und so ging es weiter, während ich ihm in sein Wohnzimmer folgte, wo seine Frau mit ihrem schwarzen Bubikopf saß und ihre langen Beine ausstreckte.

Sir Quentin war am Telefon. »Mummy ist nicht hier«, sagte er, »wir –«

»Sie ist hier bei mir. Ich bring' sie nach Haus.«

»Ach, wir haben uns solche Sorgen gemacht, meine liebe Miss Talbot. Es war schwer, Sie zu erreichen. Mrs. Tims –«

»Bitte rufen Sie bei dieser Nummer nicht mehr an«, sagte ich. »Das stört die Leute.« Ich legte auf und fing an, mich bei den Alexanders zu entschuldigen. »Sehen Sie, das ist eine recht alte Lady . . .« Sie schauten mich mit eisiger Ablehnung an, als wäre schon meine Stimme eine Zumutung. Schnell ging ich auf mein eigenes Zimmer, wo ich Leslie und Edwina glücklich zusammen trinkend vorfand. Edwinas Charme verfehlte jetzt auch auf Leslie nicht mehr seine Wirkung. Er las ihr mein Gedicht vor und zerpflückte es Zeile für Zeile.

Er zeigte sich einverstanden, Edwina nach Haus zu bringen. Er ging hinunter, um jemanden anzurufen und ein Taxi zu finden, das er zum Haustor zurückbrachte.

»Ich gehe direkt nach Haus«, sagte er zu mir, während sie an seinem Arm hinauswankte. »Muß heut einmal früh zu Bett gehen.«

»Ich auch«, sagte ich. »Muß mir über einiges klar werden.«

Edwina sagte: »Er ist eifersüchtig auf Sie, Fleur«, wenn ich auch nicht sicher war, was sie damit meinte.

Bevor sie ins Taxi verfrachtet wurde, sagte sie: »Ist das ein echter Degas, den Sie in Ihrem Zimmer haben?«

»Schule von Degas«, sagte ich.

Leslie lachte auf, ganz hingerissen. Ich winkte ihnen, dann ging ich zurück auf mein Zimmer. Ich weiß noch, wie ich mir das Bild von den zwei Frauen mit roten Pompons in ihren steifen braunen Hüten ansah, die in einer Kutsche fuhren, und mich fragte, wie man das nur für einen Degas halten konnte. Es war ein englisches Bild, signiert J. Hayllar 1863.

Ich fing an, aufzuräumen und mich fürs Bett fertig zu machen, im großen und ganzen sehr zufrieden mit meinem Tag, als ich unten auf der Straße unter meinem Fenster eine Frau »Auld Long

Syne« singen hörte. Nun war dies das Signal, das nur ganz wenige meiner Freunde benutzten, damit ich sie in der Nacht hereinlassen konnte, ohne mir die Beschwerden des unversöhnlichen Managements und Hauspersonals zuzuziehen. Ich öffnete das Fenster und sah hinaus. Zu meiner Überraschung erblickte ich im Licht der Lampe den umfänglichen Schatten von Leslies Frau Dottie, denn es ging schon auf Mitternacht zu, und so spät hatte sie mich noch nie besucht, vielleicht schon nur aus Angst, ihren Mann hier vorzufinden. Es mußte sich wohl um etwas Dringendes handeln. »Was ist los, Dottie?« sagte ich. »Leslie ist nicht hier.«

»Ich weiß. Er rief mich an und sagte, er würde eine alte Freundin von dir nach Haus bringen, und dann müsse er zu irgendeiner literarischen Party in Soho, die er nicht auslassen kann. Fleur, ich muß mit dir sprechen.«

Über meinem Kopf hörte ich ein Fenster aufgehen. Ich schaute gar nicht hinauf. Ich wußte, das war einer von den Alexanders, der sich mit mir anlegen wollte. Also sagte ich nur: »Ich laß dich herein, Dottie.« Das Fenster über mir fiel zu. Ich ging hinunter und ließ Dottie herein, ihr liebes Gesicht in Schals gehüllt, nach ihrem Englisch-Rosen-Parfüm duftend.

Ich schenkte uns beiden algerischen Wein ein. Sie fing zu weinen an. »Leslie«, sagte sie, »benutzt uns beide nur als Deckung. Er hat jemand anderen.«

»Wen?« fragte ich.

»Ich weiß es nicht. Aber es ist ein junger Dichter, ein Mann, das weiß ich ganz sicher«, sagte Dottie. »Die Liebe, die ihren Namen nicht zu nennen wagt.«

»Eine homosexuelle Affäre«, sagte ich, den Namen zu benennen wagend, was irgendwie Dotties Verzweiflung noch verstärkte.

»Wunderst du dich denn nicht?« fragte sie.

»Nicht sehr.« Ich fragte mich nur, wie er für uns alle Zeit fand.

»Ich war außer mir«, sagte Dottie, »und verletzt. Zutiefst verletzt. Du weißt nicht, was ich durchmache. Ich beginne jetzt eine Novene zu Unserer Lieben Frau von Fatima. So viel habe ich nicht einmal damals gelitten, als ich erfuhr, daß du Leslies Mätresse warst, Fleur, denn –«

Ich fiel ihr ins Wort, um das Wort »Mätresse« zu bemäkeln, das, wie ich ihr auseinandersetzte, ganz andere Assoziationen hatte, als auf meine unabhängige Liaison mit dem armen Leslie paßten.

»Warum sagst du ›armer Leslie‹, warum ›arm‹?«

»Weil er offensichtlich Schwierigkeiten hat mit seinem Leben. Er wird nicht fertig damit.«

»Nun, er nennt dich seine Mätresse. Das sind seine Worte.«

»Wie affektiert. Armer Leslie.«

»Was soll ich nur tun?« klagte sie.

»Du könntest ihn sitzen lassen. Du könntest bei ihm bleiben.«

»Ich kann mich nicht entscheiden. Ich leide. Ich bin schließlich nur ein Mensch.«

Ich hatte gewußt, daß sie früher oder später sagen würde, sie sei schließlich nur ein Mensch. Ich spürte auch, daß sie mich des weiteren bald der Unmenschlichkeit beschuldigen würde. Plötzlich hatte ich eine Idee.

»Du könntest deine Autobiographie schreiben«, sagte ich. »Du könntest der Autobiographischen Gesellschaft beitreten, deren Mitglieder ihre wahren Lebensgeschichten aufschreiben und sie dann auf siebzig Jahre wegschließen, so daß keine lebende Person beleidigt wird. Vielleicht würde dich das erleichtern.«

Es war nach zwei Uhr früh, bis ich ins Bett kam. Ich weiß noch, wie die Ereignisse meines Tages noch einmal vor mir erschienen, reich an unerklärlichem Leben. Ich schlief ein mit einem eigenartigen Gefühl von Traurigkeit und Versprechen, von Begegnung und Händehalten.

Drittes Kapitel

Wie ich hier berichte, was mir im Jahr 1949 zustieß und was ich tat, fällt mir auf, um wie viel leichter man es mit Figuren in einem Roman hat als im wirklichen Leben. In einem Roman erfindet der Autor seine Figuren und arrangiert sie in passender Reihenfolge. Aber jetzt, da ich biographisch schreibe, muß ich schildern, was tatsächlich geschah und wer wirklich auftauchte. Die Geschichte eines Lebens ist eine sehr zwanglose Party; es gibt keine Einladungen, keine Regeln des Vortritts oder der Gastfreundschaft.

Irgendein Berühmter bemerkte einmal in einem Diskurs über das Drama, die Handlung bestehe nicht nur aus Prügel, damit meinte er natürlich, daß der Dialog und der Sinn auch zur Handlung gehören. Genauso gehörte auch die Arbeit, die ich leistete, wenn ich den größten Teil der Abende und der Samstage mein Gehirnschmalz in *Warrender Chase* steckte, zur Handlung meiner Lebensgeschichte im Jahr 1949. Mein *Warrender Chase* war Handlung, genauso wie meine Debatten mit Dottie über Leslie, als ich sie zu überzeugen versuchte, daß sie ihm kein Kind anhängen sollte, wozu sie, wie sie mir am nächsten Abend bei ihrem Besuch mitteilte, fest entschlossen war. Mein *Warrender Chase*, den ich schnell verschwinden ließ, wenn Besucher auftauchten, oder damit die Aufräumefrau ihn nicht aufräumte, wenn ich am Morgen zur Arbeit ging, erfüllte den köstlichsten Teil meines Denkens und den besten Teil meiner Phantasie; es war wie Verliebtsein und noch besser. Den ganzen Tag über, wenn ich in die Angelegenheiten der Autobiographischen Gesellschaft vertieft war, folgte mir mein ungeschriebener Roman fast wie ein geheimer Begleiter und Komplize, wie ein Schatten, wohin ich auch ging, was ich auch tat. Notizen machte ich mir nur im Kopf.

Nun war die Handlung von *Warrender Chase* bereits gestaltet und in keiner Weise von den Vorfällen in der Autobiographischen Gesellschaft beeinflußt. Aber das Interessante war, daß es mir damals vorkam, als verhielte es sich umgekehrt. Damals; aber wenn ich jetzt darüber nachdenke – wie hätte das sein können? Und doch war es so. In meinem fiebrigen schöpferischen Zustand sah ich, wie Sir Quentin sich Kapitel für Kapitel als Typ und Verkörperung von *Warrender Chase*, meiner Schöpfung, enthüllte. Ich sah bereits voraus, daß die Mitglieder der Autobiographischen Gesellschaft drauf und dran waren, ihm, diesem psychologischen Jack the Ripper, ins Netz zu gehen.

Mein *Warrender Chase* war natürlich bereits tot am Ende meines ersten Kapitels, wo die Familie, sein Neffe Roland und seine Mutter Prudence auf die Ankunft des eminenten Dichters und Diplomaten und Moralisten warten und der Autounfall, bei dem der große Mann Warrender umkommt, bekanntgegeben wird. Vielleicht erinnern Sie sich, daß Marjorie, Rolands Frau, als sie erfährt, daß sein Gesicht bis zur Unkenntlichkeit entstellt ist, bevor noch der Eintritt des Todes festgestellt wird, sagt: »Oh, dann wird er sich operieren lassen müssen, das ist, als müßte er sein ganzes Leben lang eine Maske tragen!« Ich wollte, daß das so herauskam wie eine dieser albernen, hilflosen Bemerkungen, die man in Momenten von Hysterie und Schock macht. Aber es stellt sich heraus, daß er tot ist und daß für den Rest seines Lebens die Maske ab ist, nicht auf. Das heißt jedenfalls für den Rest seines Lebens in den Seiten meines Romans, nachdem Prudence, gegen den Willen der übrigen Familie, dem amerikanischen Gelehrten Proudie Warrenders Briefe und andere Dokumente anvertraut. In meinem Roman waren die Dokumente bereits in Proudies Händen, als ich die Richtung von Sir Quentins Ideen erfaßte.

Wie Sie wissen, hatte ich schon früher den Verdacht gehabt, daß Sir Quentin irgendwelche Machenschaften plante, vielleicht mit einem Schuß Erpressung. Doch war mir nicht klar, wie sich Erpressung anstellen ließe. Er verlor bei dem Unternehmen kein Geld; andererseits schien er recht wohlhabend, und seine potentiellen Opfer aus der Gesellschaft fielen eher durch ihre einstmals hohe gesellschaftliche Stellung auf als durch üppigen Reichtum, wie er den plumpen Erpresser in Versuchung führt. Einige von ihnen waren mittlerweile in recht bedrängten Umständen.

Der Korrespondenz entnahm ich, daß die vier Mitglieder, die nicht zu der Zusammenkunft erschienen waren, sich bereits herauszuwinden versuchten, und auch ich hatte beschlossen, daß ich einfach gehen würde, sobald mein vages Unbehagen und mein Verdacht bezüglich Sir Quentins Motiven sich gefestigt hatten.

Die vier widerspenstigen Mitglieder waren: ein Apotheker aus Bath, der sich auf den Druck der Geschäfte ausredete; der sehr verehrte und die besten Verbindungen genießende General – Major Sir George Beverley, der schrieb, daß sein Gedächtnis bedauerlicherweise sehr nachgelassen hätte und er sich leider, leider an gar nichts mehr aus seiner Vergangenheit erinnern könne; dann gab es auch eine pensionierte Schuldirektorin aus Somerset, die zuerst schrieb, daß ihre Aktivitäten im Tennis Club ihr leider keine Zeit für ihre Memoiren ließen, wie sie gehofft hatte, und dann, als Sir Quentin nachbohrte, als zusätzliche Ausrede vorbrachte, daß sie wegen ihrer Arthritis weder eine Schreibmaschine noch auch ihre Feder über längere Zeit benutzen konnte. Als viertes Mitglied zog sich jene Dame zurück, die mir das Interview für den Job verschafft hatte. Da ich den Job jetzt hatte, überlegte sie es sich wahrscheinlich zweimal, bevor sie Sir Quentin ihre Lebensgeschichte enthüllte, die jetzt ja auch durch meine Hände gehen würde. Sie schrieb ihm, ihre Biographie sei so interessant, daß sie sie nun auf eine Veröffentlichung anlegen wollte; mir schrieb sie mehr oder weniger das gleiche und bat mich, die Einleitung, die sie Sir Quentin bereits gegeben hatte, herauszuschmuggeln und ihr zurückzuschicken. Was ich auch tat. Und ich glaube, Sir Quentin durchschaute das, denn obwohl er die drei Seiten meiner Freundin Mary suchte und sie nicht an ihrer alten Stelle fand, fragte er mich nicht danach. Ich hätte ihm ohne weiteres gesagt, daß ich sie zurückgeschickt hatte, aber er schaute mich nur lächelnd an und sagte: »Aha – das war interessant, nicht wahr?«

»Kann ich nicht sagen«, antwortete ich. »Ich hab sie nicht gelesen.« Und das war die Wahrheit.

Nach einigen weiteren Lockbriefen von seiten Sir Quentins an die vier Abtrünnigen und immer energischeren, ja fast verängstigten Antwortbriefen waren sie endlich draußen. Der Apotheker aus Bath ging sogar so weit, daß er Sir Quentin einen Brief von seinem Rechtsanwalt schreiben ließ, worin er seinen Austritt endgültig bekanntgab. Ich spürte Hysterie in dieser Zuziehung eines Rechtsanwalts, wo es doch schon genügt hätte, Sir Quentins Briefe einfach nicht zu beachten.

Was die noch übrigen Mitglieder von Sir Quentins Gruppe meiner Meinung nach miteinander verband, war ihre innere Schwäche. Ich finde, daß das nichts Verächtlicheres ist als körperliche Schwäche. Wir kommen eben nicht alle als Helden oder als Athleten auf die Welt. Andererseits gebietet die elementare Vernunft, Schwäche immer zu fürchten, die eigene mit eingeschlossen; die Reaktionen der Schwachen können, wenn sie sich in die Enge getrieben fühlen, plötzlich und furchtbar sein. Damit will ich nur sagen, daß sich Sir Quentin meiner Ansicht nach auf etwas sehr Gefährliches einließ, wenn er diese Gruppe von Schwächlingen unter seine Fuchtel bringen wollte zu einem Zweck, der mir noch nicht klar war. Jedenfalls weihte ich Dottie in meine Mutmaßungen ein, bevor ich sie zur Autobiographischen Gesellschaft brachte. Ich warnte sie, sich dort keinesfalls zu entblößen, sondern den Vorgängen wenn möglich etwas Spaß abzugewinnen. Denn ich hatte das Bedürfnis nach etwas Freude, um diese Treffen und diese Schriften, deren feierlicher Ernst in so gar keinem Verhältnis zum Inhalt stand, etwas zu beleben und zu verwandeln. Wie unheimlich das Thema meines *Warrender Chase*, der mich damals ganz beherrschte, auch sein mag, niemand kann sagen, daß es nicht ein animierter Roman ist. Ich glaube, der gewöhnliche Leser wäre erstaunt, wenn er wüßte, in was für Verwicklungen ich wegen der unheimlichen Seite meines

Romans geriet, und das ist Teil dieser Geschichte; und das ist auch der Grund, warum ich sie für erzählenswert halte.

Dottie machte sich sofort daran, in der Autobiographischen Gesellschaft Freunde zu gewinnen. Die nostalgische Atmosphäre paßte ihr wie angegossen; sie kam sich ja selbst verfolgt vor und sehnte sich danach, geliebt zu werden. Ich war sehr besorgt über ihre Aufrichtigkeit und ihre Unfähigkeit, sich von der Situation der anderen zu distanzieren. Ich warnte sie, warnte sie immer wieder, daß ich Sir Quentin im Verdacht hatte, nichts Gutes im Schilde zu führen. Dottie sagte: »Hast du mich aus bestimmten Gründen in diese Gruppe eingeschleust?«

»Jawohl. Und ich dachte, du würdest es lustig finden. Laß dich da nicht hineinziehen. Diese Leute sind infantil, und werden es mit jedem Tag immer mehr.«

»Ich will für dich beten«, sagte Dottie, »zu unserer Lieben Frau von Fatima.«

»Zu *deiner* Lieben Frau von Fatima«, sagte ich. Denn obwohl ich selbst gläubig bin, fühlte ich, daß Dotties Auffassung von Religion, notwendigerweise, grundverschieden von meiner war; und als sie viele Jahre später dramatisch verkündete, sie habe ihren Glauben verloren, war ich erleichtert das Gefühl los, wenn ihr Glaube der wahre gewesen wäre, hätte ich den falschen gehabt.

Aber jetzt nach der Rückkehr von einem Meeting bei Sir Quentin in meinem Zimmer sagte Dottie: »Du hast mich eingeschleust. Ich werde für dich beten.«

»Bete für die Mitglieder der Autobiographischen Gesellschaft«, sagte ich.

Ich weiß nicht, warum ich Dottie für meine Freundin hielt, aber so war es jedenfalls. Ich glaube, Dottie empfand das gleiche für mich, obwohl sie mich sicher nicht eigentlich leiden konnte. Damals war es in meinen Kreisen einfach so, daß Freunde quasi vom Schicksal gegeben waren. Sie waren eben da, wie der Wintermantel und wie das dürftige Gepäck. Man hätte nie daran gedacht, sie abzulegen, nur weil man sie vielleicht nicht leiden konnte. Im Jahr 1949 war das Leben in den Randzonen der Intellektuellenschicht ein in sich geschlossenes Universum. Es war ein bißchen wie das Leben im heutigen Osteuropa.

Wir saßen und unterhielten uns über die Zusammenkunft. Es war schon Ende November. Ich hatte mit Dottie den ganzen Heimweg über gestritten, im Bus und dann beim Anstellen in einer Schlange vor einem Lebensmittelgeschäft, dem gerade das, was immer Dottie hatte kaufen wollen, ausging, während die Schlange sich noch weiter verlängerte und wir als zehnte dran waren; außerdem war ohnehin schon Ladenschluß, so daß der Greißler in seiner braunen Schürze seine Türen mit einem Einschnappen des Riegels schloß und wir uns auf die Socken machten.

Die Autobiographische Gesellschaft hatte sie von Leslie abgelenkt. Wir hatten ihn beide seit über drei Wochen nicht mehr gesehen. Ich hatte beschlossen, ihm als Geliebten den Laufpaß zu geben, was mir leicht fiel, nur sein Gesicht und seine Unterhaltung fehlten mir. Dottie war wütend über meine Gleichgültigkeit, sie hätte es so gern gesehen, wenn ich mich nach Leslie verzehrt hätte, in vergeblicher Liebe, und sie fand, ich entwerte ihre Schätze.

An diesem Nachmittag hatte ich zum dritten Mal seit Beginn meines Jobs an einer Zusammenkunft von Sir Quentins Autobiographen teilgenommen. Bisher hatte Dottie den anderen noch keine eigenen biographischen Schriften vorgelegt. Sie hatte allerdings eine lange Beichte über Leslie und seinen jungen Poeten und ihre daraus folgenden Leiden verfaßt. Ich hatte das Opus zerrissen und sie nachdrücklichst vor derartigen Enthüllungen gewarnt. »Warum nicht?« fragte Dottie.

Ich konnte es ihr nicht sagen. Ich wußte es selbst nicht. Ich sagte, ich würde es ihr erklären können, wenn ich noch ein paar Kapitel von meinem Roman *Warrender Chase* geschrieben hätte.

»Was hat das damit zu tun?« fragte Dottie vernünftigerweise.

»Ich kann nur auf diese Weise zu einer Einsicht darüber

gelangen, was bei Sir Quentin vor sich geht. Ich muß es durch meine eigene schöpferische Arbeit herausfinden. Du mußt meinem Instinkt vertrauen, Dottie. Ich habe dich davor gewarnt, ihnen deine Seele zu entblößen.«

»Aber ich habe diese Leute gern, und Beryl Tims ist wirklich so lieb. Sir Quentin ist etwas merkwürdig, aber doch so beruhigend, findest du nicht auch? Wie ein Priester, den ich als Kind kannte, als ich bei den Nonnen zur Schule ging. Und er tut mir leid, mit dieser gräßlichen alten Mutter. Er besitzt echte Güte . . .«

Ich saß mit Dottie in meinem Zimmer und mühte mich ab, mich zur Klarheit durchzubuddeln. Während Dottie mit vollkommener Klarheit für ihre eigene vollständige Verwicklung in die Sache plädierte, witterte ich Gefahr, entweder für sie oder von ihr.

»Wenn du diese Einstellung hast«, sagte Dottie, »dann solltest du den Job aufgeben.«

»Aber ich bin da hineinverwickelt. Ich muß wissen, was vorgeht. Ich wittere dunkle Geschäfte.«

»Aber du willst nicht, daß ich hineinverwickelt werde«, sagte sie.

»Nein, das ist gefährlich. Nie im Leben würde ich mich selber da hineinverwickeln lassen –«

»Erst sagst du, du bist da hineinverwickelt. Dann sagst du, du würdest dich nie hineinverwickeln lassen. Die Wahrheit ist«, sagte Dottie, »daß du neidisch bist, weil ich mit allen so gut zurechtkomme, mit Sir Quentin und den Mitgliedern und Beryl.«

Sie kam wirklich gut mit allen zurecht. An diesem Nachmittag waren alle noch übrigen Mitglieder aufgetaucht, einschließlich Dottie, sieben im ganzen.

Mrs. Tims hatte sich sofort auf Dottie gestürzt und sie noch in der Vorhalle leise danach ausgefragt, ob sie von ihrem Mann gehört hätte. Dottie murmelte irgend etwas mit seelenvollem Blick. Ich hatte genügend damit zu tun, Maisie Young in

Empfang zu nehmen, die sportlich mit ihrem kaputten Bein zurecht kam, und den nervösen Pater Delaney, aber von Zeit zu Zeit hörte ich, wie Beryl Tims Dotties Konfidenzen mit Ausrufen unterbrach: »Das Schwein!« »Es ist abscheulich! Man sollte sie auf einer Insel aussetzen.« Ich versuchte, Dottie da herauszuziehen, aber sie hatte nicht im geringsten vor, mir ins Studierzimmer zu folgen, bis sie ihren Schwatz mit Beryl Tims beendet hatte. Ich mußte die beiden Englischen Rosen sich selbst überlassen und mich meinen Aufgaben widmen.

Im Lauf der vergangenen sieben Wochen hatten jene Mitglieder, die der Gesellschaft treu geblieben waren, verschiedene einschneidende Veränderungen in ihren Biographien mitansehen müssen. Ende Oktober hatte mir Sir Quentin eines Tages eröffnet: »Ich finde, Ihre köstlichen Bearbeitungen der Geschichten unserer Freunde waren so weit vollkommen angemessen, Miss Talbot, aber nun ist der Zeitpunkt gekommen, daß ich mich einschalte. Ich sehe ein, daß es nötig ist. Es ist eine Frage der Moral.«

Ich machte keine Einwände, aber ich hatte immer wieder erlebt, daß Leute, die sagen »Es ist eine Frage der Moral!« in diesem bestimmten, geschürzten Ton wie Sir Quentin, sich selbst damit rechtfertigen wollten, und daß sie im allgemeinen nichts Gutes im Schilde führten. »Sehen Sie«, sagte Sir Quentin, »sie sind sehr aufrichtig, die meisten von ihnen, wirklich ungemein aufrichtig, aber sie haben keinerlei Schuldgefühl. Meiner Meinung nach . . .«

Ich hörte nicht mehr zu. Es war schließlich nur ein Job. In vieler Hinsicht war ich froh, daß ich jetzt meine Erfindungsgabe nicht mehr dazu verwenden mußte, diese öden Biographien aufzupolieren. Ausgenommen Maisie Young, die noch immer haufenweise Material über das Jenseits und über die Einheit des Lebens produzierte, hatten sie jetzt alle, angestachelt von Sir Quentin, angefangen, ihre ersten amourösen Abenteuer zu skizzieren. Ich hätte sie nicht offen genannt, wie Sir Quentin das meinem Geschmack nach eher zu häufig tat. Erreicht worden war bisher nur, daß Mrs. Wilks vor ihrer Flucht aus Rußland im Jahre 1917 von einem Soldaten ihre Bluse aufgerissen bekam; Baronin Clotilde wurde in dem reizenden französischen Château bei Dijon mit ihrem Musiklehrer im Bett überrascht; Pater Egbert Delaney, der nur mit Zagen zu seiner Feder gegriffen hatte, hatte mit dem nämlichen Zagen viele Seiten lang die unreinen Gedanken beschrieben, die ihn erfaßten, nachdem er seine erste Beichte gehört hatte; Lady Bernice »Bucks« Gilbert hatte vermittels eines Flashbacks in ihre Teenager-Zeit in einem langen Kapitel ihre lesbischen Erlebnisse mit der Spielführerin eines Hockey-Teams beschrieben, welchen ausführliche Schilderungen von Sonnenuntergängen in den Cotswolds Atmosphäre verliehen. Beim schüchternen Sir Eric ging es um eine Mittelschulaffäre mit einem anderen Jungen, wobei das einzig Interessante an diesem Abenteuer war, daß Jung-Eric, während er mit diesem anderen Jungen tat, was immer es auch gewesen sein mochte, in seinem Geiste die ganze Zeit eine Schauspielerin vor sich sah, die während der letzten Schulferien bei seinen Eltern gewohnt hatte.

Sir Quentin nannte diese Produkte »offen«, mit einer nachdrücklichen Betonung, was mir auf die Nerven ging.

»Es ist Zeit, daß ich mich einschalte. Das ist eine Frage der Moral«, sagte er.

*

»Wenn du nur nicht meinen Beitrag zerrissen hättest«, sagte Dottie, als sie an diesem späten Novemberabend bei mir im Zimmer saß. »Es war mir so peinlich, daß ich nichts vorzuweisen hatte.«

»Du hast aber doch Beryl Tims die ganze Geschichte vorgewiesen«, sagte ich.

»Man muß sich schließlich jemandem anvertrauen können. Sie ist eine wirkliche Freundin. Ich finde, es ist ein Skandal, wie sie diesem widerwärtigen alten Weib hinterher laufen muß.«

In den letzten Wochen war eine Krankenpflegerin für Lady Edwina eingestellt worden. Diese Schwester war eine stille Person, zutiefst verachtet von Beryl Tims. Für Mrs. Tims war Edwina jetzt sicherlich keine Belastung mehr, und die alte Dame war wilder und lustiger als je zuvor. Ich liebte sie geradezu. Beim letzten Zusammentreffen der Autobiographischen Gesellschaft, das ich jetzt mit Dottie zerpflückte, war Edwina wieder zum Tee erschienen, in taubengrauen Samt gekleidet, mit langen und zahlreichen Perlenschnüren behängt. Ihre gerougeten Falten und das verschmierte Mascara waren eine Augenweide. Sie benahm sich mit ausdrucksvoller Grazie und war ganz zimmerrein: nur als es Zeit wurde, daß sie sich zurückzog, und die Schwester verschämt auf Zehenspitzen ins Zimmer kam, um sie abzuholen, da hatte Edwina wieder eins ihrer langen Gegacker losgelassen und dann gekrächzt: »Na, meine Lieben, jetzt hat er euch, wo er euch haben wollte, was? Ha! Verlaßt euch nur auf meinen Sohn Quentin.« Der knochige Zeigefinger ihrer Rechten deutete auf Maisie Young. »Ausgenommen dich. Mit dir hat er noch nicht angefangen.« Maisies Augen waren hypnotisiert von dem roten Fingernagel, der auf sie gerichtet war.

»Mummy!« sagte Sir Quentin.

Ich hatte zu Dottie hinübergesehen. Sie murmelte mit Beryl Tims, nickte weise, sehr mitfühlend.

Ich gab Dottie keine Antwort, als sie an diesem Abend schlecht gelaunt in meinem Zimmer saß und immer weiter darauf herumritt, wie leid Beryl Tims ihr tat, und wie unumgänglich nötig es doch sei, Edwina in ein Heim zu schicken. Ich hatte den Eindruck, daß Dottie mich provozieren wollte. Es war deutlich, daß Dottie sehr müde war. Aus irgendeinem Grund kann ich mich kaum daran erinnern, daß ich damals jemals müde gewesen wäre; sicher muß ich manchmal erschöpft gewesen sein, denn ich erledigte jeden Tag eine überraschende Anzahl und Vielfalt von verschiedenen Dingen; aber ein solcher Anfall von Müdigkeit, wie ich an diesem Abend an Dottie sehen konnte, fällt mir für mich selbst beim besten Willen nicht ein.

Ich machte Tee und erklärte mich bereit, ihr ein Stück von meinem *Warrender Chase* vorzulesen. Ich tat das nicht weniger für mich selber, als um Dottie zu unterhalten, ja ihr zu schmeicheln; für mich selber deshalb, weil ich nach Dotties Heimgang noch ein paar Seiten an dem Buch schreiben wollte, und das Vorlesen war eine Art Vorbereitung.

Jetzt war ich zu der Stelle gekommen, wo Warrenders Neffe Roland und dessen Frau Marjorie beschlossen haben, als Vorbereitung Warrenders Papiere durchzugehen, denn Prudence, Warrenders steinalte Mama, hat den Gelehrten Proudie damit beauftragt, sie zu sichten. Das geschieht drei Wochen nach dem stillen Landbegräbnis im Kreis der Familie, das ich im Detail beschrieben hatte. Dottie kannte das Stück über das Begräbnis schon, sie hatte es »viel zu kalt« genannt, aber das hatte mich nicht gestört; im Gegenteil, ich nahm ihre Kritik eher für ein gutes Zeichen. »Du hast die Tragödie von Warrenders Tod nicht als solche gestaltet«, hatte Dottie bemerkt; und auch das hatte mich keineswegs gestört. Das war jedenfalls das neue Kapitel, das von Rolands Standpunkt aus geschrieben war. Und der war, daß sein Onkel, Warrender Chase, als großer Mann tragischerweise in der Blüte seiner Jahre umgekommen war; das wurde öffentlich anerkannt, das ist sozusagen ein öffentlicher Gemeinplatz. Er hat es erreicht, daß alle ihn für bedeutend halten.

Die Familie, die im geheimen den Status der Leidtragenden genoß, vertraute darauf, daß Roland und Marjorie ihre Arbeit gewissenhaft tun, mit Proudie zusammen die Papiere sichten und schließlich ein *Leben und Schriften* oder sonst eine Art Denkmal für Warrender Chase daraus machen; egal, was sie zusammenstellen, und selbst wenn es Jahre dauert, interessant muß es auf jeden Fall werden. Naturgemäß findet Roland, als er die Papiere des Toten durchgeht, diese Aufgabe deprimierend. Warrender Chase, vor wenigen Wochen noch so vital, und jetzt endgültig gegangen. Roland ist traurig, auch ein bißchen zerfahren. Warum blüht aber dann Marjorie, bisher eine ziemlich neurotische und eher welke Dreißigerin, so plötzlich auf? Seit dem

Begräbnis lebt sie von Tag zu Tag mehr auf, ihre steigende Laune ist unverkennbar. Proudie ist Marjories neu gefundenes Glück nicht entgangen.

Das eben Gesagte ist natürlich nur eine grobe Zusammenfassung. Aber als ich Dottie das Stück an diesem Abend in meinem Untermietzimmer vorlas, konnte ich sehen, daß sie es nicht mochte. Ich werde die Stelle, die ihr besonderes Mißfallen erregte, wörtlich zitieren:

»Marjorie«, sagte Roland, »stimmt irgend was nicht mit dir?«

»O nein, keineswegs.«

»Genau wie ich dachte«, sagte er.

»Du scheinst mir vorwerfen zu wollen«, sagte sie, »daß es mir gut geht.«

»Ja, zugegeben, gewissermaßen. Warrenders Tod ist dir offenbar gar nicht nahegegangen.«

»Er ist ihr wunderschön nahegegangen«, sagte Proudie.

(Ich ersetzte »wunderschön« durch »sehr wohl«, bevor ich das Buch dem Verleger schickte. Wahrscheinlich hatte ich zu jener Zeit etwas zu viel Henry James gelesen, und »wunderschön« war doch recht überzogen.)

An diesem Punkt warf Dottie ein: »Ich verstehe nicht, wo du hinauswillst. Ist Warrender Chase ein Held, oder ist er keiner?«

»Er ist ein Held«, sagte ich.

»Dann ist Marjorie eine schlechte Person.«

»Wie kannst du das sagen? Marjorie ist eine Erfindung, sie existiert gar nicht.«

»Marjorie ist eine Personifikation des Bösen.«

»Was ist eine Personifikation?« fragte ich. »Marjorie ist nur Wörter.«

»Die Leser wollen wissen, woran sie sind«, sagte Dottie. »Und in diesem Roman wissen sie es nicht. Marjorie scheint auf Warrenders Grab zu tanzen.«

Dottie war nicht dumm. Ich wußte, daß ich es dem Leser nicht leicht machte zu wissen, auf wessen Seite er stehen sollte. Aber ich fühlte mich einfach dazu getrieben, mit meiner Geschichte fortzufahren, ohne dem Leser eine Denkanweisung zu verpassen. Übrigens hatte mir Dottie mit ihrer Kritik die Anregung für jene Szene gegen Ende des Buchs gegeben, wo Marjorie auf Warrenders Grab tanzt.

»Weißt du«, sagte Dottie, »du hast so etwas Hartes an dir, Fleur. Du bist nicht richtig weiblich, oder?«

Das ging mir jetzt aber wirklich auf die Nerven. Um ihr zu zeigen, daß ich eine Frau war, zerriß ich die Seiten meines Romans und stopfte sie in den Papierkorb, brach in Tränen aus und warf sie hinaus, grob und laut, so daß Mr. Alexander übers Stiegengeländer glotzte und sich beschwerte. »Hinaus«, schrie ich Dottie an. »Du und dein Mann, ihr habt mein literarisches Schaffen ruiniert.«

Danach ging ich zu Bett. Von Frieden erfüllt, schlief ich ein.

Nachdem ich am nächsten Morgen meine zerrissenen Seiten von *Warrender Chase* aus dem Papierkorb gefischt und sie wieder zusammengeklebt hatte, ging ich zur Arbeit und holte mir unterwegs in der Bezirksbücherei von Kensington John Henry Newmans *Apologia*, die ich Maisie Young seit langem versprochen hatte. Sie hätte sie sich in allen diesen Wochen auch ganz leicht selbst besorgen können, sogar mit ihrem Gebrechen, aber sie gehörte zu jenem Schlag von Menschen – es müssen keineswegs immer die ganz Ungebildeten sein –, die immer fragen, wie sie zu dem oder jenem Buch kommen können; sie wissen sehr gut, daß man Schuhe im Schuhgeschäft und Lebensmittel im Lebensmittelgeschäft kauft, aber ein Buchgeschäft ausfindig zu machen und zu betreten liegt irgendwie nicht im Bereich ihrer Vorstellungen.

Nichtsdestoweniger war ich Maisie wohlgesinnt und dachte, die erhabenen Seiten von Newmans Autobiographie, so vergeistigt sie auch waren, würden ihr Inneres an die süße Welt der Lebenden binden. Maisie brauchte eine solche Bindung.

Ich fand das Buch in den Regalen der Bücherei, und da ich in dieser Abteilung war, stieß ich noch auf ein anderes Buch, das ich seit Jahren nicht gesehen hatte. Es war die *Autobiographie* von Benvenuto Cellini. Es war, als würde ich einen alten Freund wiedersehen. Ich lieh mir beide Bücher aus und ging froh und glücklich meines Weges.

Viertes Kapitel

Ende November begann ich Edwina an Sonntagnachmittagen auszuführen. Damit löste sich das Problem, was man mit ihr anstellen sollte, wenn die Schwester frei hatte und Tims mit Sir Quentin aufs Land fuhr. Mir paßte das recht gut, denn erstens hatte ich sie gern, und zweitens ließ sie sich in meinem Leben so gut unterbringen. Wenn es schön war, holte ich sie in einem Taxi ab und verpackte sie dann in ihrem aufklappbaren Rollstuhl für einen Spaziergang am Rand von Hamstead Heath, zusammen mit einem Freund, meinem lieben Solly Mendelsohn, und nachher gingen wir entweder in einen Tea-shop oder in seine Wohnung auf eine Tasse Tee. Solly war Journalist bei einer Zeitung und hatte immer Nachtdienst, deshalb sah ich ihn fast immer nur bei Tageslicht.

Es gab nichts, was man vor Edwina nicht hätte besprechen können; sie freute sich über alles, was wir sagten oder taten, und das war auch gut so, denn in den Stunden vertrauensvoller Entspannung fluchte und schimpfte Solly gern über bestimmte Aspekte des Lebens, dabei hatte er aber die gutmütigste Natur, das weiteste und großzügigste Herz, das man sich vorstellen kann. Zuerst war Solly, aus Ehrerbietung gegen die hochbetagte Lady Edwina, vorsichtig, aber er hatte sie bald durchschaut. »Edwina, Sie sind ein toller Kamerad«, sagte er.

Solly hinkte, das hatte er aus dem Krieg mitgebracht; wir kamen nur langsam vom Fleck, blieben auch oft stehen, wenn das Bedürfnis nach einer kleinen Erholung vom Rollstuhl-Schieben irgendwie passend zusammenfiel mit einem Punkt in unserer Konversation, der der Unterstreichung durch eine physische Pause bedurfte, wie zum Beispiel, als ich ihm sagte, daß Dottie sich weiterhin über *Warrender Chase* beschwerte und es mir daher leid tat, daß ich ihr überhaupt jemals daraus vorgelesen hatte.

»Du mußt dir deinen Verstand untersuchen lassen«, sagte Solly und humpelte vor sich hin. Er war ein massiges Mannsbild mit einem großen semitischen Kopf, eines Bildhauers Freude. Er blieb stehen und sagte: »Du mußt dir deinen Verstand untersuchen lassen, wenn du auf diese blöde Kuh hörst.« Dann griff er nach seiner Seite von Edwinas Rollstuhlgriff, und wir zogen weiter.

Ich sagte: »Ich empfinde Dottie als eine Art von Durchschnittsleser.«

»Scheiß auf den Durchschnittsleser«, sagte Solly, »den gibt es doch in Wirklichkeit gar nicht.«

»Das sage ich auch«, kreischte Edwina. »Einfach Scheiß auf den Durchschnittsleser. Gibt's gar nicht.«

Ich drückte mich gern deutlich aus. Solang Dottie nur aufnahm, was ich schrieb, war es mir egal, ob es ihr gefiel oder nicht. Ich konnte damit rechnen, daß sie sämtliche typischen Englische-Rosen-Urteile aussprach, und wir stritten uns oft, aber schließlich war sie eine Freundin, also wollte sie doch immer noch mehr hören. Ich hatte mein Buch auch Edwina und Solly vorgelesen. »Ich weiß noch«, sagte Edwina mit ihrer gackernden Stimme, »wie ich lachte und lachte über diese Szene bei der Seelenmesse für Warrender Chase, die die Ehrwürdige Zunft der Fischhändler für ihn lesen ließ.«

Mehrere Leute drehten sich nach Edwina um, wenn sie auf ihre schrill schreiende Art redete. Die Leute drehten sich oft um, um ihr in das bemalte verschrumpelte Gesicht zu starren, auf ihre grünen Zähne, den erhobenen blutroten Fingernagel, von ihrer quietschenden Stimme begleitet, das Ganze bis zum Hals in kostbares Pelzwerk gehüllt. Edwina war über neunzig und konnte jeden Tag sterben, wie sie das sechs Jahre später auch tat. Mein lieber, lieber Solly lebte bis in die siebziger Jahre dieses Jahrhunderts, als ich weit fort war. Während seiner letzten Krankheit fing er an, mir ein paar Bücher aus seiner Bibliothek zu schicken, von denen er wußte, daß sie mir besondere Freude machen würden.

Eins dieser Bücher, das mich durch die Jahre zurück in die wintrige Hampstead Heath führte, war eine seltene Ausgabe von John Henry Newmans *Apologia pro Vita Sua*, und ein anderes eine in Grün und Gold gebundene italienische Ausgabe von *La Vita* meines geliebten Benvenuto Cellini.

Questa mia Vita travagliata io scrivo . . .

Ich erinnere mich an Solly in allerbester Verfassung auf diesen Spaziergängen in Hampstead, und unsere Edwina war immer bereit, das allgemeine Drama unseres Lebens zu sekundieren, krächzend wie ein griechischer Chorus, wenn wir dies oder jenes besprachen. Ich war mit *Warrender Chase* noch nicht fertig, aber Solly hatte mir einen etwas heruntergekommenen Verleger gefunden, mit dem Hauptquartier in einem Lagerhaus in Wapping, der nach Durchsicht der beiden ersten Kapitel bereit war, mir einen Vertrag zu geben, bei einem Vorschuß von zehn Pfund. Ich weiß noch, wie ich bei einem unserer Spaziergänge den Vertrag mit Solly besprach. Es war ein trockener, windiger Tag. Wir blieben stehen, während Solly das eine Seite lange Dokument studierte. Es flatterte in seiner Hand. Er gab's mir zurück. »Sag ihm, er soll sich den Arsch damit wischen«, sagte Solly. »Nur nicht unterschreiben.« »Ja, o ja, o ja«, kreischte Edwina. »Sag einfach dem Verleger, er soll sich mit dem Vertrag den Arsch wischen.«

Ich hatte für Obszönitäten sonst nicht viel übrig, aber die Verbindung der Umstände, irgend etwas an der Heath, das Wetter, der Rollstuhl, und auch Solly und Edwina selber in ihrem eigenen Kern, alles zusammen ließ mir das sehr poetisch erscheinen; es machte mich sehr glücklich. Wir schoben Edwina in einen Tea-shop, wo sie uns Tee einschenkte und auf höchst damenhafte und gewandte Art Konversation pflegte.

Das war etwa Mitte Dezember 1949. Ich war viele Nächte über *Warrender Chase* gesessen und hatte schon ein Thema für einen zweiten Roman im Kopf. Ich wünschte mir genug Geld, um meinen Job zu kündigen, aber solange ich nicht genug Geld von einem Verleger bekam, bestand dafür keine Aussicht.

Und hier kommt ein weiterer Punkt. Mein Job bei Sir Quentin fesselte meine Neugier. Was dort passierte, hätte sehr leicht weiterhin meinen *Warrender Chase* beeinflussen können, tat es aber nicht. Vielmehr gewann ich erst, nachdem ich, im Januar 1950, das Buch fertig geschrieben hatte, besseren Einblick in Sir Quentins Machenschaften.

*

Gegen Ende Januar 1950 bemerkte ich, wie sich der Zustand aller Mitglieder der Autobiographischen Gesellschaft merklich verschlechterte.

Ich war mit Grippe im Bett gelegen und zwei Wochen lang nicht zur Arbeit gekommen. Kurz nach Neujahr war Dottie an Grippe erkrankt, und ich hatte den größten Teil meiner Abende in ihrer Wohnung verbracht, im fatalistischen Glauben, daß ich mir ihre Grippe ohnehin holen würde. Ich bin gar nicht sicher, ob ich überhaupt etwas dagegen hatte. In diesen ersten Januarwochen, als ich jeden Abend mit meinen Einkäufen und anderen Dingen, die sie brauchte, zu Dottie kam, tauchte auch Leslie oft auf. Er lebte jetzt nicht mehr mit Dottie, sondern war zu seinem Dichter gezogen. Aber die Grippe entspannte Dottie irgendwie. Sie war etwas weniger Englische Rose. Sie verkniff es sich, Leslie mitzuteilen, daß sie für ihn betete. Zugegeben, sie hatte noch allerhand Kindheitserinnerungen bei sich im Bett, einen Teddybär, ein paar Puppen, einen Gollywog, die alle auf Leslies Seite des Betts lagen. Diese Spielsachen hatte sie immer schon die Steppdecke entlang auf ihrem Bett drapiert gehabt. Ich wußte, daß sie Leslie auf die Nerven gegangen waren, aber jetzt, wo sie krank war, war er wahrscheinlich in nachgiebiger Stimmung, denn er brachte ihr manchmal Blumen. Es gab keine Vorwürfe zwischen uns, und wir glitten fröhlich über dickes Eis, während ich mich heimlich fragte, was ich wohl jemals in Leslie gesehen hatte, er schien sein gutes Aussehen so völlig verloren zu haben, wenigstens in einem männlich-virilen Sinn. Nichtsdestoweniger waren wir glücklich. Dottie brachte sogar manchmal ein Lachen über meine Geschichten über Sir Quentin zustande, obwohl sie im Herzen die Autobiographische Gesellschaft sehr ernst nahm.

Jetzt, wo ich mit dem Kranksein an der Reihe war, lag ich den ganzen Tag mit Fieber im Bett und schrieb und schrieb an meinem *Warrender Chase*. Diese Grippe war eine großartige Gelegenheit, das Buch fertigzubekommen. Ich arbeitete, bis meine Hand erlahmte und Dottie um sechs Uhr abends mit einer Thermosflasche mit Suppe oder ein paar Speckscheiben auftauchte, die sie auf meinem Gaskocher briet und fürsorglich in kleine Stücke schnitt, damit ich sie, meiner Gesundheit zuliebe, hinunterschluckte. Sie war von ihrer eigenen Grippe etwas dünner geworden, Locken fielen von ihrer hübschen Aufsteckfrisur herunter, so daß sie im Augenblick viel weniger wie eine Englische Rose aussah. Sie kam von Sir Quentin, dem sie während meiner Abwesenheit hilfreich an die Hand ging.

»Dottie«, sagte ich, »du darfst diesen Mann einfach nicht ernst nehmen.«

»Beryl Tims liebt ihn«, sagte sie.

»O Gott«, sagte ich.

Ich hatte gerade an diesem Tag in meinem *Warrender Chase* das Kapitel geschrieben, wo die Briefe meiner Figur Charlotte erkennen lassen, daß sie derart in ihn verliebt war, daß sie sogar bereit war, ihre eigenen gesunden Instinkte zu verleugnen, oder vielmehr zu vergessen, daß sie diese Instinkte hatte, nur um Warrender Chases Anerkennung zu gewinnen und wenigstens einen Teil seiner Aufmerksamkeit auf sich zu lenken. Meine Figur Charlotte, meine fiktive Englische Rose, wurde später für eines meiner schockierendsten Porträts gehalten. Na und? Ich schuf sie in diesen fieberischen Tagen und Nächten während meines Grippeanfalls, der an Rippenfellentzündung grenzte, und bedauerte die Erschaffung von Charlotte keine Sekunde lang. Ich schrieb nicht Lyrik und Prosa, damit der Leser mich für eine nette Person hielt, sondern damit meine Wortreihen eine Vorstellung von Wahrheit und Wunder hervorbrächten, so wie mir selbst, wenn ich sie verfaßte. Ich sehe nicht ein, warum ich nicht laut sagen sollte, wie sehr ich den Klang meiner eigenen Stimme bei der Arbeit genieße. Ich verschweige keinen wichtigen Umstand.

Jetzt behandelte ich die Geschichte von Warrender Chase mit einer leichten und herzlosen Hand, wie das so meine Art ist, wenn ich einen vollkommen ernsten Bericht liefern muß. Ganz gleich, worum es geht, es erscheint mir immer wie Heuchelei, wenn der Autor so tut, als mache er tragische Erfahrungen durch, während er doch relativ bequem mit Feder und Papier oder einer Schreibmaschine umgeht. Ich amüsierte mich sehr mit Warrenders Mutter, Prudence, und ihren gruftigen Aussprüchen: und ich ließ sie die Dokumente dem amerikanischen Gelehrten, Proudie, übergeben, den sie für komisch hielt. Ich tat es Szene für Szene: Marjories offenkundige Befreiung von irgendeiner gräßlichen Angst nach Warrenders Tod, und der darauf folgende Unwillen ihres Mannes, Roland, mit seinem kleinen runden Gesicht und seiner Verehrung des toten Onkels; dann kam die Entdeckung, daß diese Briefe und Aufzeichnungen, die Warrender Chase hinterlassen hatte, durchs ganze Buch hindurch zusammengestellt, nun endlich mit Gewißheit zeigen, was zu vermuten ich dem Leser nach und nach nahegelegt hatte. Warrender Chase war im Privatleben ein Sado-Puritaner, der als eine Art Hobby eine Gruppe von Menschen um sich versammelt hatte, die er wegen ihrer Schwäche und ihrer Torheit ausgewählt und in denen er ein Gefühl von schrecklicher und unwirklicher Schuld geweckt und sorgfältig großgezogen hatte. Wie ich in dem Buch schrieb: »Warrenders private Gebets-Sitzungen waren natürlich bekannt, aber nur so weit, daß man sie für einen zu delikaten Gegenstand hielt, als daß man öffentlich darüber hätte sprechen können. Warrender hatte einen derart erhabenen Mythos seiner selbst kultiviert, daß niemand die Nase in sein Leben stecken konnte, aus Angst, vulgär zu erscheinen.« Nun, er galt ja als Mystiker, war als Säule der Anglikanischen Hochkirche bekannt; hielt Vorträge an den Universitäten, schrieb

Briefe an die *Times*. Gott weiß, woher ich Warrender Chase hatte; er basierte jedenfalls auf niemandem, den ich kannte.

Ich weiß nur, daß ich an dem Abend, als ich *Warrender Chase* zu schreiben anfing, allein beim Abendessen an einem Tisch in einem Restaurant bei der Kensington High Street-U-Bahn-Station gesessen hatte. Ich ging sonst nur selten allein essen, ich muß an diesem Tag also bei Kasse gewesen sein. Ich ging dabei meiner eigentlichen Arbeit nach, aß mein Essen und hörte der Unterhaltung am Nebentisch zu. Einer sagte: »Da waren wir alle im Wohnzimmer versammelt und warteten auf ihn.«

Mehr brauchte ich nicht. Das war der Anfang von *Warrender Chase*, das erste Kapitel. Alles übrige entsprang diesem einen Satz.

Aber ich erfand für meinen Warrender eine militärische Laufbahn, eine distinguierte, in Burma, und brachte es fertig, daß sie wirklich glaubhaft war, obgleich ich den Krieg nur mit ein paar groben Strichen andeutete, da ich schließlich kaum etwas über den Krieg in Burma wußte. Zu meiner Verblüffung fanden die Leser später Warrenders kriegerische Leistungen voll und überzeugend, während ich so wenig gesagt hatte – ein echter Kriegsveteran aus Burma schrieb, um mir zu sagen, wie realistisch er es gefunden hatte –, aber seither habe ich begriffen, wie wenig man bei der Schriftstellerei braucht, um alles zu sagen, und wie andererseits eine Menge von Worten oft so wenig aussagt.

Ich habe in meinem Buch nie beschrieben, was Warrenders Motive waren. Ich zeigte nur einfach die Wirkung seiner Worte, seiner Andeutungen. Der echte Zwiespalt seines Charakters lag zwischen seinem öffentlichen formellen Hochkirchentum und dem sektiererischen Stil seines Privatlebens. In den Gebets-Sitzungen war er biblischer Fundamentalist, was unter anderem zum Beispiel dazu führte, daß er einen aus seiner Sekte dazu brachte, einen guten Job im Kriegsbüro (wie das Verteidigungsministerium damals hieß) aufzugeben, seinen ganzen Besitz zu verkaufen, um vom Erlös die Armen zu nähren, und um am Ende in einer nebligen Novembernacht auf einer Parkbank zu sterben. Das befriedigte Warrender ganz ungemein. Er selbst allerdings, das machte ich vollkommen klar, verstand das Christentum in einem viel komplizierteren und praktischen Licht. »Induziert« ist vielleicht nicht der richtige Ausdruck. Er stachelte mit dem Wort Gottes an und terrorisierte. Ich zeigte, wie vier junge Frauen aus seinem Gebetskreis seine größten Opfer waren, denn er war ein abgrundtiefer Frauenhasser. Die eine Frau beging Selbstmord, sie konnte das Bewußtsein ihrer eigenen Schuld, das er in ihr geweckt hatte, nicht mehr ertragen und war außerdem überzeugt, sie habe keine Freunde, zwei andere wurden wahnsinnig, darunter seine Haushälterin Charlotte, diese Englische Rose, die ihm verfallen war. Marjorie, die Frau seines Neffen, stand vor dem völligen Zusammenbruch, als Warrender bei dem Autounfall umkam. Diese ganzen Jahre hindurch haben die Kritiker gefragt, ob Warrender in seinen Neffen verliebt war. Woher soll ich das wissen? Warrender Chase hat es nie gegeben, er ist nur ein paar hundert Wörter, etwas Interpunktion, Sätze, Absätze, Zeichen auf einer Seite. Wenn ich Warrenders Motive als psychologische Studie aufgefaßt hätte, dann hätte ich das auch gesagt. Aber Motive interessierten mich nicht, haben mich nie interessiert.

Ich schrieb Seite um Seite voll, stützte sie auf die Unterseite eines Tabletts, um *Warrender Chase* in meinem Krankenbett in diesem Winter zu beenden, auch wenn meine Grippe sich inzwischen auf die Bronchien geschlagen hatte und schon fast zur Rippenfellentzündung geworden war. Ich war zu heiser, um Dottie vorzulesen, wenn sie mich besuchen kam. Aber als sie von Sir Quentin redete und sagte: »Beryl Tims liebt ihn«, da setzte ich mich in meinem Fieber auf und sagte: »Mein Gott!« Wie sich jemand in Sir Quentin Oliver verlieben konnte, überstieg meine Vorstellungen.

Fünftes Kapitel

Ich bemerkte die Verschlechterung im Zustand der Mitglieder der Autobiographischen Gesellschaft genau Ende Januar, eine Woche nachdem ich meinen Roman beendet hatte. Ich war noch zerschlagen von meiner Grippe, aber glücklich, daß die Arbeit fertig und hinter mir war. Große Hoffnungen auf einen Erfolg mit *Warrender Chase* machte ich mir nicht, aber ich hatte bereits einen Plan für ein besseres Buch. Solly hatte mir einen anderen Verleger gefunden, um den zu ersetzen, dessen Vertrag er so verachtet hatte. Dieser Verleger, ein älterer Mann, hieß Revisson Doe. Er hatte einen runden Glatzkopf von der glänzenden Art, die ich immer streicheln wollte, wenn ich in der Kirche oder im Theater hinter einem saß. Er sagte, er fände *Warrender Chase* »recht böse, besonders in seinen frivolen Momenten«, und daß »die Jungen heutzutage alle geistig angekränkelt sind«, aber er meinte, die Firma würde in der Hoffnung auf spätere bessere Bücher einen Verlust in Kauf nehmen. Er gab mir, wie er es nannte, die übliche Form eines Vertrags, auf einem gedruckten Formular, und es war weder ein schlechter Vertrag noch ein guter. Nur fand ich später durch meine privaten Spione heraus, daß diese Firma, Park und Revisson Doe, eine Druckerpresse besaß, auf der sie jeweils »den üblichen Vertrag« druckten, je nachdem, was sie dem einzelnen Autor gerade noch zuzumuten wagten. Aber Revisson Doe wurde mir durch seine amüsanten Jugenderinnerungen sympathisch, als er Bürojunge bei einer literarischen Wochenzeitung war und einmal ausgeschickt wurde, um an der U-Bahn-Station Holborn W. B. Yeats zu treffen: »Eine Gestalt in einem dunklen Umhang. Ich sagte: ›Sind Sie der Dichter Mr. Yeats?‹ Er blieb stehen, hob seine Hand hoch und sagte: ›Der bin ich.‹«

Aber das gehörte der Vergangenheit an, ich hatte mich nach Unterzeichnung des Vertrags von Revisson Doe vorläufig verabschiedet. *Warrender Chase* sollte irgendwann im Mai oder Anfang Juni erscheinen, ich hatte jetzt nur auf die Fahnen zu warten. Ende Januar ging ich zu meiner Arbeit bei Sir Quentin zurück und hatte das Buch fast ganz aus meinen Gedanken verbannt.

Die Fahnen kamen Ende März, und als ich meinem *Warrender Chase* wieder von Angesicht zu Angesicht gegenüber stand, war ich ihm schon so entfremdet, daß ich es nicht über mich brachte, die Fahnen nach Druckfehlern durchzusehen. Statt dessen ging ich mit Solly eines Nachmittags nach St. John's Wood zu unseren Freunden Theo und Audrey, einem Ehepaar, die beide schon ihren ersten Roman veröffentlicht hatten und demgemäß in unseren sehr hierarchischen literarischen Kreisen etwas mehr Respekt genossen als meine Freunde ohne Publikationen, die ich oft bei Lesungen in der Ethical Church Hall traf. Theo und Audrey hatten sich bereit erklärt, meine Fahnen für mich zu lesen. Ich ermahnte sie noch, keine Änderungen zu machen, sondern nur die Druckfehler zu korrigieren.

Dann übergab ich ihnen die Fahnen.

Sie waren liebe Menschen. »Du siehst verfolgt aus«, sagte Theo. »Was ist los mit dir?«

»Sie ist verfolgt«, sagte Solly.

»Ich bin verfolgt«, sagte ich, gab aber keine weiteren Erklärungen. Solly sagte: »Ihr Job macht sie fertig«, und ließ es dabei bewenden.

Audrey machte ein Paket aus Gebäck und Sandwiches, die noch vom Tee übrig waren, und gab sie mir mit nach Haus.

In den vergangenen zwei Monaten seit Ende Januar hatte ich den Eindruck gewonnen, daß die Mitglieder von Sir Quentins Gruppe mehr und mehr den ausgebombten Ruinen ähnelten, die noch immer das Londoner Straßenbild verunstalteten. Diese Ruinen verfielen von Monat zu Monat mehr, und das gleiche traf auf unsere Autobiographen zu.

Dottie konnte das nicht so sehen.

Sir Eric Findlay sagte zu mir: »Sind Sie *wirklich* sicher, daß Mrs. Wilks ganz richtig im Kopf ist?«

Ich hielt es für das sicherste, zu antworten: »Wer ist denn schon richtig im Kopf?« Er schaute verschreckt drein. Wir tranken allein miteinander Kaffee nach einem Lunch im Damensalon des Bath Club, der wegen eines Feuers in seinen ursprünglichen Räumlichkeiten jetzt bei einem anderen Club untergebracht war, ich glaube dem Konservativen.

»Wer? Nun, Sie zum Beispiel, Fleur, und jeder weiß das. Es ist nur, weil die Hallam-Street-Leute jetzt sagen . . . Finden Sie nicht auch, daß es Zeit ist, daß wir uns alle einmal die Wahrheit ins Gesicht sagen? Ein ordentlicher Krach wäre besser als so, wie es jetzt ist.«

Ich sagte, ich hielte nichts von einem ordentlichen Krach.

Sir Eric winkte mit der Hand einem ältlichen Ehepaar, das gerade hereingekommen war und sich auf ein Sofa am anderen Ende des Salons setzte, einen freundlichen Gruß zu. Andere Leute setzten sich zu ihnen. Sir Eric winkte und nickte in seiner schüchternen Art quer durchs Zimmer, als mache er eine begleitende Geste zu einem netten Geplauder über die Londoner Philharmoniker, den Cheltenham Gold Cup oder selbst meinen eigenen Charme, anstatt zu dieser deprimierenden Unterhaltung darüber, was wohl mit der Autobiographischen Gesellschaft nicht stimme. Wie gern hätte ich jetzt den Bösen Blick besessen, um ihn auf Eric Findlay zu werfen aus Rache dafür, daß er mich zum Mittagessen eingeladen hatte und mir dann mit seinen übergeschnappten Klagen auf die Nerven fiel.

»Ein ordentlicher Krach«, sagte er, seine schüchternen kleinen Äuglein funkelten. »Mrs. Wilks ist nicht ganz richtig im Kopf, aber Sie, Fleur, sind richtig im Kopf«, sagte er, als hätte das jemand angezweifelt.

Ich empfand etwas Panik, die ich aber beherrschen konnte, das wußte ich. Am besten blieb ich wohl ruhig sitzen, so wie beim unvermuteten Anblick eines gefährlichen Raubtiers. Die Atmosphäre meines *Warrender Chase* umfing mich wieder, aber auf groteske Art, ohne den ausgeglichenen Ton des Romans. Als ich zu schreiben anfing, sagten die Leute immer, meine Romane wären übertrieben. Aber sie waren nie übertrieben, sie zeigten nur Aspekte der Wirklichkeit. Sir Eric Findlay war wirklich, wie er neben mir auf dem Sofa saß und sich beschwerte, daß Mrs. Wilks den letzten Teil seiner Autobiographie, nämlich seine Kriegserlebnisse, nicht richtig zu schätzen wisse und daher nicht richtig im Kopf sei. Mrs. Wilks könne von nichts anderem reden als von dem dummen kleinen Abenteuer in seiner Schulzeit mit einem anderen Jungen, während er dabei an die Schauspielerin dachte. »Mrs. Wilks hackt darauf herum«, sagte Eric.

»Sie hätten das nicht enthüllen dürfen. Diese Autobiographien sind gefährlich«, sagte ich.

»Nun, vieles davon geht auf Ihr Konto, Fleur«, gab er zurück.

»Nicht die gefährlichen Stellen. Nur die lustigen.«

»Sir Quentin besteht«, sagte er, »auf völliger Offenheit. Lassen Sie den Zucker übrig?« Er deutete auf ein winziges Stück Zucker auf meiner Untertasse. Ich antwortete, daß ich es nicht haben wollte. Er steckte es in seine Tasche, in einen kleinen Umschlag, den er für solche Zwecke mit sich führte. »Es heißt, in drei Monaten soll er nicht mehr rationiert sein«, flüsterte er aufgeregt.

An diesem Abend sagte Dottie zu mir: »Ich kann Eric ganz gut verstehen. Mrs. Wilks ist von Sex besessen. Ich glaube nicht daran, daß sie vor ihrer Flucht von einem russischen Soldaten vergewaltigt wurde. Da ist der Wunsch der Vater des Gedankens.«

»Mir ist es ganz egal, was ihr alle aufgeführt habt«, sagte ich. »Ich kann nur dieses Tratschen nicht ausstehen, dieses Gegeneinander-Wühlen, diese Parteiungen unter den gräßlichen Mitgliedern.«

»Sir Quentin besteht auf völliger Offenheit, und ich finde auch, wir sollten alle ganz offen miteinander sein«, erklärte Dottie.

Ich weiß noch, daß ich sie damals ansah, als wäre sie ein völlig fremder Mensch.

Maisie Young hatte herausgefunden, wo ich wohnte. Sie war eines Samstagnachmittags auf mein Zimmer gekommen, nur wenige Tage, bevor ich Sir Eric Findlay in seinem Club zum Lunch traf. Sie kam ebenfalls, um sich zu beschweren, wie sich herausstellte, obwohl sie zuerst beteuerte, daß sie gar nicht hereinkommen wollte, sie wollte mir nur ein Buch bringen und das Taxi wartete unten. Wir schickten das Taxi fort.

»Oh«, sagte Maisie, »was für ein reizendes kleines Zimmer, so kompakt.« Sie selbst stammte aus der besseren Hälfte eines Hauses am Portman Square und lebte von der Miete der anderen. Ich glaube, Maisie hatte es geradezu die Rede verschlagen über die Winzigkeit dieses Zimmers, wo ich mein ganzes gegenwärtiges Leben verbrachte, sie konnte sich nicht vorstellen, daß jemand noch Platz hatte für intelligente Ideen im gleichen Zimmer mit einem Gasring zum Kochen, einem Bett zum Draufsitzen und -schlafen, einer Orangenkiste als Speise- und Geschirrschrank, einem Tisch fürs Essen und Schreiben, einem Waschbecken zum Waschen, zwei Stühlen zum Sitzen oder (wie zum Beispiel jetzt) zum Wäscheaufhängen, einem Eckschrank für die Kleider, Wänden für Bücherregale, und einem Boden, auf dem man noch über mehr Bücher stolperte, in Stößen aufgehäuft. Maisie erfaßte das alles, ihre Tasche wie Pferdezügel an sich gepreßt, mit einem betäubten Blick rundum, als wäre sie noch einmal vom Pferd geschleudert worden. Es war sicher aus reiner Freundlichkeit, daß sie weiterredete: »Kompakt, kompakt, es ist wirklich . . . es ist wirklich . . . Ich wußte nicht, daß es so etwas gibt.«

Ich räumte die Wäsche von einem der Stühle ab und setzte Maisie hinein, mit zwei Bänden der Encyclopaedia Britannica und dem Gesammelten Chaucer als Schemel für ihr armes Bein in seinem Käfig, wie ich das sonst für Edwina und Solly Mendelsohn tat, wenn sie mich besuchen kamen. Sie nahm das sehr freundlich auf. Ich setzte mich aufs Bett und lächelte.

»Ich meine, ich wußte nicht, daß es so etwas in Kensington gibt«, sagte Maisie. »Ich meine, in Kensington heutzutage. Und hierher bringen Sie Lady Edwina?«

Ich sagte ja, manchmal. Dann fing ich an, Tee zu machen, zum neuerlichen Erstaunen von Maisie im Wunderland, so daß ich mich gezwungen fühlte, ihr zu versichern, daß ich oft eine ganze Menge Besucher hatte, fünf, sechs, manchmal noch mehr.

»Wie halten Sie sich denn selbst so sauber?« fragte Maisie, mich mit ganz neuen Augen betrachtend.

»Es gibt in jedem Stockwerk ein Badezimmer. Ein Bad kostet vier Pence.«

»Nicht mehr?«

»Das ist viel zu viel«, sagte ich, und erklärte, wie die Hausherrn aus den Gaszählern in den Badezimmern und den Untermietzimmern ein Vermögen scheffelten, da sie vom Gasmann, wenn er einsammeln kam, eine Rückzahlung bekamen, welche rückerstattete Beute sie aber nicht unter den Kunden aufteilten.

»Mein Gott«, sagte Maisie, »sie müssen wohl irgendwie zu ihrem Verdienst kommen.« Es war klar, auf wessen Seite sie stand, und obwohl sie dann fragend im Zimmer herumblickte, klärte ich sie nicht über die Miete auf, damit sie nicht deren Spottbilligkeit herausstrich.

»Und so viele Bücher – haben Sie sie alle gelesen?« sagte sie.

Trotzdem hatte ich sie sehr gern. Sie hatte nur eben keine Ahnung von einer geldlosen Wirklichkeit, wie überhaupt von der Wirklichkeit im allgemeinen, aber sie war kein Snob. Maisie machte es sich bei Tee und Kuchen gemütlich und schickte sich an, zu sagen, was zu sagen sie gekommen war. »Pater Egbert Delaney«, sagte dieses gut aussehende Mädchen, »glaubt, daß Satan eine Frau ist. Das hat er mir ins Gesicht gesagt, und ich finde, man sollte ihn hinauswerfen. Das ist eine Beleidigung der Frau.«

»So scheint es«, antwortete ich. »Warum sagen Sie's ihm nicht?«

»Ich finde, daß Sie, Fleur, als Sekretärin da eingreifen und die Sache Sir Quentin berichten sollten.«

»Aber wenn ich ihm sage, Satan sei ein Mann, dann wird er finden, daß das eine Beleidigung des Mannes ist.«

Sie sagte: »Ich persönlich glaube nicht an Satan.«

»Dann ist ja alles in Ordnung«, sagte ich.

»Wieso ist alles in Ordnung?«

»Wenn Satan gar nicht existiert, warum soll man sich dann den Kopf zerbrechen, ob er ein Mann oder eine Frau ist?«

»Aber wir sprechen von Pater Delaney. Wissen Sie, was ich glaube?«

Ich fragte, was sie denn glaube?

»Pater Delaney ist Satan. Satan persönlich. Sie sollten die ganze Angelegenheit Sir Quentin berichten. Sir Quentin besteht auf völliger Offenheit. Es ist Zeit für eine gründliche Auseinandersetzung.«

Trotzdem hatte ich Maisie Young gern, es umgab sie eine Atmosphäre von Freiheit, die ihr selbst nicht bewußt war, und wie sie da in meinem Zimmer saß, erinnerte sie mich an meine Figur Marjorie in *Warrender Chase*. Aber darüber dachte ich damals nicht ernsthaft nach; mir ging ihr Satz durch den Kopf: »Sir Quentin besteht auf völliger Offenheit.« Und er blieb mir im Kopf hängen, so daß ich ein paar Tage später, als ich mit Sir Eric Findlay in seinem Club saß und er zweimal dieselbe Phrase verwendete, überzeugt war, daß Sir Quentin jetzt angefangen hatte, seine Narrenkapelle zu instrumentieren. Aber im Augenblick, wo ich mit Maisie in meinem Zimmer saß, ärgerte ich mich einfach über ihr »Sir Quentin besteht . . .«. Ich sagte: »Völlige Offenheit ist unter Freunden immer ein Fehler.«

»Ich weiß, was Sie sagen wollen«, sagte Maisie. »Sie tun so, als freuten Sie sich, mich zu sehen, aber in Wirklichkeit paßt es Ihnen gar nicht, daß ich hier bin. Für Sie bin ich nichts anderes als ein lästiger Krüppel.«

Ich war entsetzt; von dem Moment an, wo sie meinen Gemeinplatz auf sich selbst anwandte, wurde sie mir tatsächlich sehr lästig, und nicht nur für den gegenwärtigen Augenblick, sondern weiterreichend in die Zukunft hinein; und diese Aussicht auf die zukünftige Maisie erzeugte in meinem Magen eine krampfartige Leere. In einem einzigen Moment schien sie diese Atmosphäre von Freiheit verloren zu haben, deren Existenz ihr wahrscheinlich nie bewußt geworden war.

Ich sagte: »Oh, Maisie, das wäre mir nicht im Traum eingefallen. Ich sprach ganz allgemein. Offenheit ist meistens nur eine Umschreibung von Grobheit.«

»Die Leute sollten offen sein«, sagte das unglückliche Mädchen. »Ich weiß, daß ich ein Krüppel bin und allen auf die Nerven gehe.«

Ich sehnte mich nach dem Läuten des Telefons, aber es läutete nicht, oder der Ankunft von irgend jemand, aber es kam niemand. Dann murmelte ich etwas, daß eine körperliche Beeinträchtigung oft sehr reizvoll sei, worauf sie scharf erwiderte, daß sie ihr Liebesleben lieber nicht mit mir besprechen wollte. So viel also für meine Offenheit.

Jetzt hob Maisie das Buch auf, das sie mir gebracht hatte. Es war das Exemplar von John Henry Newmans *Apologia pro Vita Sua*, das ich für sie aus der Bezirksbücherei geholt hatte. »Sir Quentin hat mir sein eigenes Exemplar geborgt«, sagte Maisie. Sie sah mich an, ohne meine Gegenwart richtig zu bemerken. Einen Moment lang kam ich mir wie ein grauer Schatten vor, das »Ich« eines Romans, von dessen körperlicher Beschreibung der Autor Abstand nahm. Natürlich war ich auch von meiner Grippe noch ziemlich mitgenommen. Sie blätterte durch die Seiten der *Apologia* und fand eine Stelle, die sie mir laut vorlesen wollte. Es war die Stelle ziemlich am Anfang des Buchs, wo Newman seine religiösen Gefühle als kleiner Junge beschreibt. Er spürte, daß er zu ewigem Ruhme ausersehen war. Dieser Glaube, so sagte er, verschwand zwar langsam, hatte aber einigen Einfluß auf die Meinungen seiner frühen Jugend:

> ... mich nämlich von den Dingen um mich herum loszulösen, mich in meinem Mißtrauen gegen die Wirklichkeit der materiellen Erscheinungen zu bestärken und mich ruhen zu lassen in dem Gedanken, daß es zwei, und nur zwei absolute und aus sich selbst einleuchtend beweisbare Wesen gibt: mich und meinen Schöpfer.

Maisie hatte zu Ende gelesen. Sie sagte: »Ich finde das wunderwunderschön, und so wahr.«

Jetzt wurde ich wütend. Ich war ungehalten, da ich die letzten dreieinhalb Jahre damit verbracht hatte, Newman zu studieren, seine Predigten, seine Essays, sein Leben, seine Theologie, und ich hatte es ohne Lohn getan und Vergnügungen und manchmal auch ein Glück dafür geopfert, das mir nie wieder über den Weg laufen würde, während Maisie bis zu ihrem Unfall ihre Zeit mit Debütantinnen-Tänzen verbracht hatte, mit Ritten in den Parks jener Landhäuser, die ihren Besitzern nach dem Krieg von der Regierung wieder zurückerstattet worden waren, und seit ihrem Unfall damit, daß sie mit ihren Freunden ihre total undisziplinierte Theorie des Kosmos ausspann. Das Opfer eines Vergnügens ist natürlich selbst ein Vergnügen, aber mir war in diesem Augenblick nicht nach derart vernünftigen Überlegungen; daß Maisie mir diese bekannte Stelle von Newman vorlas und mir erklärte, wie wunderschön und wahr sie sei, brachte mich ganz ungemein auf. Ich sagte: »Newman beschreibt eine vorübergehende Phase.«

»Oh nein«, erwiderte Maisie, »das zieht sich durchs ganze Buch. Zwei, nur zwei absolute und aus sich selbst einleuchtend beweisbare Wesen gibt es: mich und meinen Schöpfer.«

Plötzlich wußte ich, daß sie in einem bestimmten Sinn recht hatte, und die ganze Newman-Idee, die ich bis jetzt für hinreißend gehalten hatte, nahm einen beinahe furchterregenden

Aspekt an. Bisher hatte ich immer eine besondere Vorliebe gerade für diese Stelle gehabt, war von ihrer Stärke und ihrer allgemeinen Anwendbarkeit als ein menschliches Ideal fest überzeugt gewesen. Aber als Maisie diese Worte von sich gab, fühlte ich plötzlich Abscheu vor der grauenvollen Verrücktheit, die ich darin spürte. ». . . Mein Mißtrauen gegen materielle Erscheinungen . . . zwei, und nur zwei, höchste und leuchtend selbstverständliche Wesen, mein Schöpfer und ich selbst.« Ich war dankbar für meine kräftigen Hüften und meinen soliden Brustkorb, die mich am Zerplatzen hinderten, so explosiv waren meine Gedanken. Aber ich hörte mich selbst kühl sagen: »Das ist eine ziemlich neurotische Lebensauffassung. Es ist nur eine poetische Vision. Newman war ein Romantiker aus dem neunzehnten Jahrhundert.«

»Wissen Sie überhaupt«, sagte sie, »daß noch Menschen am Leben sind, die sich an Kardinal Newman erinnern? Er galt als Engel.«

»Ich finde es furchtbar«, sagte ich, »sich eine Welt vorzustellen, wo es nur zwei leuchtende und selbstverständliche Wesen gibt, den Schöpfer, und einen selbst. Sie sollten Newman nicht auf diese Weise lesen.«

»Es ist ein schöner Gedanke, ein wunder–«

»Tut mir leid, daß ich Ihnen jemals geraten habe, die *Apologia* zu lesen. Es ist ein wunderschönes Stück poetischer Paranoia.« Das war verzerrt, übersimplifiziert, aber ich hatte diese Rhetorik nötig, um die Ideen des Mädchens damit zu bekämpfen.

»Pater Delaney hat das Buch zuerst erwähnt«, sagte sie. »Ich verstehe gar nicht, wie dieser schlechte Mensch das Buch richtig schätzen kann. Aber es ist richtig, daß auch Sie uns alle drängten, das Buch zu lesen, als Muster einer Autobiographie.«

»Von mir aus ist Pater Delaney ein selbst-verständliches und leuchtendes Wesen«, sagte ich. »Sie auch, auch mein schweinischer Hausherr, und das gilt für alle anderen Leute, die ich kenne. Man kann nicht mit einer Du-und-Ich-Beziehung zu Gott leben und die Realität des ganzen übrigen Lebens anzweifeln.«

»Haben Sie Sir Quentin Ihre Meinung mitgeteilt?« sagte Maisie. »Denn«, sagte sie, »Sir Quentin besteht auf völliger Offenheit. Er hat uns gesagt, wir sollten alle die *Apologia* studieren, als eine beispielhafte autobiographische Schrift.«

Inzwischen hatte ich mich beruhigt und überlegte, wie viele unbezahlte Überstunden mir dadurch erspart worden waren, daß ich sie nicht auf Proust und seine fiktive Autobiographie angesetzt hatte. Ich wollte Maisie loswerden und wenigstens übers Wochenende die Autobiographische Gesellschaft vergessen. Diese Leute und Sir Quentin waren Blätter Papier, auf denen ich Erzählungen schreiben konnte, Gedichte, was mir eben einfiel. Pompös und ungeduldig teilte ich Maisie, auf meine Uhr blickend, mit, daß ich einen Telefonanruf machen mußte – »Mein Gott, wie spät es schon ist!« – mit diesen Worten begab ich mich zum Telefon und rief Dotties Nummer an. Sie war nicht zu Haus. Ich legte den Hörer auf und sagte zu Maisie: »Jetzt habe ich meine Freundin leider verpaßt.«

Sie starrte gerade vor sich hin wie ein Kataleptiker und schien mein aufgeregtes Herumtelefonieren nicht bemerkt zu haben. Ich dachte schon, sie hätte einen Anfall, aber dann fing sie an, wie in Trance zu sprechen, was mich auf den Verdacht brachte, es sei alles nur Theater. »Pater Delaney ist der Satan in Person. Sie werden mir glauben, wenn ich Ihnen sage, was er über Sie gesagt hat, Fleur.«

Ich war sofort hellwach. »Was – hat – er – über – mich – gesagt?«

Sie versank wieder in einen Traumzustand. Ich wußte, es war unklug, sie weiter zu drängen, aber ich wollte unbedingt alles hören.

Endlich redete sie: »Ihr Pater Delaney, den Sie derart in Schutz nehmen, behauptet, Sie möchten Lady Edwina dazu überreden, daß sie ihr Testament zu Ihren Gunsten ändert. Er sagt, Beryl Tims ist überzeugt davon. Überhaupt sind auch viele von den anderen davon überzeugt.«

Ich lachte, aber es war ein künstliches Gelächter, ich hoffte nur, daß sie es nicht merkte.

»Pater Egbert Delaney«, fuhr sie fort, »sagt, warum wohl würden Sie sich sonst die Mühe machen, die gräßliche alte Schachtel spazieren zu führen und so viel Zeit mit ihr zu verbringen?«

Ich betete darum, daß mich jemand anrufen oder besuchen käme. Daß mein Gebet anscheinend in kurzer Zeit erhört wurde, ist kein Beweis für seine Wirkung; es war sechs Uhr abends, eine Zeit, wo üblicherweise viele meiner Freunde mich entweder anriefen oder auf ihrem Weg irgendwohin kurz vorbeikamen. Maisie sagte eben: »Daß diese Frage auftaucht, ist nur zu erwarten, nicht? Natürlich halte ich Pater Delaney für durch und durch böse. Ich bin in dieser Angelegenheit auf Ihrer Seite, Fleur, und außerdem finde ich, daß Sie keinem Rechenschaft darüber schuldig sind, warum Sie sich so viel abgeben mit dieser widerwärtigen Alten.«

»Ich brauche auch niemandem Rechenschaft darüber geben, warum ich mich mit Ihnen abgebe«, sagte ich. »Es ist anzunehmen, daß auch Sie vor mir sterben, aber ich erwarte trotzdem nicht, daß Sie mir etwas in Ihrem Testament vermachen.«

»Oh Fleur, das ist roh, das ist brutal von Ihnen. Wie können Sie so sprechen? Wie können Sie davon reden, daß ich sterbe? Ich bin doch auf Ihrer Seite, auf Ihrer Seite, und ich habe es Ihnen nur zu Ihrem eigenen Besten –«

Es klopfte an der Tür. Ich öffnete, und zu meiner Überraschung steckte Leslies Poet, der derart angemessen Gray Mauser hieß, daß er unter dem Pseudonym Leander schrieb, seinen Kopf schüchtern zwischen die Tür. Gray war mich bis dahin erst einmal besuchen gekommen. Ich sagte: »Oh, Gray, ich freue mich so, Sie zu sehen. Kommen Sie rein!«

Er schien durch meine Begrüßung sehr ermutigt. Herein trat das selbst-verständliche und leuchtende kleine Häufchen Unglück. Er war klein, dünn und schmächtig, um die zwanzig, mit Armen und Beinen, die nicht gerade so unkoordiniert waren, daß sie ihn für irgendeine ärztliche Behandlung qualifizieren würden, aber bestimmt nicht ganz richtig zusammengestellt waren. Ich hätte über sein Erscheinen nicht glücklicher sein können.

»Ich wollte eigentlich nur sehen, ob nicht vielleicht Leslie zufällig hier ist«, sagte Gray.

»Oh, der kommt ganz sicher in ein paar Minuten vorbei«, antwortete ich, stellte ihn Maisie vor und sagte schnell, daß sie doch sicher dankbar wäre, wenn Gray schnell hinunterlaufen und ihr ein Taxi holen würde.

Sofort stolperte er eilfertig davon, dankbar, daß er von Nutzen sein durfte. Ich folgte ihm mit Maisie, war ihr mit ihrem Stock behilflich und den Trägern ihrer Handtasche, die sie um ihre Finger geschlungen hatte. Wahrscheinlich war sie verletzt, aber darüber wollte ich mir jetzt nicht den Kopf zerbrechen. Vor der Haustür steckte ich sie in ein Taxi und ging wieder hinein, vor Kälte zitternd, gefolgt von Leslies Poeten.

An diesem Abend gingen wir aus, in einen Pub, der wegen seiner literarischen Klientel bekannt war, und tranken dort helles Ale und aßen Cornish Pasties; in meiner zählte ich zwei kleine Steakwürfel, Gray fand nur einen unter den kleinen Kartoffelstücken in dem zähen Teiggehäuse. Und das finde ich wirklich bemerkenswert: wenn ich daran zurückdenke, dann ist mir die Vorstellung dieser Cornish Pasty, die sicher schon Tage alt war, überaus widerwärtig, aber damals war sie köstlich; und so frage ich mich, was sah ich in dieser mit Speck überladenen Cornish Pasty? – genauso, wie ich mich vielleicht fragen könnte, was mich an einem Mann wie Leslie jemals fesselte.

Ich saß mit Gray an einem einsamen Tisch in dem Pub. An der Bar standen ein oder zwei bekannte Dichter, die wir aus respektvoller Entfernung anstarrten, denn sie waren weit über unserer Sphäre. Ich glaube, die Dichter an der Bar bei dieser Gelegenheit waren Dylan Thomas und Roy Campbell, es könnten aber auch Louis MacNeice und sonst jemand gewesen sein; darauf kam es nicht an, wichtig für uns war nur, daß wir das Gefühl hatten, die Atmosphäre sei so gut wie die Cornish Pasties und das Bier, und daß wir reden konnten. Gray gestand mir seine vielen Sorgen. Leslie war vor drei Tagen mit Dottie nach Irland gefahren und hatte versprochen, gestern abend zurückzusein, war aber nicht aufgetaucht. Er hatte Gray ein Trostgeschenk hinterlassen, eine graue Seidenkrawatte mit blauen Tupfen, die Gray jetzt trug und die ihn einerseits stolz, andererseits aber auch traurig zu machen schien. Ich hatte Gray Mauser nur sehr wenig zu sagen, aber ich erinnere mich daran, wie dieses Sitzen mit ihm im Pub meine Wut auf Maisie Young abkühlte. Ich heiterte ihn etwas auf, indem ich ihm versicherte, Leslie sei meiner Meinung nach eigentlich nicht an Frauen interessiert. Wir stellten fest, daß Männer im allgemeinen sentimentaler seien als Frauen, Frauen dagegen im allgemeinen verläßlicher. Dann holte er ein paar Bogen verknittertes Papier aus seiner Tasche und las mir ein Gedicht über die Mondsichel vor, die, wie er erklärte, ein Sexualsymbol war.

Ich hatte von Gray nie viel gehalten, da war so wenig, wovon man etwas halten konnte. Aber gerade an diesem Abend, nachdem wir uns verabschiedet hatten und ich mit der U-Bahn nach Haus fuhr, überlegte ich, wie vernünftig und geistig gesund er doch war, verglichen mit Maisie und der Autobiographischen Gesellschaft im allgemeinen. Als ich an der High Street Kensington ausstieg, war es kalt und regnete, und ich ging froh und glücklich meines Weges.

So daß ich, als ich ein paar Tage später mit Sir Eric Findlay in seinem Club saß und seine Beschwerden anhörte, doch immerhin schon vorbereitet war; und imstande, meine Panik zu beherrschen.

Sechstes Kapitel

Als Dottie am nächsten Wochenende aus Irland zurückkam, eine Woche später als erwartet, ließ Leslie sie wieder sitzen und zog zu Gray. »Es würde mir nicht so viel ausmachen«, sagte Dottie, als sie mich besuchen kam, »aber wegen dieser kleinen Ratte sitzengelassen zu werden, das ist mehr, als ich ertragen kann. Wenn er wenigstens gut aussähe, oder begabt wäre, oder intelligent . . . aber er ist so ein Jammerlappen, dieser Gray Mauser!«

Ich wies Dottie darauf hin, daß Leslie keineswegs sie wegen Gray verlassen hatte. »Sitzengelassen hat er mich«, sagte ich. »Ich hatte nichts dagegen, ihn mit dir zu teilen«, sagte Dottie. Ich fand das merkwürdig. Ich lachte. Dottie ihrerseits fand es merkwürdig, daß ich mich über die Situation amüsierte.

»Natürlich«, sagte die Englische Rose, »bist du hart, und ich bin weich. Leslie bringt mir sein Buch zum Abtippen, und ich, Narr, der ich bin, mache es. Er schreibt einen Roman.« Sie hatte ihr Strickzeug herausgeholt.

Interessiert erkundigte ich mich nach dem Roman. Sie behauptete, sie könne mir nur den Titel sagen, *Zwei Wege*. Ich überlegte belustigt, auf was für eine Vielzahl von Themen dieser Titel passen würde. »Leslie wird ihn dir sicher selber zeigen, wenn er fertig ist«, sagte Dottie. »Er ist sehr gut, sehr tief.«

»Autobiographisch?« fragte ich.

»O ja, hauptsächlich schon«, sagte Dottie mit einigem Stolz, als wäre das die Grundvoraussetzung für einen guten, tiefen Roman. »Natürlich hat er die Namen geändert. Aber es ist ein sehr offenes Buch, und darauf kommt es schließlich heutzutage an. Sir Quentin zum Beispiel besteht immer auf völliger Offenheit.«

Ich wollte Dottie nicht ärgern, sonst hätte ich meine Überzeugung zum Ausdruck gebracht, daß völlige Offenheit der Kunst nicht gerade zugute kommt. Dann sagte sie, wehmütig, daß niemand jemals völlig offen sei, das wäre eine Illusion. Dem stimmte ich zu, was sie beunruhigte.

Jedenfalls war ich des Klangs von Sir Quentins Namen und des ganzen Harfengezupfes rund um seinen Thron bereits leid.

Ich erzählte ihr von Maisies Besuch. Ich erzählte ihr von meinem Lunch mit Sir Eric Findlay. Nach einer Weile fiel mir auf, daß Dottie ungewöhnlich still war. Nichtsdestoweniger redete ich weiter. Ich fügte das (wahre) Detail hinzu, daß Sir Eric, als er in seinem Club neben mir auf dem niedrigen Sofa gesessen war, seine Beine auf eine Weise gekreuzt hatte, daß er mir mit der Sohle seines Schuhes beinahe ins Gesicht fuhr; was meiner Ansicht nach zumindest unbewußt auf den Wunsch zu verletzen zurückzuführen war. Ich erklärte Dottie, daß Newmans *Apologia* meiner Meinung ganz sicher das falsche Buch für diese Gruppe war, da es von einem ganz speziellen Fall ausging, nämlich Newmans Verteidigung gegen Charles Kingsleys Bezichtigungen der Unaufrichtigkeit; ich sagte, daß die Autobiographien als Folge dieses Vorbilds alle eine Wendung zum Paranoischen genommen hätten. Ich sagte, ein viel besseres Modell wäre das *Leben* von Cellini, einem robusten, mitten im Leben stehenden Mann. Ein Hauch von Normalität, sagte ich. Dottie strickte weiter.

Sie strickte weiter. Es war ein roter Wollschal; sie kam ziemlich oft zum Ende einer Reihe, drehte ihre Strickerei immer wieder um. Ich erklärte ihr, daß Sir Quentin immer mehr der Figur meines Warrender Chase glich; es war verblüffend. Es war fast, als hätte ich sie alle erfunden – den ganzen Haufen. Ich sagte, Edwina sei die einzige wirkliche Person in dieser Sammlung. An diesem Punkt hielt Dottie in ihrer Strickerei inne und schaute mich an. Sie sagte nichts, dann strickte sie weiter.

Und ich redete immer weiter, ohne ein einziges Mal eine Reaktion zu provozieren. Ihr Schweigen erschien mir nicht gleich irgendwie auffällig; ich hatte sogar das Gefühl, daß ich einen starken Eindruck auf sie machte. Ich erklärte ihr, daß der ganze autobiographische Haufen meiner Meinung langsam am

Überschnappen war, sehr zur Genugtuung von Sir Quentin, und ich schloß, indem ich ihr berichtete, was mir Pater Egbert Delaney bei einer Zusammenkunft einmal zugemurmelt hatte, eine abschätzige Wendung über »Mrs. Wilks' Titten«; dies, so teilte ich Dottie mit, betrachte ich als Beleidigung meiner Person mehr noch als der Person von Mrs. Wilks. Obszönitäten, erklärte ich, könne ich von Solly Mendelsohn verkraften oder, wenn er heute noch am Leben wäre, von Benvenuto Cellini aus dem sechzehnten Jahrhundert, das wären große vernünftige Männer, aber diesem schleimigen *défroqué* gestatte ich keinen Kitzel darin, daß er meine Ohren beleidigte.

»Es wird spät«, sagte Dottie. Sie verstaute ihr Strickzeug in ihrer gräßlichen schwarzen Tasche, sagte Gute Nacht, und ging.

Als sie fort war, gab ich ihrem Schweigen, das mich nun doch nachdenklich machte, eine neue Interpretation. Ich ließ ihr Zeit, nach Haus zu kommen, dann rief ich sie an.

»Hast du irgend etwas, Dottie?«

»Hör zu«, sagte sie. »Ich glaube, du bist übergeschnappt. Du leidest unter Wahnvorstellungen. Mit uns ist alles in Ordnung. Wir sind eine vollkommen normale Gruppe. Aber ich glaube, mit dir stimmt was nicht. Beryl Tims – ach was, die kann selbst ihre Meinung sagen. Dein *Warrender Chase* ist ein durch und durch krankhaftes Buch. Theo und Audrey Clairmont finden das auch, es hat sie furchtbar aufgebracht, die Fahnen zu korrigieren. Leslie sagt, dein Buch ist irrsinnig.«

Ich riß mich so weit zusammen, um eine der Gelegenheit angemessene Entgegnung zu finden, denn der Angriff auf meinen *Warrender Chase* trieb mich wirklich auf die Palme; der Rest ließ mich kalt.

»Falls du in der Frage seines Romans nur den geringsten Einfluß auf Leslie hast«, schnarrte ich mit der Ruhe meiner unterdrückten Hysterie, »dann könntest du ihn vielleicht dazu bringen, diese gräßliche, ständig wiederauftauchende Phrase ›Mit Bezug auf . . .‹ zu eliminieren. In seinen Besprechungen verwendet er sie die ganze Zeit.«

Ich konnte Dottie weinen hören. Ich hätte ihr gern noch mehr über Leslies Prosa gesagt, über seine gräßlichen Tautologien. Er kam immer erst zum Kern, wenn dieser auf Nimmerwiedersehen in einem Gewebe von vielsilbigen Worten und dick wie Zement aufgetragenen Bildern verschwunden war.

Sie sagte: »Als du noch mit ihm schliefst, hast du das nicht gesagt.«

»Ich habe nicht wegen seiner Prosa mit ihm geschlafen.«

»Ich fürchte«, sagte Dottie, »du bist in unserer Welt außerhalb deines Elements.«

So endete eine meiner Millionen, wie es schien, Streitereien mit Dottie.

»Oh, Fleur!« sagte Lady Bernice »Bucks« Gilbert mit ihrer heiseren Schnarrstimme, »würden Sie so freundlich sein und die Sandwiches herumreichen! Sie könnten auch mit den Mänteln helfen; mein Mädchen hat schließlich nur ein Paar Hände. Und sehen Sie, ob jemand einen Drink braucht . . .« Sie hatte mich gedrängt, doch zu ihrer Cocktailparty zu kommen, und hier war ich in ihrer Wohnung in der Curzon Street in meinem blauen Samtkleid mitten in einer Menge von Plauderern. Jetzt verstand ich, warum sie mich so nachdrücklich eingeladen hatte. Halbherzig hob ich einen Teller mit Käsegebäck und hielt es einem sehr großen Mann unter die Nase, der neben mir stand und ebenso verwirrt war wie ich.

Er nahm ein Stück Gebäck und sagte: »Fleur, du bist's!«

Es war Wally McConnachie, ein alter Freund aus der Kriegszeit, der im Foreign Office arbeitete. Wally war in Kanada gewesen. Wir lehnten uns lässig gegen die Wand und unterhielten uns, während Bucks auf eine irgendwie häßliche Art zu mir herüberstarrte. Als sie genug gestarrt hatte und ich mich durch das Geplauder mit Wally und einen Drink etwas gelockert hatte, spannte ich Wally dazu ein, den Leuten bei der Tür die Mäntel abzunehmen und mit mir die Sandwiches herumzureichen, die mit Schwarzmarkt-Delikatessen gefüllt waren und an denen

Wally und ich uns gleichfalls gütlich taten. Das ärgerte die Bucks erst recht.

»Ich bin überzeugt«, flötete sie mir im Vorbeigehen zu, »daß Sir Quentin wünschen würde, daß Sie helfen. Er ist noch nicht eingetroffen.«

Ich sagte, Sir Quentin bestehe auf völliger Offenheit, und um ganz offen zu sein, helfe ich ja in der Tat, und die Sandwiches kämen groß an.

In diesem Augenblick traf Sir Quentin ein, und die Mitglieder der Autobiographischen Gesellschaft mischten sich eines nach dem anderen unter die übrigen Gäste. Der Raum war gesteckt voll. Ich sah Dottie ernsthaft mit Maisie sprechen und dabei zu mir herüberschauen. Auf dem Flügel standen überall leere Gläser, mitten drunter ein Foto von Bucks' verstorbenem, mit Orden übersätem Gatten. Meine Gastgeberin packte mich am Arm und deutete wortlos auf die Gläser.

Wally und ich sammelten sie ein, stellten sie in die Küche ab und machten uns davon. Wir dinierten bei Prunier's mit seinem beruhigenden Aquarium-Dekor, während wir unsere Leben seit der letzten Begegnung schilderten. Die Fische schwammen und schossen herum in ihrem Element, während wir uns beim Wein unterhielten und einander in die Augen schauten. Dann gingen wir zu Quaglino's, dessen Dekor damals aus Bilderrahmen ohne Bilder an den dunklen Wänden bestand, und tanzten bis vier Uhr früh.

Wally erzählte mir im Lauf des Abends zahllose amüsante Anekdoten. Das waren leichtgewichtige kleine Geschichten, aber gerade deshalb fühlte ich mich davon wie kuriert. Zum Beispiel erzählte er mir von einem Mädchen, das er kannte und das die unheimliche Gewohnheit hatte, immer zu niesen, wenn sie einen minderwertigen Wein trank, und als Folge dieser Begabung bei einer Weinimportfirma die Stelle eines Weinkosters bekam. Oder er erzählte mir von einem anderen Mädchen, dessen Mutter die heftigen Einwände ihrer Tochter gegen die Ehe mit einem Mann, der unter chronischem Mundgeruch litt, mit dem Satz: »Nun, man kann eben nicht *alles* haben« beschwichtigte. Solche munteren Anekdoten versetzten mich in eine Stimmung, wo ich mich selbst wieder in einem sorgloseren Licht sehen konnte. Ich erzählte Wally eine Reihe von witzigen Geschichten über die Gruppe von Sir Quentin in Hallam Street und umriß ihm, wie mein Leben am schäbigen Rande der literarischen Welt aussah. Wally, der sich den Kopf zerbrach, wo er bereits über den alten Quentin gehört hatte – »irgendwo war's« –, und sich über meine Geschichten köstlich unterhielt, riet mir doch gleichzeitig sehr nachdrücklich zu einem anderen Job. »Ich würde mich da heraushalten, wenn ich du wäre, Fleur. Woanders wärst du glücklicher.«

Ich sagte, ja, schon möglich. Dabei kam ich aber gerade an diesem gutgelaunten Abend zu der Ansicht, daß ich lieber bei meinem jetzigen Job blieb; ich war lieber gefesselt, so wie ich war, als glücklich, wie ich hätte werden können. Ich war gar nicht sicher, ob ich unbedingt glücklich sein wollte, aber ich wußte, daß ich meiner Natur folgen mußte. Das sagte ich allerdings nicht zu Wally. Das wäre nicht passend gewesen.

Ich versprach Wally, daß er die fabelhafte Edwina kennenlernen würde.

Am nächsten Morgen blieb ich im Bett; gegen elf Uhr, als ich aufwachte, rief ich in Hallam Street an, um zu sagen, daß ich heute nicht käme.

Am Telefon war Beryl Tims.

»Haben Sie ein ärztliches Zeugnis?« fragte sie.

»Scheren Sie sich zum Teufel.«

»Pardon?«

»Ich bin nicht krank«, sagte ich, »ich war die ganze Nacht tanzen, das ist alles.«

»Warten Sie, ich hole Sir Quentin.«

»Ich kann nicht«, sagte ich. »Da ist jemand an der Tür.«

Das war die Wahrheit; ich legte auf und ging zur Tür, und da stand der rotgesichtige Hausboy mit einem Strauß bernsteinfarbener Rosen in der Hand, und hinter ihm die Aufräumefrau, deren unverlangte Dienste in der Miete mit eingeschlossen waren, in ihrem rosa Kleid mit weißer Schürze. Es war eine farbenfrohe Kombination. Ich starrte sie einen Moment lang an, dann schickte ich die Aufräumefrau weg, während der Hausboy mir mitteilte, daß ich gestern nacht Besuch gehabt hätte – »diese furchtbar nette Dame, die mit Ihrem Herrn Freund verheiratet ist. Ich habe sie hier hereingelassen, daß sie warten kann, und sie hat fast eine ganze Stunde lang gewartet. 's war nach zehn, als sie ging.« Ich nahm an, daß das Dottie war.

Ich schickte den Boy fort und zählte die Rosen, die von Wally waren. Vierzehn. Das gefiel mir. Über Rosen freute ich mich immer, aber das übliche Dutzend war so ladenüblich. Vierzehn, da hatte sich jemand wirklich Gedanken gemacht.

Am späten Nachmittag gegen sechs, als ich daran dachte, aufzustehen und an meinem neuen Roman zu arbeiten, rief mich die Baronin Clotilde de Loiret an. »Sir Quentin«, sagte sie, »ist besorgt um Sie. Sind Sie indisponiert? Sir Quentin dachte, daß ich vielleicht etwas für Sie tun könnte. Wenn Sie irgendein Problem haben, Sie wissen, Sir Quentin besteht auf völliger Offenheit.«

»Ich nehme mir einen Tag frei. Wie gütig von Sir Quentin, daß er sich Sorgen macht.«

»Aber gerade in diesem Moment, Fleur, wie ich sage, sind die Angelegenheiten unserer Gesellschaft am Auseinanderbrechen, oder nicht? Ich meine, Bucks Gilbert ist wirklich eine Zumutung, was meinen Sie? Natürlich, sie hat ja keinen Penny. Ich meine, wir hatten alle heute nachmittag eine sehr offene Auseinandersetzung. Ich bin gerade fort. Dann hat Sir Quentin eine Art Gebets-Stunde eingeführt, meine Liebe, es war äußerst peinlich. Was konnte man tun? Ich gebe zu, daß zumindest ich ein Privatleben habe, und wenn ich sage Privatleben, dann verstehen Sie sicher, was ich meine. Aber ich habe etwas dagegen, daß man öffentlich für mich betet. Wissen Sie, ich habe eine panische Angst vor Sir Quentin. Er weiß zu viel. Und Maisie Young –«

»Warum geben Sie's nicht auf?« fragte ich.

»Was? Unsere Autobiographische Gesellschaft? Ach, ich kann das nicht erklären, aber ich glaube an Quentin. Sie doch sicher auch, Fleur?«

»O ja. Ich habe fast das Gefühl, ich habe ihn erfunden.«

»Fleur, glauben Sie, daß irgend etwas ist zwischen ihm und Beryl Tims, ich meine, etwas Ernstes? Ich meine, die sind ja sehr dick miteinander. Und wissen Sie, heute nachmittag beim Gebet kam diese schreckliche Mummy von Sir Quentin herein und machte diese Art Anspielungen. Natürlich ist sie gaga, aber man fragt sich doch. Sie sagt, sie habe Sie sehr gern, Fleur, und ich glaube, Quentin macht sich auch darüber ein bißchen Sorgen. Und ich meine, ist es denn wahr, daß Sie einen Roman über uns geschrieben haben, Fleur?«

Siebtes Kapitel

Ich habe den Eindruck, daß ich mich in Stimmen einschaltete, ohne sie wirklich zu hören, wie wenn man im Radio von einem Programm zum anderen wandert. Ich weiß, daß in Hallam Street eine Menge im Gang war. Eric Findlay und Dottie rotteten sich gegen Mrs. Wilks zusammen, eines Morgens kamen sie miteinander in Hallam Street an, als Sir Quentin gerade im Bezirkslebensmittelbüro war und vergeblich versuchte, im Namen seiner Gesellschaft größere Tee- und Zuckerrationen zu bekommen. Ich erinnere mich deutlich, daß Dottie mich bei dieser Gelegenheit etwas unzusammenhängend fragte, ob ich von meinem Verleger gehört hätte. Ich antwortete, ich hätte eine gedruckte Empfangsbestätigung über die Fahnen bekommen und warte jetzt auf das Erscheinen des Buchs. Dottie sagte: »Oh!«

An einem anderen Tag kam Mrs. Wilks in ihren Pastelltönen und ihren Schleiern und einem nassen violetten Schirm, den Beryl Tims zu geben sie sich weigerte. Sie hatte ihr fettes, heiteres Aussehen verloren. Als ich sie letztes Mal gesehen hatte, war mir aufgefallen, daß sie abnahm, aber jetzt war es ganz deutlich, daß sie entweder sehr krank gewesen war oder aber sich einer Diät unterzogen hatte. Ihr bemaltes Gesicht war geschrumpft, so daß die Nase viel zu lang schien; ihre Augen waren groß und irgendwie nicht richtig eingestellt. Sie verlangte, daß ich ihren Namen in den Aufzeichnungen von Mrs. Wilks auf Miss Davids ändere, und erklärte, sie müsse von jetzt an *incognito* bleiben, da die Trotzkisten überall auf der ganzen Welt Agenten eingesetzt hätten, um sie zu finden und zu ermorden. Ich weiß noch, daß Sir Quentin hereinkam, während sie derart loslegte, und mich unter einem Vorwand fortschickte. Als ich zurückkam, war Mrs. Wilks gegangen und Sir Quentin lehnte sich in seinem Sessel zurück, die Augen halb geschlossen, die eine Schulter ganz wenig weiter vorgeneigt, die Hände vor sich gefaltet wie im

Gebet. Ich wollte eben fragen, was mit Mrs. Wilks los wäre, da sagte er: »Mrs. Wilks hat zu streng gefastet.« Worauf er sich etwas anderem zuwandte. Er nahm seine Schäfchen immer sehr in Schutz. Als ich eines Tages, etwa um diese Zeit, einmal eine abschätzige Bemerkung über Pater Delaney machte, der mir am Telefon Vorhaltungen über Edwinas Anwesenheit bei den Zusammenkünften gemacht hatte, erwiderte Sir Quentin sehr von oben herab: »Einer seiner Vorfahren kämpfte in der Schlacht von Bosworth Field.«

Jetzt, wo Sir Quentin mir die eigentlichen Autobiographien abgenommen hatte, beschäftigte er mich hauptsächlich mit seinen übrigen, ganz normalen, privaten und geschäftlichen Angelegenheiten. Er diktierte Briefe an alte Freunde, die mir zum größten Teil unnötig vorkamen, und ich hatte ihn im Verdacht, daß er einige davon nie abschickte, denn er legte sie oft beiseite, um sie zu unterschreiben und dann selbst abzuschicken. Ich hatte das deutliche Gefühl, daß er jetzt bemüht war, den Eindruck eines normalen Menschen auf mich zu machen. Anscheinend hatte er irgendwelche Geschäftsinteressen in Südafrika, denn damit befaßten sich einige Briefe. Dann lag ihm auch seine Villa in Grasse sehr am Herzen, da sie im Krieg von den Deutschen besetzt war; es lag ihm viel daran, herauszufinden, von welchen Deutschen. »Ohne Zweifel von Mitgliedern des Oberkommandos und der Alten Garde.« Dann hatte er irgendwelche Interessen an einer Farbenfabrik, die eben eine Geschichte der Firma zusammenstellte: *Einhundert einträgliche Jahre*; ich half mit den schrecklich öden Fahnen. Ich bezweifelte, daß er mich überhaupt brauchte, nur war ich vielleicht ganz nützlich, um mit den Mitgliedern fertig zu werden, als sie anfingen einfach vorbeizukommen oder anzurufen, wie sie das jetzt immer frenetischer taten.

Es war ungefähr um diese Zeit, daß er zu mir sagte: »Was haben Sie gegen die *Apologia*?«

Ich kann mich nicht genau erinnern, was ich darauf antwortete. Auf keinen Fall wollte ich mich mit Sir Quentin in eine

Diskussion einlassen, weder über dieses großartige Werk noch sonst eines. Ich wollte nur wissen, was er im Schilde führte. Und außerdem hatte ich mir Gedanken gemacht über Autobiographien im allgemeinen. Den persönlichen Erinnerungen der Mitglieder hatte ich entnommen, daß Anekdoten und Memoiren nur dann von Wert sind, wenn sie entweder in sich selbst ungewöhnlich und ausgefallen sind oder wenn sie zu einem interessanten Endprodukt gehören. Die Kindheitserlebnisse von Newman oder Michelangelo sind auf jeden Fall interessant, und wären sie noch so trivial, aber wer schwerte sich im geringsten um Eric Findlays Erinnerungen an seinen Butler und sein Kindermädchen, wenn es dabei um Sir Eric Findlay ging? Eben weil ich alle ihre Biographien von Anfang an als so schrecklich langweilig empfunden hatte, hatte ich ihnen diesen leichten, fast operettenhaften Zug gegeben, fast als wäre das Beschriebene mir selbst zugestoßen und nicht ihnen. Jedenfalls erwies ich ihnen die Ehre, ihre Produktionen als Lebensgeschichten zu behandeln, und nicht als Fallgeschichten für eine Psychoanalyse, was sie mehr oder weniger waren; ich hatte sie dazu angeregt, Fiktionen über sich selbst zu verfassen.

Jetzt waren mir diese Autobiographien aus der Hand genommen, aber mir war das gleich; sie waren öde, eine wie die andere.

Ich war überzeugt, daß im Laufe ihres Lebens so gut wie nichts passiert war, und genauso überzeugt war ich auch, daß Sir Quentin irgend etwas Künstliches in ihr wirkliches Leben anstatt aufs Papier pumpte. Romanhaft dargestellt, hätte dieses dürftige Material etwas Authentisches ergeben können. Aber sie dazu zu verleiten, daß sie sich im wirklichen Leben ausdrückten, führte nur zu Falschheit.

Was ist Wahrheit? Ich hätte diese Leute mit meinen Scherzen und Spielen mit ihren Lebensgeschichten verwirklichen können, während Sir Quentin sie mit seinem Offenheitsgestichel kaputt machte. Wenn jemand sagt, daß sein Leben ereignislos ist, dann glaube ich ihm. Aber man muß verstehen, daß einem Künstler alles zustößt; seine Zeit ist niemals verschwendet, nichts geht verloren, und der Wunder ist kein Ende.

Erst viel später fand ich heraus, daß er ihnen, Dottie mit eingeschlossen, kleine gelbe Pillen verpaßte, Dexedrin genannt, die sie, so erklärte er ihnen, instandsetzen würden, das läuternde Fasten zu ertragen, das er ihnen auferlegte. Diese Pillen gehörten nicht zu meinem *Warrender Chase*; die hatte Sir Quentin selbst erfunden, offenbar zweifelte er an seiner Fähigkeit, sie ohne Hilfe in seinen Bann zu ziehen.

Jetzt, an demselben Tag, wo er mich wegen der *Apologia* fragte, kam Sir Quentin auf das Problem seiner Mutter zu sprechen.

»Mummy«, sagte er, »ist ein Problem.«

Ich konzentrierte mich darauf, ein Blatt Kohlepapier zwischen Schreibpapier und Durchschlagpapier einzulegen.

»Mummy«, sagte er, »war immer ein Problem. Und ich möchte Ihnen sagen, Miß Talbot, daß Sie gut daran täten, irgendwelche Versprechen, die Mummy Ihnen gegenüber in bezug auf eine eventuelle Erbschaft durchgeführt hat, zu ignorieren. Sie ist wahrscheinlich senil. Mrs. Tims und ich – «

»Das Substantiv ›Versprechen‹ wird üblicherweise nicht verbunden mit dem Verb ›durchführen‹«, warf ich wütend ein, bemüht, meine Ruhe zu bewahren. Ich hatte bemerkt, daß er noch im Sprechen nach Mrs. Tims geläutet hatte. Da aber gleichzeitig die Türklingel ging, erschien sie nicht sofort, aber Sir Quentin lächelte über meine kleine Ablenkung und fuhr fort: »Ich weiß, daß Sie sehr gut zu Mummy waren, sie an Sonntagen ausgeführt haben, und falls Sie in Verlegenheit sein sollten, dann können wir sicher Mittel und Wege finden, um Ihnen Ihre Auslagen zu ersetzen. Wenn Sie weiter so fortfahren möchten, dann wird sich ohne Frage irgend ein kleines Arrangement finden lassen. Es ist nur, daß in Zukunft – «

»Meine Zukunft ist durchaus gesichert, vielen Dank«, knallte ich hinein. »Und weder in Vergangenheit noch Gegenwart oder Zukunft lasse ich mich für Freundschaft bezahlen.«

»Sie haben Aussicht auf eine Verehelichung?« sagte er.

Ich sah rot. Ich sagte: »Ich habe einen Roman geschrieben, der ein Erfolg sein wird. Er wird im Juni erscheinen.« Ich weiß nicht, warum ich das sagte, außer daß ich vor Wut außer mir war. In Wirklichkeit hatte ich für meinen *Warrender Chase* keinerlei Hoffnung auf irgendeinen Erfolg. Der neue Roman in Arbeit – mein zweiter, *Allerseelen* – beschäftigte jetzt meinen ganzen Verstand, meine liebsten Hoffnungen. Ich dachte, daß *Warrender Chase* sich einigermaßen anständig als Einführung zu meinem zweiten Buch machen würde. Damals wußte ich noch nicht, wie ich heute weiß, daß in meiner eigenen Wertschätzung immer das Buch Vorrang hat, an dem ich gerade arbeite.

Allerdings war ich nicht in Stimmung für die delikaten Schattierungen meiner eigenen Meinungen in dem Moment, als ich die Worte herausspuckte: »Ich habe einen Roman geschrieben . . .«

»Also meine liebe Miss Talbot, wir wollen ganz offen miteinander reden. Finden Sie nicht, daß Sie unter Größenwahn gelitten haben?«

Ich bemerkte vier Dinge gleichzeitig: Beryl Tims kam mit ihren Absätzen herbeigehämmert, öffnete die Tür und sagte affektiert lächelnd, daß Lady Bernice warte; Sir Quentin öffnete mit einem Lächeln die untere rechte Schublade seines Schreibtisches; und ich hörte noch einmal, und immer noch gleichzeitig, seine Worte: »Finden Sie nicht, daß Sie unter Größenwahn gelitten haben?«, und alles, was mir in diesem geistigen Moment daran auffiel, war seine Verwendung des Perfekts – warum sagte er nicht: daß Sie unter Größenwahn leiden? –; und als viertes Element in diesem Gesamteindruck fiel mir schließlich auf, daß seine Worte »Finden Sie nicht, daß Sie unter Größenwahn gelitten haben?« genau die Worte meines Warrender Chase waren; in seinem Brief an meine fiktive Englische Rose, Charlotte, wo er sie darüber berät, wie sie Marjorie verhören soll, schreibt er wörtlich: »Sagen Sie es ihr folgendermaßen: ›Finden Sie nicht, daß Sie unter Größenwahn gelitten haben?‹ Und wenn dann meine steinalte Prudence sich meinem Gelehrten Proudie gegenüber daran zu erinnern versucht, was bei der Gebetsstunde mit der jungen Griechin passiert war, die später Selbstmord beging, da lasse ich meine Prudence sagen: Oh, Warrender wußte genau, daß sie in sehr schlechter Verfassung war. Erst vor wenigen Tagen hatte er zu ihr gesagt: ›Finden Sie nicht, daß Sie unter Größenwahn gelitten haben?‹«

Ich bemerkte diese vier Dinge gleichzeitig, so sehr ich auch schäumte. Ich glaube, daß meine Wut mich in einen Zustand von erhöhter Wahrnehmung versetzte, denn als ich aufstand, warf ich einen raschen Blick in die Schublade, die Sir Quentin geöffnet hatte. Blitzartig schloß er sie wieder. In dieser Lade hatte ich einen Packen Fahnen bemerkt, und die Vernunft hätte mir sagen müssen, daß es sich um das Hundertjahr-Buch der Settlebury Paint Company, gegründet 1850, handeln mußte. Ich sah die gefalteten Fahnen in der Lade nur ganz kurz und aus der Entfernung. Ich stand nicht nahe genug, um die Schriftgrade oder den Satzspiegel oder etwa die Worte zu identifizieren. Warum fuhr es mir dann durch den Kopf, daß das die Fahnen meines *Warrender Chase* waren? Der Gedanke schoß durch mich hindurch, aber ich hielt ihn nicht, sondern dachte an die Farbenfabrik. Die zwei Fahnensätze von Sir Quentin hatten etwa den gleichen Umfang wie ein Satz meines Romans.

Es geschah alles sehr schnell. Ich stand auf, wütend auf Sir Quentin, bereit, aus dem Haus zu gehen. Beryl Tims wartete auf Anweisungen, und als Sir Quentin die Lade geschlossen hatte, sagte er: »Setzen Sie sich, Mrs. Tims. Miss Talbot, bitte nehmen Sie einen Augenblick Platz.« Ich weigerte mich, Platz zu nehmen. Ich sagte: »Ich gehe.« Mir fiel auf, daß Beryl Tims die Brosche trug, die ich ihr gegeben hatte; sie betastete sie und sagte: »Soll ich Lady Bernice sagen – «

»Mrs. Tims«, erwiderte Sir Quentin, »lassen Sie mich Ihnen sagen, daß Sie sich in Gegenwart einer Schriftstellerin befinden.«

»Pardon?«

»In Gegenwart der Verfasserin eines Bestseller-Romans.«

»Lady Bernice scheint sehr aufgeregt. Sie muß Sie sehen, Sir Quentin. Ich sagte – «

Ich hatte inzwischen meine Sachen zusammengepackt und den Raum verlassen. Sir Quentin stürzte mir nach. »Meine liebe Miss Talbot, Sie können, Sie dürfen einfach nicht weggehen. Ich hatte nur Ihr Bestes im Auge. Mummy wäre außer sich. Mrs. Tims – ich bitte Sie – Miss Talbot fühlt sich gekränkt.«

Ich sagte Gute Nacht und ging fort, zu empört, um ein Wort herauszubringen. Aber im Fortgehen sah ich Lady Bernice im Eingang zum Salon stehen, mit einem wirklich zutiefst verstörten Gesichtsausdruck, gar nicht ihr sonstiges dominierendes Selbst; aufgemacht war sie wie gewöhnlich, aber das Bild, das ich im raschen Vorbeigehen von ihr gewann, war das von modischen Kleidern, die ganz schief saßen, und von einem schlampigen, rund um die Augen völlig verschmierten Make-up. Das war das letzte Mal, daß ich sie sah. Noch an der Tür hörte ich Sir Quentin sagen: »Aber Bucks, um Gottes Willen . . .«, aber ich war viel zu sehr in meine eigene Empörung vertieft, um mir über diesen letzten Anblick den Kopf zu zerbrechen, der sich mir allerdings derart einprägte, daß ich ihn jetzt noch vor mir sehe.

Ich hatte es eilig, nach Haus zu kommen, und war selbst noch so verblüfft über meine Dummheit, eine so großartige Prophezeiung für meinen *Warrender Chase* zu machen, und fragte mich, woher wohl die Worte kamen: » . . . der ein Erfolg sein wird«. Mit diesen Worten hatte ich mich dem Mann ausgeliefert; nicht, daß ich Erfolg als peinlich betrachtet hätte, nur dachte ich damals an *Warrender Chase* nicht in diesem Licht, und außerdem war mir schon seit längerer Zeit klar geworden, daß ich aus dem Erfolg keine Karriere machen wollte, übrigens auch nicht aus dem Versagen eine Berufung. Das waren Nebenprodukte. Aber warum, fragte ich mich auf dem ganzen Heimweg, warum war ich dann Sir Quentin in die Falle gegangen? Denn so sah ich es jetzt. Und darauf war er imstande gewesen, haargenau die Worte von Warrender Chase anzubringen: »Finden Sie nicht, daß Sie an Größenwahn gelitten haben?«

Ich hatte mein Exemplar von *Warrender Chase* weggeräumt. Das war mein handgeschriebenes Exemplar, auf Manuskriptpapier geschrieben, und das Exemplar für den Verleger hatte ich davon abgetippt. Einen Durchschlag hatte ich dabei nicht gemacht, Papierverschwendung schien mir sinnlos. Aber ich hatte mein Manuskript zu einem Paket verpackt, es außen beschriftet: »Warrender Chase, von Fleur Talbot«, und auf den Boden meines Kleiderschranks gelegt.

Als ich nach Haus kam, wollte ich mich vergewissern, daß ich mich über Sir Quentins Verwendung von Warrenders wörtlicher Behauptung nicht getäuscht hatte, und beschloß, das Buch herauszuholen und die beiden Stellen nachzulesen. Ich war ganz aufgeregt, zum Teil aus dem Gefühl heraus, daß ich tatsächlich Vorstellungen von Größenwahn, oder von Verfolgung, oder irgendwelche sonstige Symptome von Paranoia hatte. Und ich hätte mir gar nicht paranoider vorkommen können, als wenn ich feststellte, daß mein Exemplar von *Warrender Chase* nicht in dem Schrank war, wo es hätte sein sollen. Das Paket, etwa vom Umfang eines Londoner Telefonbuchs, war nicht da.

Ich fing an, mein Zimmer zu durchsuchen. Ich begann damit, in absurder Weise alles umzudrehen, einschließlich der neuen Seiten meiner laufenden Arbeit *Allerseelen*. Keine Spur von *Warrender Chase*. Ich setzte mich hin und überlegte. Ich stand auf und begann, das Zimmer gründlich, peinlich genau zu durchsuchen, rückte jedes Stück der Einrichtung, jedes Buch von seinem Platz. Dabei ging ich ganz langsam zu Werke, rückte zuerst alles in die Mitte des Zimmers, dann zurück, Stück für Stück, Buch für Buch; Bleistifte, Schreibmaschine, Speisevorräte, alles. Diese Tätigkeit war reinster Aberglaube, denn es war schon nach wenigen Blicken klar, daß sich das Paket nicht im Zimmer befand, aber meine Suche war derart gründlich, als wollte ich einen verlorenen Diamanten finden. Dabei fand ich viele verlorengegangene Dinge, alte Briefe, eine Münze, alte Gedichte und Erzählungen, aber keinen *Warrender Chase*. Ich machte sämtliche Pakete auf, die ich in einen alten Koffer geräumt hatte: nichts.

Ich schenkte mir Whisky in ein Wasserglas, sehr vorsichtig und ungläubig, ließ aus der Wasserleitung etwas Wasser hineinrinnen, setzte mich hin und nippte daran. Die Aufräumefrau mußte das Paket weggeworfen haben. Aber wie? Ich hatte es im Schrank gelassen. Sie war seit Jahren hier im Haus, Schränke und Schubladen öffnete sie nie, sie hatte noch nie etwas genommen. Außerdem hatte ich sie immer gebeten, mit meinen Papieren und Paketen vorsichtig umzugehen, und sie war immer vorsichtig damit umgegangen, hatte nicht einmal den Tisch, auf dem meine Arbeit lag, abgestaubt, damit sie nur nichts durcheinander brachte. Überhaupt schimpfte sie so viel über die Unordnung in meinem Zimmer, daß von Abstauben ohnehin kaum die Rede war. Im Geiste ging ich alle Leute durch, die in meinem Zimmer gewesen waren, seit ich *Warrender Chase* zum letzten Mal im Schrank gesehen hatte. Wally war einmal kurz hier gewesen, aber nur, um mich eines Abends zum Ausgehen abzuholen. Ich dachte, hatten vielleicht die Alexanders hier herumgestöbert? Der Gedanke war absurd. Leslie? Dottie? Ich ging sie alle durch, im Augenblick völlig vergessend, daß Dottie tatsächlich in meiner Abwesenheit in meinem Zimmer gewesen war, und zwar an diesem ersten Abend, als ich mit Wally zu Quaglino tanzen gegangen war. Aber das fiel mir erst später ein. Damals saß ich da und fragte mich, ob ich am Überschnappen wäre, ob *Warrender Chase* überhaupt existierte, oder ob ich mir das Buch nur eingebildet hätte.

Ich nahm den Hörer ab, um Wally anzurufen. Es gab keine Vermittlung; ich sah, daß es schon fast Mitternacht war.

Aber schon beim Gedanken an Wally kam ich wieder zur Vernunft; es machte schließlich nicht so viel aus, was mit meinem Manuskript passiert war. Das getippte Exemplar und die Fahnen waren beim Verleger in Sicherheit. Das getippte Exemplar konnte ich ja von Revisson Doe zurückbekommen.

Ich ging zu Bett, und um mich von meinen Sorgen abzulenken, blätterte ich durch die Seiten meines geliebten Cellini. Der Zauber wirkte, wie ich Bruchstücke seiner Abenteuer in Kunst und renaissancehafter Männlichkeit überflog, seine Liebe zu den Bechern und den Statuen, die er aus Materialien schuf, die er liebte, seine Zeiten im Gefängnis, seine Ausbrüche, seinen Umgang mit anderen Goldschmieden und Bildhauern, seine Totschläge und Raufereien, und immer wieder seine Freude über jeden Aspekt seiner Kunst. Jede Seite, die ich umblätterte, war für mich – und ist noch immer – reinste Magie:

> ... In der Gewißheit, daß ich ihnen vertrauen konnte, wandte ich meine Aufmerksamkeit dem Brennofen zu, den ich mit kupfernen Schweinen und Bronzestücken aufgefüllt hatte, immer eins aufs andere gelegt, ganz nach den Regeln des Handwerks – so daß eines dem andern nicht zu nahe kommt, sondern die Flammen frei überall Zutritt finden; denn auf diese Weise wird Metall schneller von der Hitze erreicht und verflüssigt sich. Dann hieß ich sie in großer Erregung Feuer anfachen. Sie häuften die Tannenscheite auf; und zwischen dem öligen Tannenharz und dem wohlgefügten Zug des Ofens brannte das Feuer so munter, daß ich ihm bald auf der einen, bald auf der andern Seite Nahrung geben mußte. Die Anstrengung war fast unerträglich; doch ich zwang mich durchzuhalten.
>
> Zu alledem fing noch der Laden Feuer, und wir fürchteten, daß uns das Dach auf den Kopf fallen könnte. Dann ...

Ich überflog die Seiten, vorwärts und rückwärts, überlegte, wie Cellini eine lebenslange Liebesaffäre mit seiner Kunst gehabt hatte, welche komische Widersprüchlichkeit er in seinen Handlungen zeigte, wie prahlerisch er über seine Arbeit sprach.

> ... Als ich Piacenza erreichte, stieß ich auf den Grafen Pier Luigi in der Straße, der mich von oben nach unten anstarrte und mich erkannte. Er war die alleinige Ursache all

des Unrechts gewesen, das ich im Schloß von St. Angelo erlitten hatte; und nun schäumte ich bei seinem Anblick. Da ich ihm kaum aus dem Wege gehen konnte, beschloß ich, bei ihm vorzusprechen. Ich kam in seinem Palast an, als eben die Tafel abgeräumt wurde. In seiner Gesellschaft waren einige Männer aus dem Hause der Landi, jene, die nachmals seine Mörder sein würden. Als ich hereintrat, empfing er mich mit überschwenglicher Höflichkeit; unter anderen Annehmlichkeiten, die von seinen Lippen fielen, war die Beteuerung an alle Anwesenden, daß ich in der ganzen Welt der Größte meines Berufes sei . . .

Und so, meine Sorgen ganz vergessen, blätterte ich zurück zur ersten Seite, zum ersten Absatz dieser großartigen Autobiographie:

Alle Männer, welches immer ihre Umstände, die irgend etwas Verdienstvolles geleistet haben, oder was den Anschein von Verdienst hat, sollten, sofern sie der Wahrheit ergeben sind und Ansehen genießen, die Geschichte ihres Lebens eigenhändig schreiben.

Eines Tages, dachte ich, werde ich die Geschichte meines Lebens schreiben. Aber zuerst muß ich leben.

. . . In der Tat scheint mir größere geistige Zufriedenheit und körperliche Gesundheit gegeben zu sein als jemals zuvor. Einiger ergötzlicher Vorgänge entsinne ich mich und auch einiger unsäglicher Mißgeschicke, die, wenn ich mich erinnere, mich mit Schrecken erfüllen und mit Wunder, daß ich fürwahr dieses Alter von achtundfünfzig erreichen konnte, von dem aus ich nun, mit der Gnade Gottes, meines vergnüglichen Weges gehe . . .

Als ich kürzlich an dem Bericht über diesen kurzen Abschnitt meines Lebens und alles, was in der Mitte des zwanzigsten Jahrhunderts, in diesen Monaten von 1949/50 geschah, arbeitete, las ich die zuletzt zitierte Stelle und versetzte mich im Geist in den Frühling des Jahres 1950 zurück, als ich sie, im Bett meines Zimmers in Kensington liegend, studierte. Dabei überlegte ich, daß man aus diesem Buch zahllose bezaubernde Gedichte nehmen konnte, einfach indem man die Seiten umblätterte, rückwärts und vorwärts, und für sich selbst hier eine Seite, dort einen Absatz herausholte, und während ich mit dieser Idee spielte, fiel mir – ganz offensichtlich ohne jeden Zusammenhang dazu – ein, daß Dottie, die sehr gut wußte, wie meine Besitztümer in meinem Zimmer verteilt waren, an jenem Abend, als der Hausboy sie hereingelassen hatte, damit sie auf mich warten konnte, ganz sicherlich das Paket an sich genommen hatte.

Es war nach zwei Uhr morgens. Ich sprang aus dem Bett und zog mich an. Beim Anziehen fielen mir wieder diese Fahnen in Sir Quentins Schreibtisch ein und mein merkwürdiger flüchtiger Eindruck, daß das meine Fahnen waren. Hinaus stürzte ich in die kalte Nacht und schleppte mich zu Dotties Wohnung. Ich weiß nicht mehr, ob es regnete, Regen fiel mir damals kaum jemals auf. Aber ich fror, als ich unter ihrem Fenster stand und »Auld Lang Syne« sang. Ich hatte Angst, die Nachbarn aufzuwecken, aber ich war auch ziemlich wütend; daher sang ich zwar nur so laut, daß ich hoffen konnte, durch Dotties Schlafzimmerfenster damit zu dringen, aber ich ließ nicht locker. In irgendeinem anderen Fenster ging das Licht an, das Fenster fuhr hoch, und ein Kopf sah heraus. »Hört auf mit eurem blöden Krach mitten in der Nacht.« Ich trat aus dem Licht der Straßenlampe weg und sah im gleichen Augenblick, wie der Vorhang in Dotties Zimmer zur Seite gezogen wurde. Im Straßenlicht sah ich einen Kopf – es war nicht Dotties Kopf – durch die Scheibe schauen. Während ich weiter vom Gehsteig hinaufstarrte, wurde mir klar, daß der Kopf ein männlicher Kopf war. Leslie, nahm ich an. Dotties empörter Nachbar hatte sich zurückgezogen und das Fenster herunterknallen lassen, und als das Licht in seinem

Zimmer ausging, sah ich deutlicher, wenn auch nur einen Augenblick lang, daß der Kopf in Dotties Zimmer nicht Leslies Kopf war; es war ein eckiger Kopf mit einem kahlen Schädel, und ältlich; mir schien es das Gesicht von Revisson Doe zu sein, meinem Verleger.

Schnell machte ich mich auf den Heimweg und redete mir ein, daß ich mich geirrt haben mußte. Schließlich hatte ich *Warrender Chase* wirklich auf dem Herzen; angesichts des Verlustes meines Manuskripts war es nur allzu gut möglich, daß er mir in den Kopf gestiegen war.

Nun hatte sich Dottie, Englische Rose, die sie war, immer als eine sehr fromme, altmodische Katholikin dargestellt. Ich war überzeugt, daß sie meinen *Warrender Chase* genommen hatte, aber war noch immer nicht sicher, ob sie das als einen halben Witz oder in einem ihrer Anfälle von Selbstgerechtigkeit veranstaltet hatte; sie war durchaus dazu imstande, ein Buch, das sie für schlecht und sündhaft hielt, zu verbrennen, aber irgendwie hatte ich das Gefühl, daß sie es mit meinem handgeschriebenen Werk doch nicht so weit treiben würde. Meine ganze Erfahrung mit Dottie sagte mir, daß sie im Grunde harmlos war, und außerdem auch aufrichtig, jedenfalls soweit sie selber sich ihrer Aufrichtigkeit bewußt war. Vielleicht, dachte ich, hatte sie den Roman irgendwem zeigen wollen – einem Karmeliter-Gottesmann vielleicht, um sich seine zweifellos ungünstige Meinung darüber einzuholen, oder Leslie, um sich bei ihm einzuschmeicheln, indem sie ihm den letzten Teil zeigte, den er nicht gesehen hatte. Alles mögliche fiel mir ein. Was mich, zu Hause angelangt, am meisten beschäftigte, war die Frage, wer wohl die Nacht mit Dottie zubringen konnte. Ihr Vater war es nicht, den kannte ich. Vielleicht war es ein ältlicher Onkel. Aber ich kam nicht los von dieser kurzen Erscheinung des eckigen Gesichts und kahlen Schädels von Revisson Doe.

Aber es schien nicht nur unmöglich, daß Dottie einen Liebhaber hatte, sondern auch, daß Revisson Doe in seinem Alter einer sein sollte.

Ich saß die ganze Nacht wach und zerbrach mir den Kopf über diese beiden offensichtlichen Unmöglichkeiten. Von Dottie sah ich auf dem Tisch ein Beweisstück liegen, in Gestalt einer kleinen Faltkarte, die sie mir einmal gebracht hatte, und die im Lauf meiner Suche nach dem Paket aufgetaucht war. Diese Karte war typisch für Dottie. Sie hatte zwei Shilling und Sixpence ausgelegt, um mich mit dieser Karte irgendwo aufnehmen zu lassen. »Gilde Unserer Lieben Frau von der Erlösung« war die Überschrift, und weiter hieß es: »Für die Bekehrung von England. Jesus bekehre England. Unter der Himmlischen Schutzherrschaft Unserer Lieben Frau, des Hl. Gregors und der Seligen Englischen Märtyrer.« Ich saß da und trank Dotties Gefrömmle geradezu in mich hinein. »Motto« hieß es weiter auf der Innenseite: »Für Gott, Unsere Liebe Frau, und den Katholischen Glauben.« Darauf folgte: »Versprechen: 1. Die täglichen Gebete für die Meinungen der Gilde zu sagen. 2. Sich für die Ziele der Gilde einzusetzen. 3. Jährlich mindestens zwei Shilling und Sixpence zum Fonds der Gilde beizutragen. Fleur Talbot [in Dotties Handschrift] wird hiemit in die Rot-Kreuz-Gilde aufgenommen. Unvollkommene Ablässe: 1. Sieben Jahre und sieben Quarantänen. 2. Einhundert Tage.« Und so ging es weiter, mit bürokratischen Ablässen, den Seelen im Fegefeuer und Dotties restlichem gewohntem Klimbim.

Auch ich war Katholikin, aber mein Glaube nicht von dieser Art, überhaupt nicht von dieser Art. Und wenn es wahr war, wie Dottie immer sagte, daß ich meine unsterbliche Seele gräßlichen Gefahren aussetzte, dann hätte ich auch aus diesem Grund nicht ihre Art von Vorsicht üben können. Ich hatte eine Kunst auszuüben und ein Leben zu leben, und an Glauben mangelte es mir nicht; aber für Gilden und Ablässe, für Fasten und Feiern und Observanzen hatte ich weder Zeit noch die geeignete Einstellung. Ich habe es nie für richtig gehalten, in religiösen Fragen noch mehr Schwierigkeiten zu schaffen, als bereits bestehen.

Ich sage das, weil es mir plötzlich sehr merkwürdig vorkam,

daß ein Kopf, der nicht Leslies Kopf war, um halb drei Uhr nachts in Dotties Schlafzimmerfenster erschien. Und wieder stand mir, während ich darüber nachdachte, der Kopf von Revisson Doe vor Augen. Ich hatte ihn nur ein paarmal gesehen. War es möglich? Vielleicht, dachte ich jetzt, hatte ich sein Alter nicht richtig geschätzt. Ich hatte ihn für ungefähr sechzig gehalten. Ja, ich war sicher, daß er um die sechzig war. Ich überlegte und überlegte, und das Unmögliche wurde langsam immer möglicher. Er hatte mir nicht den Eindruck eines sexuell aktiven Mannes gemacht, aber ich hatte ihn schließlich auch nicht unter diesem Gesichtspunkt betrachtet. Die Möglichkeit bestand, abgesehen davon natürlich, daß Dottie lieber sterben würde, als einem lebenden Ehemann gegenüber untreu zu sein; das wäre in ihren Augen eine Todsünde, sie würde also geradewegs zur Hölle fahren, sollte sie auf der Straße in ihrem unbußfertigen Zustand überfahren werden. Ich kannte Dotties Denkweise. Es war unmöglich. Und dennoch, als in dem grauenden Frühlingsmorgen die Vögel von Kensington vor meinem Fenster zu zirpen begannen, da stand Dotties Untreue wieder in ihrer ganzen Möglichkeit vor mir da.

Ich hielt es für denkbar, daß sie sich um ein Treffen mit Revisson Doe bemüht hatte, um dadurch vielleicht Leslies Roman zu einem Verleger zu verhelfen. Es war möglich, daß sie sich auf dem Altar von Leslies Buch opferte. Sie war eine hübsche Frau, und es war denkbar, daß Revisson Doe, mochte er nun sechzig oder siebzig sein, mit ihr ins Bett ging. Es war zwar unwahrscheinlich, aber dabei durchaus möglich. Ich beschloß mein induktives Verfahren mit dem Gedanken, daß das ganze nicht sehr unwahrscheinlich war, sondern im Gegenteil wirklich ziemlich wahrscheinlich; schließlich blieb mir als Tatsache nur, daß ich noch immer nicht ganz sicher wußte, ob Dottie in der Tat meinen *Warrender Chase* genommen hatte, und wenn ja, warum. Es war fünf Uhr früh. Ich stellte den Wecker auf acht und ging zu Bett.

Achtes Kapitel

Mit nächster Post erhielt ich einen Brief in einem Umschlag von Park und Revisson Doe Co. Ltd., den ich verquollenen Auges öffnete.

Liebe Fleur (wenn ich darf),

im Zusammenhang mit Ihrem Roman *Warrender Chase* ist ein kleines Problem aufgetaucht.

Ich meine, wir sollten dieses mündlich besprechen, bevor wir weitermachen, denn die Details sind zu kompliziert, um auf schriftlichem Wege geklärt zu werden.

Bitte rufen Sie mich so bald als möglich an, damit wir ein Treffen vereinbaren, um diese delikate Frage zu überdenken.

Immer Ihr

Revisson.

Der Brief jagte mir größten Schrecken ein. Es ist typisch für einen Zustand der Angst, daß er immer noch mehr Unglück anzieht. Es war Viertel vor neun. Park und Revisson Doe begannen mit ihrer Arbeit nicht vor zehn. Ich beschloß, um halb elf anzurufen. Ich las den Brief wieder und wieder und hatte jedes Mal ein noch gräßlicheres Vorgefühl. Was stimmte nicht mit meinem *Warrender Chase*? Ich las den Brief Satz für Satz; jeder sah ärger aus als der vorhergehende. Nach einer halben Stunde entschied ich, daß ich mit einer Menschenseele sprechen mußte. Ich hatte nicht die Absicht, zum Hallam-Street-Karneval zurückzukehren. Selbst vor dem Eintreffen des Briefs hatte ich beschlossen, erst später am Tag einmal vorbeizuschauen, die

Sachen abzuholen, die ich noch dort hatte, mich von Edwina zu verabschieden und nach einer anderen Stelle umzusehen.

Mit Revisson Doe vereinbarte ich, noch heute um drei Uhr dreißig zu ihm zu kommen. Ich versuchte, ihn am Telefon auszuhorchen, ob »irgend etwas nicht stimmte« mit meinem *Warrender Chase*, aber er ließ sich in keine Diskussion ein. Er klang gereizt, ziemlich unfreundlich. Er redete mich mit Miss Talbot an, keine Rede von Fleur wenn ich darf. Damals wußte ich nicht, was ich jetzt weiß, daß nämlich die herkömmliche Paranoia der Autoren nichts ist im Vergleich zur unveräußerlichen Schizophrenie der Verleger.

Revisson Doe war am Telefon eindeutig über irgend etwas nervös gewesen, vielleicht über den finanziellen Verlust, den mein Buch ihm wahrscheinlich eintragen würde, vielleicht wollte er die Bedingungen des Vertrags revidieren, vielleicht wollte er von mir verlangen, irgend etwas Wesentliches zu ändern, und meine ganzen Vielleichts hindurch hielt ich hartnäckig daran fest, daß ich jede Änderung meines Buches verweigern würde. Dann überlegte ich, ob vielleicht Theo und Audrey meinem Verleger gegenüber ihre ungünstige Meinung ausgedrückt hatten, als sie die Fahnen zurückschickten. Ich hatte ihnen ein paar Zeilen des Dankes dafür geschrieben, daß sie für mich die Fahnen gelesen hatten, und war geneigt gewesen, Dottie nicht zu glauben, als sie mir mit so viel Heftigkeit mitteilte, daß Theo und Audrey, die sonst immer so gut zu mir waren, gesagt hätten, das Buch sei verrückt. Aber an diesem Morgen war ich, unausgeschlafen und mit einem schrecklichen Gestern hinter mir, ziemlich am Ende meiner Weisheit. Ich rief im Clairmont House an; ihr Mädchen hob ab, und ich verlangte entweder Theo oder Audrey. Das Mädchen kam zurück und sagte, sie seien beide in ihren Studios beschäftigt.

Ich ging zurück ins Bett, und am Nachmittag fühlte ich mich bereit für mein Interview mit Revisson Doe. Ich hatte mich inzwischen so weit gekräftigt, daß ich sogar imstande war, mich auf das Treffen zu freuen, ich wollte ihn dringend unter dem

Gesichtspunkt ins Auge fassen, ob er als Dotties oder sonst jemandes Bettgenosse in Frage käme. Am Weg hatte ich gerade noch Zeit genug, um an der Bezirksbibliothek von Kensington stehen zu bleiben und in WHO'S WHO sein Alter nachzuschlagen. 1884 geboren. Zweimal verheiratet, ein Sohn, zwei Töchter. Ich stieg in den Bus und rechnete mir dabei aus, daß er also sechsundsechzig war. Das kam mir damals älter vor als heute. Als ich Revisson Doe in seinem Büro sah, war ich überzeugt, daß es sein Kopf war, den ich in Dotties Fenster gesehen hatte. Ich setzte mich auf den Stuhl, auf den er deutete, und fragte mich, ob Dottie dem alten Bock wohl gesagt hätte, daß höchstwahrscheinlich ich es war, die da um zwei Uhr morgens »Auld Lang Syne« gesungen hatte. Gleichzeitig dachte ich, was immer Dottie auch in ihm sah, Sex Appeal war es nicht.

»Nun«, sagte er, »ich möchte Ihnen versichern, daß wir Ihre Arbeit wirklich sehr hoch schätzen.« Mir fiel das »wir« auf, es machte mich nervös. Als es um die Annahme von *Warrender Chase* gegangen war, da hatte er beträchtlich zwischen »ich« und »wir« geschwankt. Um seine Begeisterung und sein Interesse an dem Buch als einem neuen jungen Stück Literatur auszudrücken, hatte er sowohl in Briefen wie auch in Gesprächen »ich« gesagt; wenn er vom Risiko eines Verlustgeschäfts sprechen wollte, dann war es immer »wir« gewesen. Jetzt waren wir zurück beim »wir«.

»Soviel wir hören, sollen Sie an einem neuen Roman arbeiten?«

Ich sagte ja, der Titel sei *Allerseelen*.

Er meinte, das klänge nicht nach einem verkaufsträchtigen Titel. »Natürlich«, sagte er, »können wir den Titel ändern.«

Das sei der Titel, sagte ich.

»Nun schön, wir haben eine Option darauf. Den Titel können wir später besprechen. Wir überlegten uns, ob es nicht vorzuziehen wäre, *Warrender Chase* für den Augenblick noch ruhen zu lassen. Sehen Sie, ein Erstlingsroman ist schließlich und endlich ein reines Experiment, nicht wahr? Wir hätten daher gern vorgeschlagen, daß Sie uns die ersten Kapitel Ihres zweiten Romans vorlegen, *Alle Wege* –«

»*Allerseelen*«, sagte ich.

»O ja richtig, *Allerseelen.*« Er schien sich darüber zu amüsieren, und ich machte mir sein Lachen zunutze, um ihn zu fragen, was denn mit meinem *Warrender Chase* nicht stimme.

»Wir können das Buch nicht bringen«, sagte er.

»Warum nicht?«

»Zu unserem Glück haben wir noch rechtzeitig herausgefunden, daß es den Fehler der meisten Erstlingsromane teilt, seine viel zu große Nähe zum wirklichen Leben. Ich bitte Sie, Ihre Figuren stammen ja ganz eindeutig aus dieser Autobiographischen Gesellschaft, für die Sie arbeiten. Wir haben die Angelegenheit geprüft, wirklich gründlich geprüft, und wir haben eine Reihe von Zeugen für diese Übereinstimmung. Und jetzt droht auch noch Ihr Arbeitgeber, Sir Quentin Oliver, mit einer gerichtlichen Klage. Er bat uns um Einblick in die Fahnen, und natürlich gaben wir ihm einen Fahnensatz. Sie stellen diese Leute als unheimlich dar, als schwache, hypnotisierte Geschöpfe, und Sir Quentin als üblen Manipulator und Frauenfeind. Er treibt eine Frau zum Suff und eine andere –«

»Mein Roman wurde lange begonnen, bevor ich Sir Quentin Oliver kennenlernte. Der Mann muß verrückt sein.«

»Wenn wir veröffentlichen, droht er uns mit einer gerichtlichen Klage. Sir Quentin Oliver ist ein Mann mit einigem Kapital. Eine Verleumdungsklage können wir uns nicht leisten. Die bloße Vorstellung . . .« Er hielt sich einen Moment lang die Hand vor die Augen. Dann sagte er: »Es kommt nicht in Frage. Aber wir schätzen Ihre Möglichkeiten als Schriftsteller sehr hoch ein, Miss Talbot – Fleur, wenn ich darf –, und wenn wir Ihnen bei Ihrem zweiten Roman aus dem Schatz unserer Erfahrung heraus unseren Rat anbieten dürfen, dann können wir den Vertrag vielleicht auf – «

»Ich brauche Ihren Rat nicht.«

»Da wären Sie der erste Autor, den ich gekannt habe, der

nicht, unter uns, vom Lektorat etwas Hilfe hätte brauchen können. Sie dürfen nicht vergessen«, sagte er, ganz so, als wäre ich des Abscheus nicht fähig, »daß der Autor das Rohmaterial des Verlegers ist.«

Ich sagte, ich müßte meine Ratgeber befragen, und stand auf, um zu gehen. »Wir sind sehr unglücklich darüber, wirklich sehr unglücklich«, sagte er. Ich sah ihn niemals wieder.

Erst als ich wieder zu Haus war, fiel mir ein, daß er mein einziges maschinengeschriebenes Exemplar von *Warrender Chase* besaß. Ich wollte es nicht zurückverlangen, bevor ich Solly Mendelsohn konsultiert hatte, damit ich ja nicht vielleicht den Vertrag in Gefahr brachte; halb hoffte ich, daß Solly irgend etwas vorschlagen würde, wie man sie dazu bringen konnte, ihre Meinung wieder zu ändern; aber gleichzeitig war mir klar, daß ich mich mit Park und Revisson Doe nicht mehr abgeben konnte. Der Schock und die Enttäuschung waren zu plötzlich gekommen, als daß ich mich so endgültig in die Realität hätte stürzen können, daß ich ihnen das Buch als Gegenstand wegnahm. Aber immerhin rief ich, kaum zu Hause angekommen, Revisson Doe an. Ich bekam seine Sekretärin an den Apparat. Er war im Moment nicht frei, könne sie etwas für mich tun? Ich sagte, ich wäre ihr verbunden, wenn sie mir noch einen extra Fahnensatz senden würde, da ich mein Originalmanuskript verlegt hätte, mir aber meinen *Warrender Chase* gern ansehen würde. »Augenblick bitte«, sagte sie höflich und verschwand für ein paar Minuten aus der Leitung, wahrscheinlich um sich weitere Anweisungen zu holen. Dann kam sie zurück und sagte: »Es tut mir leid, aber der Satz ist schon abgelegt worden.« Uneingeweiht in den Druckerjargon, wie ich damals war, sagte ich: »Abgelegt an wen?«

»Abgelegt – auseinandergenommen. Wir drucken das Buch nicht, Miss Talbot.«

»Und was ist mit den Fahnen?«

»Oh, die wurden natürlich vernichtet.«

»Ich danke Ihnen.«

Am nächsten Abend konnte ich Solly telefonisch in seinem Büro erreichen. Er schlug vor, ich sollte ihn in einem Pub in der Fleet Street treffen, und kam zu einer hastigen Lagebesprechung aus seinem Büro herunter.

»Nicht sie können dich wegen Verleumdung verklagen«, brummte Solly, »sondern du sie, und zwar dafür, daß sie behaupten, dein Buch wäre verleumderisch. Das heißt, falls sie es schwarz auf weiß behaupten. Aber das würde dich ein Vermögen kosten. Besser, du verlangst dein getipptes Exemplar zurück und sagst, sie sollen sich mit dem Vertrag den Arsch wischen. Deinen nächsten Roman gibst du ihnen nicht. Nur keine Angst. Wir finden schon einen anderen Verleger. Aber hol dir das getippte Exemplar zurück. Das gehört dir, von Rechts wegen. Nach dem Gesetz. Du bist verrückt, daß du dir keine Kopie davon aufgehoben hast.«

»Ich hatte doch das Originalmanuskript. Wie hätte ich wissen sollen, daß Dottie, oder wer auch immer, es stehlen könnte?«

»Ich würde sagen«, sagte Solly, »daß das schon Dottie war. Sie hat sich wie eine Wahnsinnige aufgeführt wegen deinem Roman. Aber es ist ein gutes Zeichen, wenn Leute sich wegen so einem Stück Arbeit wie die Wahnsinnigen aufführen, ein sehr gutes Zeichen.«

Ich konnte nicht einsehen, warum das ein gutes Zeichen sein sollte. Es war gegen zehn, als ich nach Haus kam. Ich fiel ins Bett, voller Pläne, wie ich am nächsten Tag dem Verleger mein getipptes Exemplar entreißen und wie ich mich als nächstes darauf konzentrieren würde, mein Originalmanuskript von Dottie zurückzubekommen. Der Möglichkeit, daß sämtliche Exemplare meines *Warrender Chase* vernichtet worden waren, konnte ich an diesem Abend noch nicht klar ins Auge sehen, aber sie umfing mich wie ein Alptraum – die Möglichkeit, daß mein *Warrender Chase* nirgends, nirgends mehr auf der ganzen Welt existierte.

Dann klingelte das Telefon. Es war Lady Edwinas Pflegerin.

»Den ganzen Nachmittag habe ich versucht, Sie zu erreichen«, sagte sie. »Lady Edwina verlangt nach Ihnen. Wir haben einen schrecklichen Tag hinter uns. Mrs. Tims und Sir Quentin wurden schon am Morgen fortgerufen, weil seine arme Bekannte Lady Bernice Gilbert verschieden ist. Dann sind sie zurückgekommen und haben nach Ihnen gefragt. Dann sind sie wieder fort. Lady Edwina hat sich vor Lachen zerrissen. Hysterieanfall. Jetzt ist sie eben am Einschlafen. Ich habe ihr gerade eine Dosis verabreicht. Aber sie will Sie gern sehen, sobald –«

»Woran ist Lady Bernice gestorben?«

»Leider hat sie«, sagte die Pflegerin mit zitternder Stimme, »sich das Leben genommen.«

Neuntes Kapitel

An Ort und Stelle packte mich die Überzeugung, daß ich selbst – ganz egal, was Sir Quentin weiterhin im Schilde führte – keinerlei Opfer darstellte; ich war einfach nicht für diese Rolle geschaffen. Die Nachricht von Bernice Gilberts Selbstmord entsetzte mich zwar, härtete mich aber auch ab.

Am nächsten Morgen ging ich hin zur Hallam Street. Jetzt war ich sicher, daß Sir Quentin nicht nur seinen Einfluß einsetzte, um meinen *Warrender Chase* zu unterdrücken, sondern daß er auch meinen Mythos benutzte, ja stahl. Ein Roman ohne eine Mythologie ist nichts. Der wahre Romancier, einer, der sein Werk als ein fortlaufendes Gedicht versteht, ist ein Mythenmacher, und das Wunder der Kunst beruht in der Vielfalt, eine Geschichte zu erzählen, und die Methoden sind von Natur aus mythologisch.

Ich war überzeugt, und es stellte sich heraus, daß ich recht hatte, daß Dottie Sir Quentin einen Fahnensatz von *Warrender Chase* beschafft hatte. Ich war frei umgegangen mit diesem Roman, ich hätte ihn Dottie von vornherein nicht vorlesen dürfen. Niemals seither habe ich meine Arbeiten Freunden gezeigt oder daraus vorgelesen, bevor sie veröffentlicht waren. Aber damals war es unter uns Brauch und Sitte, daß wir einander unsere Arbeiten vorlasen oder zum Lesen schickten oder unsere Arbeit miteinander besprachen; das war das literatische Leben, wie ich es damals kannte und verstand.

In der Wohnung in Hallam Street betupfte sich Mrs. Tims mit einem weißen Taschentuch die Augenwinkel. »Wo waren Sie gestern? Gerade, als wir Sie brauchten«, sagte sie. »Sir Quentin war außer sich.«

»Wo ist er?«

Mein Ton brachte sie aus der Fassung. »Er mußte fort. Die Leichenbeschau ist heute nachmittag. Die arme –«

Aber ich war schon in seinem Studierzimmer, die Tür mit einem kräftigen kurzen Klick schließend, und ging geradewegs zu der Schublade, wo ich die Fahnen gesehen hatte. Die Lade war, bis auf einen Schlüsselbund, leer. Die anderen Laden waren versperrt.

Als nächstes ging ich in Edwinas Zimmer. Sie saß aufrecht in ihrem Bett, vor sich ein Tablett mit dem Frühstück. Die Pflegerin war in Edwinas Badezimmer, das man vom Schlafzimmer aus betrat, und war dabei, irgend etwas zu waschen. Sie steckte ihren Kopf durch die Tür.

Edwina war, für sie, in vernünftiger Stimmung. Sie sagte: »Selbstmord. Genau wie die Frau in deinem Roman.«

»Ich weiß.«

Ich setzte mich auf den Bettrand und rief Park und Revisson Doe an, um sie zu bitten, mir das getippte Manuskript meines *Warrender Chase* zu senden.

»Augenblick bitte.« Das Mädchen entfernte sich für mehrere lange Minuten, was mir Zeit gab, Edwina mitzuteilen, daß mein Roman nicht erscheinen würde.

»Doch doch, das wird er«, sagte Edwina, »da werde ich mich darum kümmern. Mein Freund –« Die Sekretärin kam zum Telefon zurück. »Das Exemplar, das wir hatten, wurde leider vernichtet. Mr. Doe hatte es auf seinen Schreibtisch gelegt, damit Sie es mitnehmen konnten, aber das taten Sie nicht. Daher dachte er, Sie wollten es nicht.«

»Ich habe nichts auf seinem Schreibtisch gesehen. Ich bin sicher, daß es nicht dort war.«

»Also Mr. Doe sagt, daß er es für Sie hergerichtet hatte. Aber dann, sagte er, warf er es weg. Wir haben keinen Platz, um Manuskripte aufzubewahren, Miss Talbot. Mr. Doe sagt, wir übernehmen keine Verantwortung für die Manuskripte. Das steht auch im Vertrag.«

»Sagen Sie Mr. Doe, ich gehe zu meinem Rechtsanwalt.«

»Sehr richtig«, sagte Edwina, als ich aufgelegt hatte, »sag ihnen, daß du zu deinem Rechtsanwalt gehst.«

»Ich hab gar keinen Rechtsanwalt. Und es hätte ohnehin keinen Zweck.«

»Das wird ihnen wenigstens zu denken geben«, sagte Edwina. Sie hatte ein Stück knusprigen Toast von ihrem Frühstückstablett mit Butter bestrichen und reichte ihn mir jetzt. Ich kaute ihn und überlegte, wie ich es anstellen würde, *Warrender Chase* neu zu schreiben. Aber es war mir klar, daß ich das nicht konnte. Etwas Spontanes war auf ewig verschwunden, wenn es wirklich stimmte, daß alle Kopien, einschließlich der Fahnen, die Sir Quentin erwischt hatte, zerstört waren. Ich sagte Edwina nicht, daß Sir Quentin schuld war, daß ich meinen Verleger verloren hatte; die alte Dame wurde im großen und ganzen recht gut damit fertig, daß sie einen Widerling in die Welt gesetzt hatte; man durfte es ihr nicht auch noch unter die Nase reiben. Ich dachte daran, wie mutig Edwina den Tatsachen ins Auge sah, als sie später, in ihren Perlen und einem schwarzen Satinkleid im Rollstuhl sitzend, still, aber völlig lebendig, Sir Quentins Begräbnis beiwohnte.

Es tat mir gut, an diesem Morgen an Edwinas Bett zu sitzen, den Toast zu essen, den sie mir mit Butter und Jam bestrich, mit diesen uralten sternengeschmückten Bannern, ihren langen, juwelenbesetzten Fingern, die zwischen den kleinen Porzellantassen herumflatterten.

Beryl Tims kam einmal herein, um nachzusehen, »ob alles in Ordnung« war. Die Pflegerin, eine gutmütige Seele namens Miss Fisher, kam aus dem Badezimmer heraus, um sie zu beruhigen. Edwina starrte sie an. Ich kaute weiter.

»Ich denke«, sagte Miss Fisher, »daß wir noch eine Kanne Tee brauchen könnten, und noch eine extra Tasse.«

»Oh, Fleur kann in die Küche kommen und ihren Morgenkaffee mit mir trinken.«

»Die Schwester hat Tee gesagt«, sagte Edwina, »wir möchten ihn hierher gebracht haben.«

»Fleur hat ihre Arbeit zu tun. Wir wollen doch nicht Fleur von ihrer Arbeit abhalten, oder?« sagte die Englische Rose. »Und wissen Sie, gestern hat Miss Fisher nicht ihren freien Nachmittag bekommen. Wir hoffen, daß Fleur heute nachmittag die Stellung hält, nicht wahr? Ich werde nachmittag mit Sir Quentin bei der Leichenbeschau sein. Dann können Sie und Fleur zusammen Tee trinken, nicht wahr?«

Kein Wort davon war an mich gerichtet, aber ich hatte einen Plan geformt, der mich diese Möglichkeit, ein paar Stunden mit niemanden außer Edwina in der Wohnung zu verbringen, als aufregende Aussicht betrachten ließ. Als Miss Fisher sagte: »Oh, ich würde nicht im Traum dran denken, Lady Edwina in so einer Zeit allein zu lassen«, warf ich schnell ein, daß es mich freuen würde, den Nachmittagstee zu machen und mich überhaupt um Lady Edwina zu kümmern.

»Miss Fisher muß sich ausruhen«, sagte Beryl Tims.

»Ich stimme völlig mit Mrs. Tims überein«, sagte ich, und das war wahrscheinlich das erste und letzte Mal, daß ich etwas Derartiges sagte.

Also wurde es vereinbart. Miss Fisher folgte Mrs. Tims mit einem Lavoir voll Wäsche aus dem Zimmer. Jetzt langte ich nach dem Telefon, um Solly Mendelsohn zu erreichen.

Es war mir unangenehm, Solly an diesem Tag anzurufen, denn nach seinem langen Nachtdienst schlief er fast den ganzen Vormittag. Ich stellte mir auch immer vor, daß er irgendwo ein Privatleben hatte, irgendeine Frau, die wir nie kennenlernten, die aber seine Freizeit ausfüllte; sicher nicht eine Sache, der man nachspüren wollte, und Solly hatte immer etwas an sich, das keiner seiner echten Freunde je durchdringen konnte. Aber zumindest wußte ich, daß er den Hörer nicht abgelegt hatte, falls nämlich ein Anruf von der Nachrichtenredaktion käme, und da die Angelegenheit so dringend war, wagte ich es. Er antwortete, halb im Schlaf. Aber als er meine drängende Stimme hörte, die ihm ein paar kurze Bitten unterbreitete, da erklärte Solly sich einverstanden, ohne weitere Erklärungen genau das zu tun, worum ich ihn bat.

Um Viertel vor vier erschien Solly in Hallam Street, groß, massig und unrasiert, in Schals gemummt. Mit seiner großen braunen Reisetasche sah er einem Einbrecher ziemlich ähnlich. Edwina saß aufrecht in ihrem Stuhl im Salon.

Sir Quentin war noch nicht wieder in die Wohnung zurückgekehrt; er hatte eine Vereinbarung mit Beryl Tims bei der amtlichen Leichenbeschau von Bernice Gilbert, Todesursache: Selbstmord im Zustand geistiger Umnachtung. Aber kaum war Beryl Tims fort, hatte ich Sir Quentins Studierzimmer gründlich durchschnüffelt. Die Fahnen von *Warrender Chase* waren nirgends zu finden. Aber die Schlüssel in der einen unversperrten Schreibtischlade öffneten den Schrank, in dem sich, wie Sir Quentin immer sagte, »Geheimnisse befanden«.

Ein Schubfach nach dem anderen enthielt die Papiere, samt Sir Quentins Aufzeichnungen, der Mitglieder der Autobiographischen Gesellschaft. Mrs. Wilks war da, die Baronne Clotilde du Loiret, Miss Maisie Young, Pater Egbert Delaney, Sir Eric Findlay und weiland Bernice »Bucks« Gilbert, Witwe des ehemaligen Chargé d'affaires in San Salvador, Sir Alfred Gilbert . . . Das waren die Unterlagen, die mich interessierten. Dann gab es einen Akt mit der Aufschrift »Beryl, Mrs. Tims«, den ich links liegen ließ. Ich hatte beschlossen, diese Akten als Geisel für meinen *Warrender Chase* zu nehmen, den, wie ich vollkommen überzeugt war, Dottie im Auftrag von Sir Quentin aus meinem Zimmer gestohlen hatte.

Aber während ich auf Sollys Eintreffen wartete, hatte ich auch eine von den Memoiren durchblättert, denn ich wollte gern wissen, was hinzugefügt worden war unter Sir Quentins Federführung, seit er sie mir aus der Hand genommen hatte. Ich hatte Zeit genug, um beim Durchblättern festzustellen, daß zwar an eigentlichen Memoiren nichts hinzugekommen war, daß aber Notizblätter, einige getippt, andere in Sir Quentins Hand, eingefügt waren, Stellen, die ich kannte; sie waren mehr oder weniger wörtlich meinem *Warrender Chase* entnommen.

Ich schloß den Schrank mit seinen Geheimnissen wieder, als

Solly an der Tür klingelte. Edwina, in vollem königlichen Staat, drückte ihre Freude aus, ihn zu sehen. Ich setzte mich neben sie, kaum weniger durcheinander als Solly, und erklärte ihnen beiden: »Ich möchte diese Memoiren der Autobiographischen Gesellschaft mitnehmen, um zu Hause daran zu arbeiten. Diese Biographien vertragen eine literarische Überarbeitung.«

Solly schien langsam ein Licht aufzugehen. Edwina schien etwas im Auge zu haben, worauf nicht einmal ich gekommen wäre, denn sie sagte: »Was für eine herrliche Idee! Das wird uns weitere von diesen Tragödien ersparen. Die arme Bucks Gilbert!«

Darauf teilte ich Solly mit, daß Lady Bernice Selbstmord begangen hätte, und daß eben in diesem Augenblick die amtliche Leichenbeschau stattfand. Und ich nahm seine Tasche und überließ ihn Edwina.

Dann packte ich die Akten in Sollys Tasche. Es war eine vergnügliche Beschäftigung. Ich überlegte, wie leicht doch das Stehlen war, und dachte daran, wie Sir Quentin mein Buch gestohlen hatte, nicht nur die Exemplare selbst, sondern die Worte, Sätze, Ideen. Schon bei meinem kurzen Einblick konnte ich sehen, daß er sogar einen von mir erfundenen Brief gestohlen hatte, von meinem Warrender Chase an meine Figur Marjorie geschrieben. Die Tasche war schwer. Ich schleppte sie in die Halle und stellte sie neben die Eingangstür.

Als ich in den Salon zurückkam, hatte Solly das graziöse silberne Spiritusstövchen unter der Kanne angezündet, das Edwina gern für ihren Nachmittagstee verwendete. Es war noch etwas früh für Tee, aber Edwina war immer, wie sie sagte, »süchtig nach einer Tasse Tee«. Es gab Kuchen und Keks, mit denen Solly sich bereits bediente. Edwina sagte: »Wo sind die Akten? Hast du sie in die Tasche gepackt?«

Ich antwortete ja. Ich sagte, Sir Quentin würde sie sicher nicht sofort vermissen, aber auch er würde einsehen, daß ich zu Hause wirklich viel besser daran arbeiten konnte.

»Nimm sie nur mit, Darling«, kreischte Edwina. Dann platzte

sie heraus mit: »Du wirst deinen Roman nie mehr zurückbekommen, wenn du nicht etwas unternimmst.«

Worauf Solly fragte: »Hast du denn kein Exemplar mehr finden können?«

»Nein«, sagte ich, »das ganze Buch ist verschwunden.«

»Ich wußte es«, sagte Edwina. »Irgendwie habe ich es geahnt. Die glauben, ich weiß nicht, was in diesem Haus hier vorgeht, weil ich die meiste Zeit schlafe. Aber ich schlafe gar nicht.«

Darauf zählte sie die Namen aller jener Verleger auf, die sie persönlich kannte und die mein Buch verlegen würden, wenn sie mit dem kleinen Finger winkte. Einige von ihnen waren allerdings seit einem halben Jahrhundert tot. Aber wir ließen uns dadurch nicht stören und versetzten einander beim Tee in eine sehr zuversichtliche Stimmung.

Sir Quentin und Mrs. Tims kamen früher nach Haus, als ich erwartet hatte, noch bevor Solly gegangen war.

»Wem«, sagte Sir Quentin, als er das Zimmer betrat, »gehört die Reisetasche in der Halle?«

»Das ist meine«, sagte Solly und erhob sich.

»Baron von Mendelsohn«, sagte ich, »befindet sich auf der Durchreise. Darf ich bekannt machen, Sir Quentin Oliver – der Baron von –«

»Oh bitte, bitte, lieber Baron, bitte nehmen Sie doch Platz . . .« Sir Quentin in seinem üblichen Orgasmus über einen Adelstitel zerfranste sich um den unrasierten Solly, flehte ihn an, sich doch zu setzen, zu bleiben, nicht fortzugehen.

Solly jedoch, solid und unerschüttert durch seinen neugefundenen Adelstitel, verabschiedete sich höflich von den Umstehenden und hinkte davon, an der Tür etwas einknickend unter dem unerwarteten Gewicht der Tasche.

»Selbstmord im Zustand geistiger Umnachtung«, sagte Sir Quentin, als er ins Zimmer zurückkam. »Eine Überdosis Schlaftabletten, hinuntergeschwemmt von einer Pinte Whisky. Ich muß doch wirklich darauf achten, daß etwas Geziemenderes auf den Totenschein kommt.«

»Sag ihnen«, gellte Lady Edwina, »sie sollen sich mit dem Totenschein den Arsch wischen.«

»Mummy!«

Kurz darauf ging auch ich und nahm mir ein teures Taxis nach Hause, um Solly einzuholen.

Zehntes Kapitel

Man kann nicht annehmen, daß sich Charakter und Stimmung eines Romans durch eine nüchterne Zusammenfassung vermitteln ließen. Meine Hinweise auf das Buch waren sporadisch: ich könnte meinen *Warrender Chase* nicht in einigen wenigen Worten wiedergeben; und außerdem geht es ja nicht darum, jemandem die Mühe des Lesens zu ersparen, oder nicht zu ersparen.

Aber ich kann sicher meiner Hauptabsicht nahekommen, genau zu beschreiben, wie Sir Quentin Oliver einerseits *Warrender Chase* als Roman zu vernichten trachtete, andererseits sich aber den Geist meiner Legende für den eigenen Gebrauch zurechtlegte. Ich kann zeigen, wie er meinen Text buchstäblich plagiierte. Ich schreibe also über die Ursache einer Wirkung.

Ich weiß noch, wie ich als Kind in mein Heft zu schreiben gezwungen war: Not macht erfinderisch. Der Mustersatz stand in wunderschönem Kupferstich auf der ersten Zeile, und wir mußten dieses Sprichwort auf den Zeilen darunter abschreiben, damit wir schöner schreiben lernten; was ich pflichtgemäß tat, gänzlich unwissend darüber, daß ich damit nicht nur meine Kalligraphie verbesserte, sondern gleichzeitig eine unterschwellige Lektion in Sozialethik in mich einsog. Ein anderes Sprichwort war. Es ist nicht alles Gold, was glänzt, ein anderes Ehrlich währt am längsten, und ich erinnere mich auch noch an Das bessere Teil der Tapferkeit ist Vorsicht.

Und ich muß bekennen, daß diese Grundsätze – die ich mir damals vor lauter Oberflächlichkeit nicht überlegte, wenn ich auch auftragsgemäß meine kursiven Vs und Ns darum schlängelte, sich zu meiner Überraschung als absolut wahr herausgestellt haben. Es mangelt ihnen vielleicht an der Größe der Zehn Gebote, aber dafür sind sie zweckmäßiger.

Da also die Not erfinderisch macht, war es nicht überraschend, daß ich, sobald mich Solly mit der sorgenbefrachteten Tasche aus der Hallam Street allein gelassen hatte, zuerst eine Reihe von Freunden anrief und ihnen mitteilte, daß ich mich jetzt wieder nach einem Job umsehen mußte.

Nachdem diese Samen gesät waren, deponierte ich die Tasche mit den Biographien vorläufig am Grund meines Kleiderschranks. Dann machte ich mich an die Planung für die Rückgewinnung meines gestohlenen Manuskripts von *Warrender Chase*. Ich war versucht, Dottie anzurufen und sie mit dem Diebstahl zu konfrontieren. Das bessere Teil der Tapferkeit ist Vorsicht; nur mit Schwierigkeit beherrschte ich mich. Ich spürte, daß sie nicht mehr ganz dieselbe Dottie war, mit der ich mich grundsätzlich, abgesehen von einem gelegentlich auflodernden Krach, gut verstanden hatte. Irgendetwas war geschehen, was sie verändert hatte; fast sicher war es Sir Quentins Einfluß. Ich hatte ihre Biographie zerrissen; ich konnte nur hoffen, daß sie meinen Rat befolgt und sich geweigert hatte, weiter beim Memoirenschreiben für Sir Quentin mitzumachen.

Ich fing an, über den Gemeinheiten zu brüten, die von Dottie, Sir Quentin, Revisson Doe gegen mich und meinen Roman verübt worden waren; ich versuchte, mir die Rechtfertigungen auszumalen, die sie von sich geben würden: ich sei verrückt, das Buch sei verrückt, böse, verleumderisch, es gehöre verboten. Ein Satz aus John Henry Newmans Tagebüchern fiel mir ein: ». . . tausenderlei Geflüster wider mich . . .« Kaum hatte ich das gedacht, beschloß ich, mit meiner Brüterei ein Ende zu machen. Schluß. Weg damit.

Inzwischen hatte sich, wie das oft passiert, wenn ich brüte, in meinem Kopf bereits ein Schlachtplan gebildet. Ich nahm eigentlich nicht an, daß Dottie Sir Quentins hypnotischem Einfluß schon so weit erlegen war, daß sie mein Buch vernichtet hatte, aber ich wollte nicht das Risiko eingehen, sie so weit zu alarmieren, daß sie noch Zeit dazu fand. Also beschloß ich, mir meinen *Warrender Chase* durch List und Tücke zurückzuholen.

Dazu brauchte ich aber den Schlüssel von Dotties Wohnung, und außerdem mußte ich sie für ein paar Stunden aus der Wohnung hinausbekommen, ohne daß die Gefahr bestand, daß sie plötzlich zurückkam. Und außerdem mußte ich auch sicher sein, daß nicht Leslie plötzlich hereinschneite, während ich die Wohnung durchsuchte. Ich war ganz aufgeregt. Es war, als würde ich an den Seiten eines Romans schreiben, und in einem anderen Teil meines Gehirns hielt ich diese Pläne ganz bewußt fest, um sie in die letzten Kapitel von *Allerseelen* umzusetzen, wie ich das auf meine eigene zwielichtige Art denn auch tat. Die Leute fragen mich oft, woher ich die Ideen für meine Romane nehme; ich kann nur sagen, daß mein Leben ebenso ist, es verwandelt sich in eine andere Art von Fiction, erkennbar nur mir selber. Und über den Vorwurf, ich hätte in meinem *Warrender Chase* die Autobiographische Gesellschaft verleumdet, war ich zum Teil deshalb so entrüstet, weil selbst dann, wenn ich die Figuren erst nach meiner Anstellung bei Sir Quentin erfunden hätte, und nicht vorher, selbst wenn ich mich von ihnen hätte anregen lassen, diese Bedauernswerten in romanhafter Form darzustellen – niemand sie erkannt hätte, nicht einmal sie sich selbst, auch in diesem Fall hätte man nicht von Verleumdung sprechen können. So wie ich bin, bin ich eine Künstlerin, und nicht eine Reporterin.

Zurück zu meinem Plan. Ich brauchte einen Komplizen, vielleicht auch zwei. Ich brauchte die Art von Komplizen, die entweder vollkommen davon überzeugt waren, daß mein Tun rechtmäßig war, oder aber nicht wußten, worin mein Plan bestand.

Zuerst überlegte ich, ob ich nicht vielleicht Leslie irgendwie den Schlüssel ablisten könnte. Ich hätte es wohl geschafft. Ich bin sicher, daß ich für Leslie attraktiv genug war, irgendein Unternehmen in dieser Art durchziehen zu können. Es hätte einige Zeit gebraucht, und einige Anstrengung. Diese Anstrengung war es schließlich, die mich von der Idee abbrachte. Nicht, daß ich mir in einer Situation, die ich selber arrangiert hätte, Leslie nicht als möglichen Bettpartner vorstellen konnte, er hatte wirklich recht viel männlichen Charme. Ich konnte mir vorstellen, wie ich ihn bat, mir ein Buch zu bringen, das ich brauchte, wie ich das früher so oft getan hatte; ich könnte sagen, ich brauche Hilfe bei einer Stelle, wie ich das früher so oft getan hatte, wenn ich etwas nachsehen mußte für einen dieser langen, gewissenhaften, unterbezahlten, aber oft sehr gut aufgenommenen Artikel, die ich für Kirchenblätter und literarische Zeitschriften schrieb und die mich auf diese Weise derart zu einem Newman-Experten machten, daß ich immer Newman-Bücher zum Besprechen bekam. Daß ich aber Leslie nicht einfach bitten konnte, mir den Schlüssel zu borgen – daß ich ihm nicht einfach meine Geschichte vertrauensvoll erzählen und ihn damit auf meine Seite ziehen konnte –, dieser Umstand brachte mich von der Idee ganz ab. Es wäre auf jeden Fall notwendig, wieder mit ihm ins Bett zu gehen, die alte Intimität wieder anzukurbeln, bevor ich ihm – mehr oder weniger offen – meine mißliche Lage anvertrauen konnte. Nichts zu machen, dachte ich. Selbst wenn es nur natürlich wäre, ihn, wenn wir schon den Abend miteinander verbrachten, auch über Nacht hier bleiben zu lassen – nichts zu machen. Ich ließ sein gut aussehendes junges Gesicht aus meinen Gedanken zurückweichen – er sah viel besser aus als Wally McConnachie. Wallys Gesicht war grobknochig, Wally war überhaupt etwas wuchtig, nicht gerade fett, aber keineswegs so schlank und sportlich wie Leslie. Trotzdem erstand jetzt Wallys Gesicht vor meinem inneren Auge, während Leslies verblich. Wally wurde mir mittlerweile immer lieber.

Jetzt bemächtigte sich meiner eine weitere Überlegung: Es ist merkwürdig, wie man seine Freunde deutlicher erkennt, wenn man sie sich in verschiedenen Situationen vorstellt. – Im Moment, wo ich an Wally dachte – wie es wäre, wenn ich ihm alles über meinen *Warrender Chase* offenbaren würde, wie Dottie (die er nicht kannte) gesagt hatte, das Buch sei verrückt, wie Theo und Audrey Clairmont (die er kannte) sich so merkwürdig benommen hatten, wie mein Verleger auf Grund eines unbestätigten Verleumdungsverdachts den Vertrag aufgekündigt hatte – wenn ich Wally diese ganze Geschichte erzählen würde, und die Geschichte, wie Sir Quentin meinen Roman plagiierte, und die Geschichte, wie Dottie wahrscheinlich meinen Roman gestohlen hatte, und ich hingegen die Biographien – es schien undurchführbar, Wally das alles zu erzählen. Einen Punkt auf der Liste vielleicht, aber nicht das Ganze. Wally kam also deshalb für mich nicht in Frage, weil ich ahnte, wie er reagieren würde. Ich malte mir z. B. aus, wie ich sagte: »Und weißt du, Wally, der Selbstmord von Bernice Gilbert war ganz ähnlich wie der Selbstmord von einer Figur in meinem Roman.« Und Wally würde sagen: »Schau, Fleur, das ist alles ein bißchen phantastisch, weißt du. Die arme Bucks Gilbert war immer etwas, na ja . . .« Und die ganze Zeit über würde sich in seinem Hinterkopf ein Kommentar dazu abspielen, in bezug auf sein eigenes Leben, seinen Job, seine Stellung in der Gesellschaft, eine Mahnung zur Vorsicht: Wally, laß dich da nicht hineinziehen. Er würde zu sich selbst sagen: diese Schriftsteller, diese Bohemiens. Und zu mir würde er sagen: »Ich würde das einfach sich selbst überlassen, Fleur, glaub mir. Dein Manuskript wird wieder auftauchen.«

Oder angenommen, ich würde sagen (wie ich es möglicherweise getan hätte): »Wally, könntest du bitte meine Freundin Dottie ins Theater führen? Ich werde alles arrangieren. Ich möchte gern inzwischen ihre Wohnung nach meinem Roman durchstöbern.« Darauf würde Wally wahrscheinlich sagen: »Fleur, Liebste, ich an deiner Stelle würde nicht so ein Risiko eingehen«, und damit das Risiko meinen, selbst da hineinverwikkelt zu werden . . . ein Skandal . . .

Ich werde nie erfahren, wie es in Wirklichkeit gelaufen wäre. Aber in Wirklichkeit wandte ich mich nicht an Wally um Hilfe. Wally war eine Liebesgeschichte, und ich wollte ihn mir aufbewahren für die fröhlichen Stunden, die wir zusammen hatten und noch haben würden. Dazu gehörte es, daß ich ihn in diesem Fach des Lebens hielt, in das es Gott gefallen hatte, ihn zu plazieren, abseits von meinen gegenwärtigen, höchst geheimnisvollen, leicht halluzinatorischen Anliegen.

Als ich zu diesem Punkt meiner Überlegungen gekommen war, rief Wally mich an. Er hatte sich »gerade losmachen können«, hatte ich etwas Bestimmtes vor? Sich losmachen können, das war eine von Wallys häufigsten Phrasen, das konnte vom Büro sein, oder auch von einer Party; ich fragte ihn nie, aber mein ganzes Leben lang habe ich festgestellt, daß Diplomaten im allgemeinen gern mit den Worten erscheinen: Ich hab mich gerade losmachen können; wovon, wagt man nicht zu fragen, das ist vielleicht Streng Geheim. Jedenfalls sagte ich nein, ich hatte nichts Bestimmtes vor, nein, ich hatte nicht zu abend gegessen, ich hatte kaum meinen Tee angerührt. Wir kamen überein, daß es eine glänzende Idee wäre, mich in einer halben Stunde fertigzumachen, dann würde er mich abholen, und wir würden zusammen nach Soho essen gehen. War es nicht schrecklich, sagte er, bevor er auflegte, mit Bucks Gilbert?

Ich sagte, es war scheußlich.

Bevor ich ging, versperrte ich die Tür meines Kleiderschranks und nahm den Schlüssel mit.

Beim Dinner erwähnte Wally Bucks Gilbert.

»Hast du sie seit ihrer Party noch einmal gesehen?«

»Nur einmal, ganz kurz, am selben Tag, als sie starb. Sie kam in die Hallam Street. Sie sah ziemlich verstört drein.«

»Worüber?« fragte Wally.

»Das weiß ich nicht, das weiß ich wirklich gar nicht.«

»Ich habe ein schlechtes Gewissen«, sagte Wally. »Das hat man wahrscheinlich immer, wenn ein Freund sich das Leben nimmt. Wenn man es gewußt hätte, hätte man etwas tun können.«

»Schön, aber du wußtest ja nichts.«

»Ich hätte es wissen können. Sie rief mich an und hinterließ mir eine Nachricht. Das war ein paar Tage nach der Party. Ein Kollege im Büro hat's mir ausgerichtet, ich sollte sie zurückrufen. Er sagte, sie hätte schrecklich aufgeregt geklungen. Das hat mir den Mut genommen, muß ich leider sagen. Ich fühlte mich da nicht gewachsen. Bucks konnte sich sehr an einen anklammern, weißt du, wie eine Klette. Dem fühlte ich mich nicht gewachsen.«

»Vielleicht hat jemand sie fertiggemacht.«

»Das habe ich mich auch gefragt – wie kommst du darauf?«

»Eine Eingebung. Ich bin Romancier, weißt du.«

»Du könntest recht haben«, sagte er. »Denn in diesen paar Tagen nach der Party hat sie auch noch andere Bekannte angerufen. Von drei Leuten weiß ich es. Die sind natürlich auch ganz erschüttert. Und alle drei riefen entweder nicht zurück oder ließen sich entschuldigen.«

»Waren das Leute, die bei der Party waren?« fragte ich.

Er dachte einen Moment lang nach. »Ja«, sagte er dann, »sie waren dort. Warum fragst du?«

»Weil sie sie vielleicht auf die Probe stellen wollte, um zu sehen, ob sie wirklich ihre Freunde waren. Vielleicht hat sie die Party deshalb gegeben. Vielleicht hat ihr jemand das eingeredet, um sie fertigzumachen, hat ihr eingeredet, daß sie keine wahren Freunde hätte.«

»Um Gottes willen, Fleur, nein nein, jetzt wirst du wirklich romanhaft. Ach mein Gott, ich hoffe, das ist nicht wahr. Ich ging nur zu ihrer Party, weil man das einfach macht, bei einer Party vorbeischauen. Wenn man sich losmachen kann. O Gott, sicher wollte sie mich doch nicht auf die Probe stellen.«

Wally tat mir leid. Ich hätte nicht so einfach sagen sollen, was ich dachte. Ich dachte an die junge Griechin, die in meinem *Warrender Chase* Selbstmord beging. Aber ich sagte, daß Bernice Gilbert offenbar irgendwelche privaten seelischen Ängste gehabt hatte. »Solchen Leuten kann niemand helfen, niemand«, sagte ich. »Die Todesursache lautete auf Selbstmord in geistiger Umnachtung, Wally«, sagte ich. »Wie die meisten Selbstmörder. Es gibt überhaupt nichts, was man für sie tun kann, Wally.«

»Ich habe mich auch schon gefragt«, fuhr Wally fort, »wie sie imstande war, einen derart tollen Empfang auf die Beine zu stellen, sie hatte wirklich gar nicht viel Geld. Die Hälfte von dem Zeug muß vom schwarzen Markt gekommen sein. Und es waren doch an die dreihundert Gäste, du weißt doch noch, als wir fortgingen, kamen auch noch mehr.« Dann jedoch riß sich Wally unvermittelt zusammen und lächelte mich an. »Werden wir nicht morbid. Weg damit«, sagte er. »Schließlich haben wir einander bei der Party der armen Bucks wiedergesehen, oder nicht?«

»Ja, das ist richtig.«

»Ich kann also nicht bedauern, daß ich dort war.«

Ich erklärte Wally, daß ich meinen Job aufgab und nach einem neuen Ausschau hielt.

»Darauf müssen wir einen heben. Kommst du mit mir in die Ebury Street, auf einen Drink?«

Ich sagte, ich fühlte mich einem späten Abend nicht gewachsen. Ich meinte eine ganze Nacht.

»Na gut, wir können auch ins Gargoyle gehen. Was hältst du vom Gargoyle?«

Ich zögerte. Dann sagte ich ja, aber zuerst müßte ich nach Hause gehen und etwas holen. Wally nickte und zeigte so wenig Interesse, daß er wahrscheinlich dachte, ich hätte meine Periode. In Wirklichkeit wollte ich nur in meinem Zimmer nachsehen, ob die Tasche mit den Biographien noch im Kleiderschrank war. Es wäre Dottie ein leichtes gewesen, sich wieder in mein Zimmer zu schmeicheln. Die Gunst des Hausboys hatte sie sich dadurch errungen, daß sie ihm Heiligenbilder der Kleinen Blume geschenkt hatte. Und ich wußte, daß Sir Quentin das Verschwinden der Biographien bald bemerken würde.

Wally wartete im Taxi, während ich hineinstürzte.

Mein Zimmer war wie gewöhnlich. Es war alles unberührt. Die Biographien waren noch da. Meine Nervosität kam mir selbst dumm vor. Ich sperrte eben den Schrank wieder ab und wollte aus dem Zimmer hinausgehen, als der Hausboy vor mir erschien. Ja, Dottie war tatsächlich gekommen, um mich zu sehen.

»Hat sie in meinem Zimmer gewartet?«

»Nein, Miss. Sie haben mir doch selbst letztes Mal, als die Dame in Ihrem Zimmer gewartet hat, gesagt, daß ich nie wieder jemanden in Ihr Zimmer lassen dürfte.«

»Ich danke Ihnen vielmals, Harry. Das hatte ich ganz vergessen. Das war ganz richtig von Ihnen. Wirklich vielen Dank.« Und ich gab ihm zwei Shilling, um die Beleidigung abzuwaschen, was ihn sehr verblüffte. Während ich zum Taxi hinausrannte, dachte ich noch einmal daran, wie nervös ich wurde. Nach dem Verschwinden meines *Warrender Chase* hatte ich nicht nur Harry, sondern auch der Putzfrau und dem Hausherrn nachdrücklich erklärt, daß in meiner Abwesenheit niemand in mein Zimmer gelassen werden durfte. Ich beschloß, meine Nerven in Zaum zu nehmen und Mut zu fassen.

Wir gingen ins Gargoyle. Ich hatte eine Crème de Menthe, Wally einen Whisky. Es gab drei Gruppen von Leuten, die wir alle nicht kannten, und einen schmächtigen Jüngling ganz allein in einer finsteren Ecke, einen Drink vor sich. Ich sah noch einmal hin; es war Gray Mauser.

»Der Jüngling in der Ecke«, sagte ich zu Wally, »heißt Gray Mauser.«

Das belustigte Wally ganz ungeheuer.

»Er schreibt unter dem Pseudonym Leander. Er ist ein Dichter.« Bei diesen Worten schaute Gray zu uns herüber, und ich winkte ihm.

»Möchtest du, daß er sich zu uns setzt?« fragte Wally.

»Gern.«

Gray fing sofort an, Wally schöne Augen zu machen, drehte seine schmächtigen kleinen Handgelenke herum und wackelte geziert. Wally nahm das gelassen hin.

»Mein Freund«, sagte Gray, »ist auf drei Wochen nach Irland gegangen.« Er hatte sich so gesetzt, daß er Wally zu drei Vierteln ins Gesicht sah und mir den gleichen Anteil Rücken zuwandte. Wally rückte unmerklich so weit, daß Gray uns beiden ins Gesicht sehen mußte. »Er schenkte mir diese Krawatte, mein Freund. Gefällt sie Ihnen?«

»Sehr effektvoll«, sagte Wally und plauderte freundlich weiter, immer bedacht, daß Gray auch mir etwas Aufmerksamkeit schenken mußte. Gray fielen diese Manöver überhaupt nicht auf, denn er hatte die besten Absichten, war nur eben rückhaltlos von Wally eingenommen.

Aber als ich einmal Grays Auge auf mich lenken konnte, machte ich mir den Moment sofort zunutze und fragte ihn gerade heraus: »Gray, sag mal, hat wohl Leslie den Schlüssel zu Dotties Wohnung mit nach Irland genommen?«

»Nein, Darling«, antwortete Gray. »Der liegt auf unserem Frisiertisch, genau dort, wo Leslie ihn gelassen hat. Warum?«

Also erklärte ich ihnen beiden, daß ich den Schlüssel gern borgen wollte, aber heimlich, denn ich wollte gern in Dotties Wohnung gehen und dort eine Überraschung für sie hinterlegen. Wally erklärte ich, daß Grays Freund ein alter Freund von mir sei, dessen Frau, Dottie, ebenfalls mit mir befreundet wäre. Als wir mit unseren Drinks fertig waren und Wally und ich einander gleichzeitig »Gehen wir!« zugezwinkert hatten, hatte Gray bereits versprochen, mir den Schlüssel zu leihen und zu niemanden ein Sterbenswort verlauten zu lassen. Morgen nachmittag sollte ich mir den Schlüssel holen.

*

Als ich an diesem Abend einschlief, zerbrach ich mir noch immer den Kopf darüber, wen ich dazu überreden könnte, Dottie ins Theater zu führen. Ich dachte an Solly. Er hatte zwei Abende in der Woche frei. Mein lieber Solly, er war immer so gut, ich wollte ihm nicht zur Last werden. Seine zwei freien Abende wollte er wahrscheinlich für sich selber. Und außerdem war er ein Dichter, ein wirklicher Dichter. Dann fiel mir etwas ein, was Solly von vornherein ausschloß. Dottie konnte ihn nicht ausstehen. Man konnte sie sicher nicht dazu überreden, mit Solly ins Theater zu gehen. Ich erinnerte mich, daß sie beide Male, wo sie Solly geholfen hatte, mich nachher gefragt hatte, was ich denn in ihm sähe. Mir kam das merkwürdig vor, weil sonst alle Leute, die ich kannte, Leslie mit eingeschlossen, von Solly begeistert waren. Sie hatte gesagt, sie fände Solly attraktiv, aber ordinär. Solly hatte ihr nicht den geringsten Anlaß zu dieser Meinung gegeben. Seine Schmähungen und Kraftausdrücke bewahrte er für seine engsten und vertrauten Freunde auf, vor Dottie hatte er nichts gesagt, was ihre Ohren hätte kränken können. Ich sagte, es gäbe gar keinen Menschen, dessen Geist weniger ordinär wäre. »Oh«, sagte Dottie, »ich meine nicht geistig ordinär.« – »Wie sonst kann man ordinär sein?« fragte ich, worüber man vielleicht diskutieren könnte. Aber Dottie hatte es dabei belassen, da sie offenbar spürte, ich könnte gewinnen, wenn auch nur mit Worten.

Also grübelte ich noch im Einschlafen darüber nach, daß Solly nicht im geringsten ordinär war in jenem Sinn, in dem Dottie es war. Dottie, die Englische Rose.

Als ich am nächsten Morgen erwachte, stand mein Plan fix und fertig vor mir. Zweimal schon hatte ich beschlossen, nicht mehr in die Hallam Street zu gehen, und jetzt war ich zum zweiten Mal gezwungen, doch wieder hinzugehen.

Ich wollte Edwina erreichen. Telefonisch war das höchst schwierig. Jedesmal, wenn ich sie privat anrief, erfanden Beryl oder Sir Quentin eine Ausrede, meistens daß sie schlief oder sich nicht wohl fühlte. Wenn sie selbst mich an Wochenenden anrufen wollte, dann war das einfach. Sie hatte ein Telefon neben dem Bett, oder manchmal ließ sie mir auch durch die Pflegerin etwas ausrichten.

Jetzt wollte ich Edwina sehen. Ich hatte auch eine gute Ausrede, in der Hallam Street zu erscheinen, denn dann konnte ich einen ordnungsgemäßen Kündigungsbrief überreichen und mein Gehalt abholen, meine Krankenversicherungskarte mit den Klebemarken, die ihre faltbaren Wände bepflasterten wie ein Puppenhaus, und weitere bürokratische Nachweise meiner Existenz, was ich alles per Post hatte erledigen wollen, bevor ich mit der Gewißtheit erwacht war, daß ich Edwina sehen mußte.

Es war ein regnerischer Morgen, ziemlich kühl, und ein Samstag.

»Sir Quentin ist auf seinen Besitz in Northumberland abgereist«, verkündete Beryl Tims, als ich gegen zehn Uhr eintraf. Sir Quentin sprach von Häusern auf dem Land oder im Ausland immer als »Besitz«. »Er reiste um acht Uhr dreißig mit dem Wagen ab«, fügte sie hinzu, wichtigtuerisch.

»Woher hat er das Benzin?« fragte ich scharf. Benzin war noch immer rationiert; erst Ende des Monats sollte es freigegeben werden, am sechsundzwanzigsten, um genau zu sein; ich erinnere mich an das Datum, weil ich Wally versprochen hatte, am Wochenende des siebenundzwanzigsten und achtundzwanzigsten mit ihm in seinem Wagen in sein Cottage in Marlow zu fahren, um das Ende der Benzinrationierung zu feiern. Aber jetzt galten die Benzinrationierungsbestimmungen noch in aller Strenge; mehrere prominente Leute waren wegen dieser Bestimmungen ins Gefängnis gewandert. Daher war also meine Frage: »Woher hat er das Benzin?« eine boshafte kleine Frage, mit dem Unterton einer Drohung mit dieser kleinbürgerlichen Selbstgerechtigkeit, die damals unter böswilligen oder benachteiligten Leuten rasch zum Ausbruch kam. »Ich bin sicher, ich weiß es ganz genau«, sagte sie, »daß Sir Quentin Zusatzzuteilung hat. Das muß er doch, nicht, ich meine, wegen seiner armen Mutter?«

»Ah, er hat Lady Edwina mitgenommen?«

»Nein, sie sitzt beim Frühstück.«

»Dann dürfte er nicht ihre Benzinabschnitte verwenden, oder?« sagte ich. »Das werden wir uns näher ansehen müssen«, sagte ich, mit einer Stimme, die mir selber den Atem verschlug. »Ist diese Reise wirklich notwendig? Das wird sich herausstellen.« Ich schritt an Beryl vorüber zur Tür des Studierzimmers. Die Tür, die Stalltür, war versperrt.

»Sir Quentin«, sagte die Englische Rose – sie trug ein bonbonrosa Twinset, das sie zu Ostern bekommen hatte – »hat Order hinterlassen, daß Sie unter keinen Umständen das Studierzimmer betreten. Sir Quentin hat Ihnen, wie ich glaube, einen

Kündigungsbrief geschrieben. Er hat eine gewisse neue junge Dame eingestellt, um ihm ab Montag zur Seite zu stehen.«

»Schön, ich gehe zu Lady Edwina«, sagte ich, und ging den Gang hinunter, der zu ihrem Zimmer führte.

Beryl folgte mir. »Sir Quentin sagte mir, falls Sie anrufen oder vorbeikommen sollten, dann möchte ich Ihnen mitteilen, daß Sie die Papiere, die Sie mit nach Hase nahmen, unverzüglich zu retournieren hätten. Die hätten dieses Haus nie verlassen dürfen.«

Ich erreichte Edwinas Tür. Beryl packte mich am Arm. »Es ist Ihnen gestattet«, sagte sie, »Lady Edwina zu sehen. Es ist Ihnen außerdem gestattet«, sagte sie, »Lady Edwina morgen auszuführen, damit Schwester Fisher ihren freien Tag nehmen kann. Lady Edwinas fluxive Präzipitationen haben an Häufigkeit zugenommen, und es ist nur den Anordnungen ihres Arztes zu danken, der ihr Aufregung und Kummer ersparen möchte, daß Ihnen das Vorrecht zuteil wird, sie zu sehen, unter der Bedingung, daß Sie niemals von der Auseinandersetzung zwischen Ihnen und Sir Quentin –«

In diesem Moment öffnete die Schwester die Tür. »Oh, guten Morgen, Fleur«, sagte sie, während Edwina von ihrem Bett her quiekte: »Komm, hier gibt's Tee und Toast. Tims – eine frische Kanne Tee, bitte, und noch eine Tasse.«

»Es ist Viertel nach zehn«, sagte Beryl.

»Eine frische Kanne Tee, und geben Sie Gas«, gellte Edwina.

»Ich komm schon und hol's«, sagte Miss Fisher.

Ich setzte mich auf Edwinas Bett, sie strich mir Butter auf ein Stück Toast und sagte leise, mit nicht wenigen wilden Grimassen: »Er hat eine neue Sekretärin.«

»Dottie?«

»Ja natürlich. Ha– ha. Er hat Tims irgendwelche Fahnen eines Buches verbrennen lassen. Sie hat die Asche durchs Klo gespült. Widerwärtig, alles schwarz.«

Ich kam mit dem Kopf nahe an sie heran und redete ganz deutlich und verständlich. Ich sagte: »Hören Sie, Edwina, ich möchte, daß Sie mich gut verstehen. Ich will morgen nachmittag Dottie für drei Stunden aus dem Weg haben. Ich werde sagen, daß ich Sie morgen nachmittag leider beim besten Willen nicht ausführen kann. Falls Miß Fisher anbietet, auf ihren freien Nachmittag zu verzichten, dann weisen Sie dieses Angebot bitte zurück. Sie bestehen auf Dottie. Machen Sie eine Szene, bis Sie erreicht haben, daß Dottie kommt. Und lassen Sie sie keinesfalls früher als nach drei Stunden fort.«

Die Augen der Alten leuchteten, ihr Mund beschrieb ein großes O, sie nickte mit ihrem Kopf im Takt zu meinen Sätzen. Sie hatte mich verstanden.

»Während Dottie hier ist, werden Sie krank. Lassen Sie sie den Arzt anrufen. Falls er nicht zu erreichen ist, soll sie einen anderen Arzt holen. Machen Sie zwanzigmal in die Hosen. Dottie muß um jeden Preis bei Ihnen bleiben.«

Sie nickte.

»Drei Stunden.«

»Drei Stunden«, sagte Edwina.

Ich klingelte an Dotties Wohnung, als ich am nächsten Tag hinging, eine Einkaufstasche in der Hand, um zwei Uhr nachmittag, nur für den Fall, daß jemand zu Hause war. Keine Antwort. Ich sperrte mit dem Schlüssel auf. Ich sperrte mich wieder ein.

»Die Angeklagte war mit den Wohnverhältnissen vertraut«, dachte ich, während ich geradewegs ins Klo eilte und dort voll mißtrauischer Angst in der Klomuschel nach Spuren schwarzer Papierasche fahndete. Nichts. Ich ging zurück ins Schlafzimmer, zog meinen Mantel aus und legte ihn mit der Einkaufstasche zusammen aufs Bett. In der Tasche hatte ich ein kleines Geschenk, in rosa Papier gewickelt, einen handbestickten seidenen Taschentuchbehälter, den ich nie verwendet hatte und der besser zu einer Englischen Rose paßte als zu meinesgleichen. Das wollte ich als Alibi vorführen, sollte ich hier in flagranti ertappt werden.

Ich ging zu Dotties Tisch in ihrem Schlafzimmer. In ihrer Schreibmaschine steckte ein Blatt; offenbar tippte Dottie ein stark korrigiertes getipptes Manuskript aus einer Mappe auf ihrem Tisch ins reine. Das hätte ich mir gern näher angesehen, denn es war eindeutig Leslies Roman; ich warf einen raschen Blick auf das Titelblatt der Mappe, um mich zu vergewissern, und ging schnell zu meinem Hauptanliegen über. *Warrender Chase* lag nirgendwo auf dem Tisch. Auch nicht in den Schubladen, allerdings stieß ich in einer der Laden auf einen Brief, datiert vor drei Wochen, Briefkopf von Park und Revisson Doe. Er begann: »Liebe Dottie (wenn ich darf) . . .« Weiter las ich nicht, aber ein abergläubischer Impuls ließ mich Mantel und Einkaufstasche vom Bett herunterziehen, damit sie nicht verseucht würden. Ich ließ meine Sachen am Boden liegen und fuhr mit der Durchsuchung des Schlafzimmers fort. In den Schränken, auf den Schränken, unter den Kissen, den Matratzen. Unterm Bett war ein Koffer. Ich zog ihn heraus. Er war voll mit Dotties Sommerkleidern. Keine Spur von *Warrender Chase*. Es blieben noch das Wohnzimmer, das Gästeschlafzimmer, das auch Leslies Studio gewesen war, die Küche, und der Wäscheschrank im Badezimmer. Mit dem Wäscheschrank war ich schnell fertig; da war nichts. Die Wahrscheinlichkeit sprach für Leslies Studio, also hob ich's mir zum Schluß auf. Ich begann mit der Durchschnüffelung des Wohnzimmers, hob die Kissen vom Sofa und von den Sesseln und legte sie wieder zurück, suchte hinter den Vorhängen und unter Stößen von Magazinen. Fast eine Stunde war schon vorbei, und mit der Vertrautheit der Gegenstände, die ich anrührte und unter die ich spähte, kam der Zweifel, ob Dottie – die nervenzermürbende, aber doch vertraute alte Dottie – das Manuskript wirklich genommen hatte.

Mit dem Wohnzimmer war ich fertig; alles war wieder an Ort und Stelle. Ich ging in das kleine Vorzimmer hinaus, um in Leslies Arbeitszimmer zu gelangen, durch dessen weit offene Tür Berge von unordentlichen Papieren und Borde voller Bücher zu sehen waren, die ich noch aus alten Zeiten kannte. Ich glaube, ich sah mich sogar noch im Zimmer um. Aber als ich durchs Vorzimmer gegangen war, hatte ich unter den an zwei Haken neben der Tür hängenden Mänteln Dotties schwarze Tasche erblickt, aus der ihr Strickzeug hervorstand, der rote Schal. Ich drehte mich danach um. Es dämmerte mir, daß ich der Sache nachgehen sollte; kein Zweifel, daß Dottie an jenem Abend ihr Strickzeug mitgenommen hatte, als sie in meinem Zimmer wartete und – Aber schon hatten meine Finger ein Paket entdeckt, etwa von der Größe eines Londoner Telefonbuchs, tief in diese gräßliche Tasche gesteckt. Mit einer blitzschnellen Geste fischte ich das Paket heraus, ebenso blitzschnell hatte ich es geöffnet. Mein *Warrender Chase*, mein Roman, mein Warrender, Warrender Chase; mein Originalmanuskript mit den ersten Kapiteln, die ich einmal zerrissen und dann wieder zusammengeklebt hatte; mein *Warrender Chase*, *meiner*. Ich drückte ihn an mich. Ich küßte ihn. Ich ging in Dotties Schlafzimmer und steckte ihn in meine eigene Einkaufstasche. Dann riß ich von Dotties Tisch einen ungeöffneten Packen Schreibpapier und stopfte ihn in Dotties Tasche, und oben drüber drapierte ich sorgfältig ihr Strickzeug. Dann zog ich meinen Mantel an, nahm meine Einkaufstasche in den Arm, sah mich noch einmal sorgfältig in der Wohnung um, ob alles an seinem Platz war, verließ die Wohnung und ging froh und glücklich meines Weges.

Ich habe noch keinen Künstler gekannt, der nicht an irgendeinem Zeitpunkt seines Lebens mit dem Bösen schlechthin in Konflikt geraten wäre, vielleicht in Form von Krankheit, Ungerechtigkeit, Angst, Unterdrückung oder anderen widrigen Elementen, die ein lebendes Geschöpf heimsuchen können. Umgekehrt gilt nicht: das heißt, es sind nicht nur die Künstler, die Leiden oder das Böse erschauen. Aber ich glaube daran, daß es niemals einen Künstler gab, der nicht etwas Derartiges erlebt oder gesehen hat, was zuerst so unglaublich böse schien, daß es kaum wirklich sein konnte, dann aber so unzweifelhaft wirklich, daß es unzweifelhaft wahr war. Ich kam fast um vor Neugier, die

Pandorabüchse von Sir Quentins Biographien zu öffnen. Aber zuerst mußte ich, und das war noch dringender, mehrere Kopien von meinem *Warrender Chase* abtippen; denn ich war fest entschlossen, das Buch nicht aus der Hand zu geben, bevor ich einem Verleger nicht ein doppelt vorhandenes Exemplar senden konnte. Ich begann mit dieser Arbeit, sobald ich an diesem Sonntagnachmittag nach Hause kam. Ich weiß noch, daß ich nur eine kurze Pause einlegte, um Solly anzurufen.

»Ich hab mein Manuskript wieder«, erklärte ich ihm. »Sämtliche Fahnen und getippten Exemplare sind vernichtet worden.« Dann beschrieb ich meinen Überfall auf Dotties Wohnung. Ich gab ihm einen detaillierten Bericht. Er hörte mir ernst zu, dann ließ er eine Reihe von Flüchen los auf die Häupter von Revisson Doe, Dottie und Sir Quentin Oliver. Dann versprach er, er würde mir einen neuen Verleger auftreiben, und wenn das das letzte war, was er auf Erden noch tun sollte. Solly hatte immer an meinen *Warrender Chase* geglaubt. Ich selber spürte dagegen nur, daß es *mein* Roman war, meiner, mein eigener, daß aber *Allerseelen*, der Roman, den ich eben begonnen hatte, den ersten bei weitem übertraf.

»Verständige mich, wenn du den Roman für einen Verleger fertig hast«, sagte Solly.

Also tippte ich weiter. Korrekturen hatte ich nur wenige zu machen, es war einfach Sklavenarbeit. Dann rief ich kurz in Hallam Street an, um mich zu erkundigen, wie es Edwina ging.

»Sie hatte einen schlechten Tag«, sagte Mrs. Tims. »Ich habe jetzt keine Zeit, auf Wiedersehen.« Und sie legte den Hörer auf. Ich machte mir einen Whisky mit Soda und aß ein pochiertes Ei, dann schuftete ich weiter. Um Mitternacht tippte ich noch immer. Ab und zu mußte ich mir die Hände waschen, denn die beiden Kohlepapiere – ich hatte beschlossen, drei getippte Exemplare herzustellen – machten mich dauernd schwarz. Ungefähr um Mitternacht fing Dottie vor meinem Fenster »Auld Lang Syne« zu singen an. Ich fand, ihre Stimme klang heute ungewöhnlich hoch.

Ich fühlte die heftige Versuchung, ihr einen Krug Wasser über den Schädel zu gießen. Aber dann siegte meine Neugier. Ich wollte alles über ihren Nachmittag mit Edwina wissen. Ich wollte alles über ihre Affäre mit Revisson Doe wissen und was sie über ihren neuen Job bei Sir Quentin zu sagen hatte. Und dann war ich auch sehr neugierig darauf, ob sie entdeckt hatte, daß ich meinen *Warrender Chase* zurückgeholt hatte.

Ich ließ sie herein.

»Ich kam gestern abend«, sagte sie, »aber du warst aus.« Wie sie das sagte, klang es fast vorwurfsvoll, was mich zum Lachen brachte.

»Was gibt's da zu lachen?« fragte Dottie, während sie sich den Mantel auszog und in meinen Strohsessel setzte. Das Manuskript von *Warrender Chase* lag sichtbar auf dem Schreibtisch, und die Seiten, die ich getippt hatte, lagen mit dem Gesicht nach unten auf der anderen Seite der Schreibmaschine. Ich hatte nicht die Absicht, das Buch zu verstecken, aber sie bemerkte es im Augenblick nicht.

»Das war ein schrecklicher Nachmittag mit dieser widerwärtigen Alten«, sagte Dottie.

»Ach was, daran mußt du dich jetzt gewöhnen«, sagte ich. »Edwina gehört zum Job, sozusagen.«

Ich sah, daß Dottie unglücklich und aufgeregt war. Sie zitterte. Eigentlich tat sie mir leid.

»Ich bin nicht gekommen, um über den Job zu reden«, sagte Dottie. »Ich war schon letzte Nacht hier. Ich bin gekommen, um dir zu sagen, daß Sir Quentin diese Biographien zurück will. Ich muß an ihnen arbeiten. Gib sie mir bitte.«

»Bist du mitten in der Nacht gekommen, um sie zu holen? Siehst du nicht, daß ich viel Arbeit habe?«

»Gib mir einen Drink«, sagte Dottie. »Ich bin um Schreibpapier gekommen. Ich tippe Leslies Roman ins reine, und mir ist das Papier ausgegangen. Ich hätte schwören können, daß ich ein frisches Paket Schreibpapier hatte, aber ich kann's einfach nicht finden. Ich muß es im Geschäft liegen gelassen haben. Ich wollte an Leslies Roman weitertippen, denn morgen kommt er aus Irland zurück. Er hätte drei Wochen fort bleiben sollen, aber du weißt ja, wie er ist. Und morgen werde ich keine Zeit haben, Papier einzukaufen, weil ich morgen früh meinen neuen Job anfange. Und Park und Revisson Doe werden wahrscheinlich Leslies Buch bringen.«

Ich reichte ihr Whisky mit Wasser. Ich sagte: »Bist du sicher, daß dir Alkohol nicht schadet? Bist du krank?«

Sie gab keine Antwort. Ihre Augen waren auf meinen *Warrender Chase* geheftet.

»Was ist das?« fragte Dottie.

»Ich mache ein paar Kopien von meinem Roman. Die alten sind etwas abgegriffen.«

»Was für ein Roman?«

»Der gute alte *Warrender Chase.*«

»Woher hast du ihn?« fragte Dottie.

»Dottie«, sagte ich, »ich glaube, du spinnst. Was meinst du, woher habe ich ihn?«

»Wie viele handgeschriebene Exemplare des Originals hast du gemacht?« fragte Dottie.

»Mein Gott«, sagte ich, »fall mir nicht auf den Wecker. Erzähl mir lieber alles über deine Affäre mit Revisson Doe.«

Sie verschüttete ihren Whisky , als sie ihr Glas auf den Boden stellte.

»Du begreifst nicht«, sagte sie, »daß eine Frau manchmal für einen Mann ein Opfer bringen muß. Du bist hart. Du bist böse. Warum gehst du nicht zu einem Priester?«

Zu einem Priester gehen kann man wohl, wenn man etwas auf dem Gewissen hat. Aber im Leben eines Schriftstellers passiert kaum jemals etwas Aufregendes, wovon Details einem Priester zu erklären auch nur den leisesten Sinn hätte. Zu einem Priester geht man, wenn man um seine eigene unsterbliche Seele bangt, aber nicht, wenn man von der eines andern bedroht wird. Ich sagte Dottie: »Wenn ich deinetwegen oder, sagen wir, wegen Sir Quentin zu einem Priester ginge, dann könnte ich genausogut zu einem Arzt gehen und ihn wegen deiner Lunge und seiner Nieren konsultieren. Warum gehst du nicht selber zu einem Priester?«

»Das werde ich auch, wenn alles vorbei ist«, sagte Dottie. »Leslie braucht einen Verleger.«

Sie zitterte jetzt ziemlich heftig.

Ich sagte: »Du solltest zu einem Arzt gehen.«

Sie schüttete den Rest ihres Whiskys über meine abgetippten Seiten. Ich holte ein Tuch und wischte sie sauber, so gut es ging.

Ich sagte: »Sir Quentin hat dir zugeredet, dich mit diesem Alten einzulassen, was?«

»Sir Quentin«, antwortete sie, »ist ein Genie, ein geborener Führer. Gib mir jetzt diese Biographien, dann gehe ich.«

»Gehen wirst du«, erwiderte ich, »aber die Biographien bleiben hier, bis ich Zeit gehabt habe, sie zu studieren. Eine ganze Menge von meinem *Warrender Chase* ist in diese Biographien eingebaut worden. Sobald ich mein Eigentum wieder herausgezogen habe, gebe ich den Rest zurück.«

»Was für ein Scheusal du bist«, sagte Dottie.

Ich weiß nicht, wieso ich darauf kam, sie zu fragen: »Schluckst du irgendwelche Pillen?«

»Was für Pillen?« fragte Dottie.

»Pillen eben.«

»Nur zum Schlankwerden«, sagte Dottie.

»Von einem Arzt?«

»Nein, ich bekomme sie von einem Freund.«

Ich packte ein halbes Paket Schreibpapier zusammen und reichte es Dottie, ich erklärte ihr, sie sei ein Narr.

Sie sagte: »Du bist wütend, weil ich dir deinen Job weggenommen habe.«

Ich antwortete, das sei nur fair, alles, was sie getan hätte, wäre nur fair, weil ich einmal ihren Mann genommen hätte. Ein Narr war sie deshalb, weil sie sich immer noch mit der Autobiographischen Gesellschaft abgab.

»Wer hat mich dorthin gebracht?« fragte Dottie.

»Ja, ich, leider. Aber ich habe deine Biographie zerrissen, sobald ich erkannte, daß da was nicht stimmt.«

Dottie sagte: »Es macht mir Spaß, mit Revisson Doe zu schlafen.«

»Hinaus, ich muß arbeiten. Es ist spät.«

»Hast du eine Tasse Kakao?«

Ich machte ihr eine Tasse Kakao. Dann gab ich ihr den bestickten seidenen Taschentuchbehälter, den ich nicht in ihrer Wohnung zurückgelassen hatte.

»Warum gibst du diese Idee nicht auf, daß du Schriftstellerin werden willst?« sagte die Englische Rose. »Früher haben wir uns so gut verstanden, und Leslie war auch dein Freund. Aber dieser verrückte Roman von dir – Sir Quentin sagt –«

»Hinaus«, schnaubte ich, um nicht das Haus aufzuwecken. Diesmal ging sie.

Elftes Kapitel

Es dauerte nur einige wenige Stunden, bis Dottie bemerkte, daß das handgeschriebene Exemplar meines *Warrender Chase*, das sie in meinem Zimmer gesehen hatte, tatsächlich jenes von ihr gestohlene war; sie fand den Packen Schreibpapier in ihrer Tasche unter dem Strickzeug. Am Nachmittag rief sie mich an.

»Wie bist du in meine Wohnung gekommen?« sagte sie. Ich hatte den Schlüssel bereits wieder an Gray Mauser zurückgegeben. Ich beantwortete ihre Frage nicht, ich fragte nicht einmal, wie mein Roman in ihre Wohnung gekommen war. Ich legte auf.

Eine Stunde später rief sie noch einmal an. »Hör zu, Fleur, Sir Quentin möchte sich dringend mit dir unterhalten.«

»Von wo sprichst du?«

»Ich bin zu Haus. Ich glaube nicht, daß ich mit diesem Job zurecht komme.«

»Du hast dich mit Sir Quentin zerstritten.«

»Nein, das nicht, aber –«

»Er ist wütend, weil du mein Manuskript nicht vernichtet hast.«

»Das hätte auch vernichtet gehört.«

An diesem Abend wurde ich mit dem Abtippen von *Warrender Chase* fertig. Ich hatte den ganzen Tag getippt; meine Schultern schmerzten, ich lag auf dem Bett und las das Manuskript nach Tippfehlern durch. Die Schwächen des Romans sprangen mir klar ins Auge, aber sie waren nicht so, daß man sie hätte entfernen können, ohne gleich die Essenz mitzuentfernen. Das ist oft so bei einer Erzählung oder einem Roman. Man erkennt einen Fehler oder eine Schwäche, vielleicht in der Zeichnung eines Charakters, aber kosmetische Eingriffe würden nichts nützen; man braucht nur ein Szenenbild zu verändern, und schon gerät die Balance des ganzen Werkes ins Wanken. Also ließ ich meinen *Warrender Chase* so, wie er war.

Jetzt kam Solly auf einen Drink vorbei, bevor er zu seiner Nachtschicht ging, und nahm zwei Kopien meines Buches mit, eine für den Verleger, die andere zur sicheren Bewahrung im Safe in seinem Büro. Er sagte: »Du könntest sie alle vor Gericht bringen, du könntest sie anklagen.«

»Würde das meinem Buch gut tun?« sagte ich.

»Nein«, sagte Solly, »das wäre eine falsche Art Reklame. Ein Roman muß auf eigenen Beinen stehen, besonders ein Erstling.«

»Was soll ich mit den Biographien tun?«

»Vernichte die Stellen, die er aus deinem Roman hat, und den Rest gib ihm zurück.«

Ich sagte Solly, daß ich genau das vorhatte. Aber zuerst wollte ich herausfinden, in welcher Weise Sir Quentin meinen Roman benutzt hatte. »Ich glaube, er setzt meinen *Warrender Chase* in die Praxis um. Er will meine Story verwirklichen. Ich hab noch keine Zeit gehabt, mir die Akten genau anzusehen, aber das ist jedenfalls meine Meinung.«

»Du kannst seine Handlungen nicht beeinflussen«, sagte Solly. »Laß dich von diesen Leuten nicht fertigmachen. Gib ihm zurück, was ihm gehört, und laß es ihn nur auf siebzig Jahre aufbewahren. Wen schert das schon? Du wirst einen anderen Job finden, du wirst ein neues Buch schreiben und sie alle vergessen.«

Als ich später am Abend die Tasche mit den Mappen der Autobiographischen Gesellschaft herauszerrte und öffnete, wurde ich fast hysterisch. Schon bei der reinen Berührung erschienen sie mir radioaktiv vor Bosheit. Ich wühlte durch die Papiere, bis ich zur Mappe von Lady Bernice »Bucks« Gilbert kam.

Da läutete das Telefon. Was für ein Instinkt legte mir nahe, es nicht abzuheben? Es war erst acht Uhr fünfundzwanzig. Es läutete. Es ließ nicht locker. Der Hausboy wußte anscheinend, daß ich zu Haus war. Vielleicht dachte er, ich sei nur aufs Klo gegangen und würde gleich wieder im Zimmer sein. Immer weiter klingelte das durchdringende Ein-Ton-Signal der Hauszentrale im Erdgeschoß. Ich hob ab. Ich hörte den Boy sagen:

»Da ist sie für Sie.« Ein Klick, und: »Oh Fleur«, sagte Mrs. Tims, »ich bin so froh, daß ich Sie erwischt habe. Es ist etwas passiert. Es hat mit Lady Edwina zu tun, sie will Sie sehen.«

»Geht es ihr schlecht?«

»Gut geht es ihr jedenfalls nicht. Es ist eine heikle Sache. Können Sie sofort kommen? Sir Quentin wird selbstverständlich das Taxi bezahlen.«

»Verbinden Sie mich mit Lady Edwina«, sagte ich.

»Oh, das kann ich nicht.«

»Warum nicht?«

»Sie ist nicht in der richtigen Verfassung.«

Darauf verlangte ich, mit Miss Fisher zu sprechen.

»Miss Fisher ist bei ihrer Schwester.«

»Haben Sie den Arzt gerufen?«

»Wissen Sie«, sagte Beryl Tims, »wir haben gerade überlegt, ob wir . . .«

»Überlegen Sie nicht. Rufen Sie den Arzt«, sagte ich.

»Aber sie will Sie, Fleur.«

»Geben Sie mir Sir Quentin.«

»Ich zweifle, ob er Ihnen irgend etwas zu sagen hat, Fleur. Sir Quentin ist zutiefst gekränkt.«

»Er schuldet mir mein Gehalt und eine ganze Menge von Erklärungen«, sagte ich.

Es gab eine Pause, während die Englische Rose den Hörer abdeckte, offenbar um mit Sir Quentin zu konferieren, denn schließlich kam er selbst ans Telefon.

»Sie würden mir einen großen Gefallen erweisen«, sagte er, »wenn Sie Mummy besuchen kämen. Es ist wirklich dringend. Was auch immer zwischen uns vorgefallen ist, Miss Talbot, ich versichere Ihnen, ich möchte nicht, daß Ihre Beziehungen zu Mummy davon betroffen sind.«

»Ich will mit ihr sprechen.«

»Bedaure, das ist nicht möglich.«

Am Ende ging ich, nachdem ich zuerst noch die Autobiographien zurück in den Schrank gestopft und diesen abgesperrt hatte. Wer *Warrender Chase* gelesen hat, wird wissen, was mit diesen Autobiographien in meiner Abwesenheit geschah. Ich war mir dieser Möglichkeit auch schon halb bewußt, daß ich nämlich in die gleiche Falle gehen könnte wie Marjorie in meinem Roman, als sie von Warrenders Papieren fortgerufen wird, unter dem Vorwand, die alte Prudence würde sie brauchen. Aber gerade der Umstand, daß es mir halb bewußt war, galt der anderen Hälfte meines Bewußtseins als Beweis dafür, daß dieser Verdacht unmöglich begründet sein konnte. Es schien ganz unwahrscheinlich, daß mein eigener Roman in einem solchen Ausmaß in mein Leben eingreifen könnte. Ich gehe sehr oft dadurch in die Irre, daß ich mich in meinem Mißtrauen gegen Verdacht von der Vernunft leiten lasse.

In einer halben Stunde war ich in der Hallam Street.

»Miss Talbot«, sagte Sir Quentin, »würden Sie einen Augenblick in mein Studierzimmer kommen? Mummy ist glücklicherweise, wahrlich glücklicherweise, eingeschlafen. Es wäre unverzeihlich, sie zu stören, nach all diesem, nach all diesem . . .«

»Das trifft sich ja günstig«, sagte ich. »Dann kann ich gleich wieder gehen.«

Aber er hatte mich schon am Arm und schob mich vor sich her ins Studierzimmer. »Legen Sie doch Ihren Mantel ab, ich bitte Sie, Miss Talbot«, sagte Sir Quentin. »Es gibt da ein oder zwei kleine Fragen, die wir besprechen müssen.«

»Wenn Sie die Akten Ihrer Gesellschaft meinen«, antwortete ich, »dann werden wir sie besprechen, wenn ich sie gründlicher studiert habe. Soviel ich bis jetzt sehen kann, haben Sie meinen Roman *Warrender Chase* plagiiert. Ich versichere Ihnen, daß ich Sie anzeigen werde.«

»Ah, Ihr Roman, Ihr Roman, nein, darüber kann ich gar nichts sagen. Es wundert mich nicht, daß Sie so unfähig waren, sich auf Ihre Arbeit hier bei uns zu konzentrieren, wenn Sie gleichzeitig Romane gekritzelt haben. Größenwahn.«

Vom anderen Ende der Wohnung her ertönte ein Krach und

ein lauter Schrei. »Fleur! Bist du das, Fleur? Laß mich, Tims, du Scheusal. Ich will Fleur sehen. Ich weiß, daß sie hier ist. Ich weiß, daß Fleur im Haus ist.«

Sir Quentin fuhr fort: »Ich bin es, der die Anzeige erstatten wird.«

Ich blieb sitzen, als würde ich darauf eingehen, Edwinas Gekreische zu überhören.

»Die Frage erhebt sich«, sagte ich, »warum Bernice Gilbert sich das Leben nahm.«

»Ich bin es, der . . .«

Aber ich war schon aufgesprungen und in den Korridor gegangen, wo Edwina sich aus Beryl Tims' Umklammerung zu befreien suchte.

»Fleur, wie schön, dich zu sehen, was für eine Überraschung«, krächzte Edwina. »Komm doch in mein Zimmer!«

Ich stieß Beryl Tims aus dem Weg und folgte Edwina. Vom anderen Ende des Ganges kam Sir Quentins gebrechlicher Ruf: »Mummy!«

Bevor ich an diesem Abend aus der Hallam Street fortging, hatte ich mein Gehalt und meine Angestelltenkarten bekommen. Außerdem einen Umschlag von Edwina, den sie heimlich aus ihrem Kissenbezug herauszog und in meine Manteltasche steckte, während sie die ganze Zeit über kreischte; so daß Beryl Tims, die in Edwinas Badezimmer gegangen war, um etwas Wasser zu holen, damit Edwina ihre Schlaftabletten damit schlucken konnte, von unserer Transaktion nichts bemerkte.

Ich versprach Edwina, daß ich sie sehr bald wieder besuchen würde. Es gab immer irgendeinen Grund, warum ich nicht ein für allemal mit Hallam Street brechen konnte. Das erinnerte mich an diese Szenen in *Warrender Chase*, wo meine Figur, der Gelehrte Proudie, immer wieder auf Briefe von Marjorie an Warrender stößt, die sich dafür entschuldigt, daß sie nicht zu ihm aufs Land kommen kann, und dabei aber ganz offensichtlich bis zum Zeitpunkt von Warrenders Tod bei dem Autounfall doch immer wieder dorthin gefahren war. Als Proudie Marjorie fragt, warum sie denn immer wieder zum Haus zurückkehre, sagt Marjorie: »Ich wollte mit ihm brechen. Aber die junge Griechin war dort, mutterseelenallein. Und Prudence, ich mußte doch Prudence sehen.«

Das ging mir durch den Kopf, als ich im Taxi nach Haus fuhr. Ich dachte an die erste Szene des Romans, wo die Gruppe auf die Ankunft von Warrender wartet. Er hat sich verspätet. Er kommt nicht. Er ist bei einem Autounfall umgekommen.

Meine Gedanken waren folgende: Warrender Chase kam bei einem Autounfall ums Leben, während alle anderen sich versammeln und auf ihn warten. Wenn Quentin Oliver durchaus Warrender Chase spielen will, dann wäre sein Schicksal das gleiche. Es war ein furchterregender Gedanke, aber er stand ganz außerhalb meiner selbst, als sähe ich einem Schauspiel zu, das zu beenden nicht in meiner Macht stand. Dann drängte es sich mir wieder auf, dort in dem Taxi, was für eine herrliche Sache es war, eine Frau zu sein und eine Künstlerin im zwanzigsten Jahrhundert. Fast war es, als wäre Sir Quentin nicht wirklich, als hätte ich ihn nur erfunden und als wäre Warrender Chase ein Mann, ein wirklicher Mann, auf dem ich zum Teil Sir Quentin basiert hatte. Zugegeben, ich war angespannt, aber an diese Vorstellungen erinnere ich mich sehr deutlich.

Daß Sir Quentin wirklich war, wurde klar, als ich in mein Zimmer zurückkam. Auf den ersten Blick schien zwar nichts zu fehlen. Dann holte ich den Schlüssel zum Schrank aus meiner Tasche und sperrte ihn auf. Sollys Reisetasche war an ihrem Ort. Ich öffnete sie und starrte in ihre Leere, hypnotisiert von dem vorausgesehenen Verlust und vom Ausmaß meiner Dummheit, daß ich nicht meinem Instinkt gefolgt war. Die Schnauze der Tasche grinste mich an, ha-ha. Das war die Arbeit eines Professionellen. Es war keine Spur irgendwelcher Manipulationen am Schloß meiner Zimmertür zu sehen, keine Kratzer eines tolpatschigen Amateurs am Schrank. Ich mußte bis zum Morgen warten, um mir vom Hausboy bestätigen zu lassen, daß seines

Wissens niemand mich besuchen gekommen war. Es war überhaupt niemand ins Haus gekommen? Seine Antwort erfolgte mit etlichem Gedonner, aus dem heraus sich wie Wetterleuchten der simple Tatbestand in meinem Geist klärte, den ich ohnehin schon wußte: ein professioneller Dieb war angestellt worden, um ins Haus zu dringen, geradewegs zu der Stelle, wo ich die Biographien aufbewahrte. Dottie kannte die Raumverhältnisse, und es war eindeutig sie, die, vielleicht unabsichtlich, die nötigen Informationen geliefert hatte. An diesem Abend suchte ich meinen *Warrender Chase* in einem Koffer unter dem Bett, wo ich ihn jetzt aufbewahrte. In meiner Aufregung hatte ich vergessen, daß ich vor dem Fortgehen das Originalmanuskript unter meinem Kopfkissen versteckt hatte. So daß ich also im Koffer nur die Ersatzkopie der neuen Abschrift fand, wovon ich die beiden anderen Solly gegeben hatte. Aber wo, wo waren die Seiten meines Originalmanuskripts? Eine Stunde lang durchsuchte ich mein Zimmer, aber erst, als ich zu Bett ging, spürte ich es unter meinem Kissen.

Das rief mir den Umschlag wieder ins Gedächtnis, den Edwina mir in die Manteltasche gesteckt hatte. Ich sprang aus dem Bett, ganz erholt und gestärkt von dieser aufregenden Erinnerung; ich gehöre zu jenen Menschen, die sich von einer körperlichen Erschöpfung sehr schnell erholen, wenn sie nur im mindesten stimuliert werden. Der unbeschriftete, zerknüllte Umschlag enthielt mehrere handbeschriebene Seiten, offensichtlich aus einem Tagebuch gerissen. Sie waren ungeschickt herausgerissen worden, so daß einige Worte am Anfang jeder Zeile nur unvollständig waren, ebenso am Zeilenende auf der Rückseite. Mir schien, als müßte das Sir Quentins Handschrift sein, und als ich die erste Seite gelesen hatte, war es klar, daß diese Tagebucheintragungen von ihm stammten.

Hier ist das Dokument, das ich zum Andenken an die großartige Edwina seither aufbewahrt habe:

26. April 1950

Ich habe das Vertrauen von
Miss Talbots Freundin, Dorothy
ottie‹, Mrs. Carpenter, mit
deren Ehemann, Leslie, Miss Talbot
ine Affäre hatte.
›Dottie‹ hat mir die
uckfahnen eines Romans mit dem
itel ›Warrender Chase‹ als Bei-
iel eines morbiden literarischen
odukts gezeigt, das ihrer (›Dotties‹)
einung nach verboten werden sollte.
Ich habe dieses Produkt
Miss Talbots entzündeter und un-
ner Phantasie. Daß eine Derartige
welle jemals überschreiten durfte!
Das Buch ist der Versuch eines *roman
à clef*, so wahr ich Sir Quentin Oliver heiße.
Frage: Kann Miss T. Gedanken lesen?
ein Medium?
? Böse

Ich drehte das Blatt um:

28. April 1950

›Dottie‹ teilte mir mit, daß z
Schriftsteller, Theodore Clairmont un
seine Frau Audrey (N.B. nicht angefüh
in ›Who's Who‹) den sogenannten Roma
gelesen haben und denselben hefti
ablehnen. Man sagte mir, daß das Schriftstü
bereits in Fahnen vorliegt und bei
Messrs Park, Revisson Doe, einem beschei
doch nicht unbekannten Haus, herausk
soll.

Ich habe folglich ein *Rendez-vous* m
dem Direktor der Firma vereinbart, M
Revission Doe persönlich.
(N.B. Nichts in ›Burke's‹, ›Haydn‹
etc. etc. Unbedeutender Eintr
in ›Who's Who‹.)

Nächste Seite:

1. Mai 1950

Als Ergebnis meiner Vorsprache in den
äumen von Park, Revisson Doe, heute
achmittag, wo ich Mr. Revisson Doe
önlich in seinem Büro sprach, be-
te ich den Ernst der Lage, i.e. des
eumderischen Aspekts des sogenannten
omans von Miss Fleur Talbot, *vis*
vis meiner Autobiographischen Ges
Er stimmte prompt zu, den Roman von
Veröffentlichung zurückzuziehen. (Die
rohung einer Verleumdungsklage wirkt bei
olchen Leuten immer.) Mr. Revisson Doe er-
en mir als solider Geschäftsmann, jedoch
ne nennenswerte Vorfahren.
Er erwähnte, daß ›Dottie‹ ihm einige
Kapitel eines Romans gezeigt hätte, den
r Mann schrieb, einigermaßen eine *tour de force*,
in welchem seine vergangenen
ungen mit einer jungen ehrgeizigen
rson weiblichen Geschlechts für die Ein-
hten offensichtlich eine Beschreibung seiner-
ten mit der anrüchigen Fleur Talbot waren!

1. Mai [fortgesetzt]

Er erwähnte, ›Dottie‹ wäre ein »sehr hübsche
Mädchen«. Er erwähnte, er sage das »von Mann

zu Mann«, was ich sehr genoß. Ich meinerseit bemerkte, daß ich mein Bestes tun würde, u bei ›Dottie‹ in seinem Interesse zu arbeiten, worüber wir ein unschuldiges Gelächter hatten. Ich drückte ihm meinen Dank für seine Kooperation aus, und versicherte ih der meinen.

Bevor ich ging, bot Mr. Doe mir an, mir sein Versprechen, den Vertrag für den besagten ›W render Chase‹ zu liquidieren, ›schriftlich z bestätigen‹. Ich bat ihn, von unserem *tête à t* keine schriftliche Aufzeichnung anzufertigen und versicherte ihm, daß meinerseits jede schr liche Aufzeichnung einfach für die nächsten sie zig Jahre einer versperrten Schublade anvertraut würde. Dieses Bekenntnis stand in völliger Übere stimmung zu meinem Prinzip rückhaltsloser Offenh

2. Mai 1950

Beglückende Empfindung: früh am
orgen ging ich durch den Park und bemerkte
m Gebüsch eine getigerte Katze, die
zusagen mit dem blassen Licht und dem Schat
der nassen Blätter ein Muster bildete.
Wie ist doch dieNatur in sich eins? Ich war
aubert, hingerissen innerhalb eines magischen
irkels, passiv, aufnahmebereit, ganz unbe-
ußt.
Ich dachte, wie schön es wär', in diesem Augen-
ick zu sterben. Meine Liebste, wenn wir doch nur
ammen sterben könnten. Hätte ich nur nicht meine
ission, die mir, und mir allein,
ferlegt ist. Doch wer sind deine
reunde? Wo sind sie?
Verzage nicht. Ich etc. etc.

Den obigen Brief an Bucks?

Ja, ich hab's getan. Und abgegeben!!
Doch

Was mich nun an diesen Abrissen aus Sir Quentins Tagebuch mehr als alles andere empörte, war diese letzte Eintragung vom 2. Mai. Das war wortwörtlich aus *Warrender Chase*, wo ich meine Figur Proudie diesen absurden Brief an die junge Griechin finden lasse, die ihn für alles andere als absurd hielt.

Als ich mich von meiner Wut über diesen Raubzug erholt hatte, gab ich die Tagebuchzettel zurück in den Umschlag und stopfte sie ganz unten in meine Handtasche, fest entschlossen, mich nie wieder von ihnen zu trennen. Ganz gleich, welchen Nutzen ich von diesem neu gewonnenen Wissen auch haben würde, ich fühlte mich erleichtert darüber, daß ich nun genauestens wußte, was ich dunkel geahnt hatte. Außerdem stellte ich mir mit Vergnügen vor, was Sir Quentin sagen würde, wenn er das Fehlen seiner Tagebuchblätter entdeckte. Er würde sicher annehmen, ich hätte einen professionellen Einbrecher dazu angestellt. Das erheiterte mich ungemein, und ich schlief froh und glücklich ein.

Am nächsten Morgen hatte ich ein Interview für einen Job bei der BBC, den ich nicht bekam. Ich saß am langen Tisch eines Vorstandszimmers mit vielen Männern und Frauen, die mir Fragen stellten. Aber ich hatte nicht die erforderliche Erfahrung, und, fragte der älteste der Männer, war mir denn auch klar, daß die sechs Pfund pro Woche, die ich verlangte, dreihundert Pfund im Jahr bedeuteten? Ich antwortete, ich dachte, es wären dreihundertundzwölf. Jedenfalls bekam ich den Job nicht. Ich sah an diesem Tag wohl auch nicht besonders einnehmend aus. Etwas später in meinem Leben, als mein Glück sich gewendet hatte und ich für die BBC schrieb, stürzten sich meine neuen Freunde in der Produktion auf den offiziellen Akt, in dem dieses Interview pflichtgemäß festgehalten war, und wir unterhielten uns prächtig.

Ich tippte diese losen Blätter aus Sir Quentins Tagebuch ab und nahm sie mit zum Tee in der Hallam Street.

Unzweifelhaft war er ein Irrer. Sicherlich war es das, was Edwina mir zu verstehen geben wollte, indem sie mir diese herausgerissenen Blätter zuspielte.

»Lady Edwina schläft«, sagte Beryl Tims. »Und übrigens müssen Sie sich nicht mehr die Mühe machen, sie zu besuchen. Da ist nichts für Sie drin. Wir haben etwas herausgefunden, und zwar wissen Sie was? Wir haben herausgefunden, daß sie überhaupt kein Geld hat, sie kann überhaupt niemandem etwas hinterlassen. Sie hat sich eine Jahresrente gekauft, und wenn sie stirbt, dann stirbt das Geld mit ihr. Sie ist hinterlistig und verschlagen, das ist das richtige Wort. Sir Quentin ist soeben erst draufgekommen. Ihr Reichtum war nur ein Märchen.«

Das hatte ich schon lange gewußt, denn eines Sonntags, als ich mit Solly Edwina im Rollstuhl ausführte, sagte sie: »Ich habe nur Geld geheiratet.«

»Das finde ich aber sehr unmoralisch von Ihnen, Edwina«, sagte Solly.

»Ich sehe nicht ein, warum. Mein Mann hat mich um Geld geheiratet. Wir waren ein liebendes Paar. Wir hatten einiges gemeinsam. Das eine war Liebe zum Luxus, das andere Mangel an Geld.«

Dann hatte sie weitergeplappert, daß Quentin »ganz überraschend« gekommen wäre, und daß »sein eigener Vater, natürlich« für ihn und auch ein bißchen für Edwina gesorgt hätte. So daß wir also ziemlich im unklaren über Quentins Abstammung gelassen wurden, und wir beließen Edwinas Geschichte dabei, charmant, wie sie war, und durch keinerlei Erklärungen verdorben.

»Nicht einen Penny«, sagte die Englische Rose eben, »über ihre Jahresrente hinaus, und das reicht gerade für ihren eigenen Unterhalt und den ihrer Pflegerin.«

In diesem Moment kam Miss Fisher aus der Küche. »Guten Tag, Fleur. Lady Edwina wird sich sehr freuen über Ihren Besuch. Sie macht sich gerade zum Tee fertig.«

Ich sagte, ich würde gleich kommen, nachdem ich mit Sir Quentin gesprochen hätte.

»Sie möchten Sir Quentin? Also –«

Ich öffnete die Tür zum Studiozimmer und fand ihn hinter seinem Schreibtisch, ins Leere starrend.

»Ist Ihre neue Sekretärin hier?« sagte ich.

»Ach, Miss Talbot. Ich – sie mußte früher nach Haus gehen.«

Er deutete auf einen Stuhl.

»Lesen Sie das«, sagte ich und legte ihm die getippten Seiten aus seinem Tagebuch hin. Ich blieb stehen.

Er warf einen Blick auf die erste Seite und sagte: »Woher haben Sie das?«

»Aus Ihrem Tagebuch. Ich habe die Seiten.«

»Wie sind Sie an mein Tagebuch herangekommen?«

»Ich habe professionelle Hilfe. Die Originale liegen sicher in einem Banksafe. Vielleicht auf siebzig Jahre, vielleicht nicht.«

Er stand auf und fing an, im Zimmer herumzugehen, Sachen geradezurichten. Dann blieb er stehen und sah sich die weiteren Seiten an, die ich abgetippt hatte. Dann lachte er. »Mein Gott, dieses Tagebuch ist ein kleiner Scherz von mir. Das ist überhaupt nicht ernst gemeint.«

Ich sagte: »Sie werden zu einem Psychiater gehen müssen. Das ist das erste. Zweitens, Sie lösen die Autobiographische Gesellschaft auf. Wenn Sie bis zum Ende des Monats nicht beides getan haben, mache ich einen Auflauf.«

»Ah, aber da werden die Mitglieder auch etwas zu sagen haben.«

Ich verließ ihn und ging zu Edwina in den Salon, wo sie, in einen indischen Schal gehüllt, in Kissen gestützt auf ihren Tee wartete. Sir Quentin kam herein, in der Hand ein in Leder gebundenes Buch, sein Tagebuch. Er war gefolgt von Beryl Tims.

»Mummy«, sagte er, »ich muß dir sagen, daß deine Freundin Miss Fleur Talbot nicht unsere Freundin ist. Sie gehört zur Unterwelt. Sie hat einen professionellen Einbrecher angeheuert, um in dieses Haus einzubrechen und einige Seiten aus meinem privaten Tagebuch zu entwenden. Das hat sie selbst zugegeben. Miss Fisher, vermissen Sie nichts? Ist Lady Edwinas Schmuck noch vollständig?«

Edwina stand auf und machte auf den Boden.

»Miss Talbot, ich muß Sie bitten, dieses Haus zu verlassen.«

»Bitten kannst du«, sagte Edwina. »Die Miete zahle ich. Dein Haus ist auf dem Land, Quentin.«

Miss Fisher wischte rund um Edwina auf, und Edwina ließ sich dazu überreden, in ihr Zimmer zu gehen und sich umziehen zu lassen. Ich wartete auf ihre Rückkehr und führte mir ein Sandwich zu Gemüte, während Sir Quentin mich nur anstarrte und Beryl Tims den Sandwichteller von mir fortrückte.

Die Türklingel läutete, und Beryl Tims ging, um zu öffnen. »Sie sind ein Scheusal«, sagte Sir Quentin. »Ihre Begeisterung für John Henry Kardinal Newman war reine Verstellung. Hat er nicht unter seinem Einfluß einen Kreis von ergebenen Anhängern gebildet? Darf ich denn nicht das gleiche tun?«

»Wissen Sie«, gab ich zurück, »Sie sind nicht bei Trost. Sie hatten schon diesen Drang, Menschen unter Ihren Daumen zu bekommen, bevor ich hier erschien und Sie auf Newman brachte. Sie haben meinen Roman gelesen, aber erst vor kurzem. Sie müssen zum Psychiater, und Sie müssen die Gesellschaft auflösen.«

Ich konnte aus dem Flur Stimmen hören. Als ich hinausging, um mich von Edwina zu verabschieden, sah ich, daß die beiden Besucher die Baronin Clotilde und Pater Delaney waren, beide sehr abgezehrt, aber nicht bedauernswert. Diese beiden waren immer arrogant, unverschämt in ihrer Verblendung.

In Edwinas Zimmer, wo die Schwester gerade im Schrank nach einem anderen wunderbaren Kleid stöberte, sagte ich: »Ich habe ihm gesagt, er soll einen Irrenarzt konsultieren und seine Truppe entlassen.«

»Ganz richtig«, sagte Edwina. »Wann kann ich deinen Freund Wally kennenlernen?«

»Ich werde es bald arrangieren.«

»Wally und Solly«, gackerte sie vergnügt. »Finden Sie das nicht auch zwei reizende Namen, Schwester?«

»Ganz reizend. Wie auf der Bühne.« Dann sagte Miss Fisher zu mir: »Ich mache mir Sorgen wegen dieses Dexedrins.«

Ich konnte das Wort nicht gleich richtig einordnen. Ich dachte, sie redete von irgendeinem Medikament für Edwina. Ich sagte: »Soll ich Ihnen ein Rezept besorgen –?«

»Nein, nein. Ich spreche von dem Dexedrin, das Sir Quentin seinen Freunden gibt. Gab er's Ihnen nicht auch?«

»Nein, mir nicht.«

»Den anderen gibt er's. Das kann gefährlich sein, wenn die Dosis hoch ist.«

»Die sind alle volljährig. Mir tun sie nicht leid. Die können schon für sich selbst sorgen.«

»Also, ja und nein«, sagte die gute Schwester.

Edwina wartete ungeduldig darauf, in ihr violettes Kleid zu schlüpfen. »Die machen alle eine Fastenkur. Nur er selbst und Tims nicht. Und wir essen auch ganz gern, nicht wahr, Schwester?«

»Dexedrin«, erklärte die Schwester, »ist ein Appetitzügler. Aber es greift das Gehirn an.«

»Achten auf ihre schlanke Linie«, gellte Edwina. »Dabei schnappen sie alle über.«

»Sie haben doch sicher alle Freunde«, sagte ich. »Sie haben sicher alle Freunde und Verwandte, die es bemerken, wenn sie krank werden.«

»Es sitzt noch immer«, sagte Edwina und strich sich über ihr Kleid.

»Man kann es nicht beweisen«, sagte Miss Fisher, »aber ich weiß es. Diese armen Menschen –«

»Sie sind keine Säuglinge«, sagte ich.

Ich dachte an meinen Roman, *Warrender Chase*, der jetzt keinen Verleger hatte, dank Sir Quentin. Ich hatte kein Mitgefühl mit dieser Truppe von verwöhnten, anmaßenden Narren – ich dachte an Maisie Young mit so vielen Möglichkeiten in ihrem Leben, bereit, sie im Namen eines irrsinnigen geistigen Führers alle zu opfern; und an die Baronin Clotilde du Loiret, vor Vornehmheit derart benommen, daß sie nicht mehr imstande war, einen Wahnsinnigen zu erkennen und zurückzuweisen.

Dann ging ich nach Haus, um mich für meine Dinner-Verabredung mit Wally fertig zu machen. Aber ich erzählte Wally kein Wort über die Hallam Street. Statt dessen berichtete ich ihm von der BBC; und darauf fiel ihm – ich weiß nicht mehr, über welche Gedankenverbindung – ein, wie er aus der Armee entlassen wurde, wie er und seine Freunde alle zu einem Lager gingen, das aus einer Reihe von Hütten bestand, und sich dort eine neue Zivilkluft aussuchten. Wally beschrieb bis ins kleinste die verschiedenen Stile und Größen der Demobilisierungs-Gewänder. Er selbst suchte sich eine Tweedjacke und eine Flanellhose aus. »Doch wirklich ganz in Ordnung«, sagte Wally in seiner beiläufigen und charmanten Art.

Es war gut, daran erinnert zu werden, daß es noch andere Dinge im Leben gab außer *Warrender Chase* und der Autobiographischen Gesellschaft. Aber trotzdem war ich nicht ganz bei der Sache. Ich wollte am liebsten gleich nach Haus gehen und Newman lesen. Ich wollte herausfinden, was diese Leute wohl daraus machen konnten. Das interessierte mich sehr.

Aber Wally kam auf einen Gute-Nacht-Trunk mit mir nach Haus. Er liebte mein mit Büchern vollgestopftes Zimmer.

»Auf der Straße ist eine Betrunkene und singt ›Auld Lang Syne‹«, sagte Wally. »Sie klingt recht glücklich, nicht?«

Ich ließ sie singen.

Am nächsten Morgen, bevor ich noch aufgestanden war, stand Dottie schon an meiner Tür. Sie hatte die Stirn, die schwarze Tasche mit ihrem Strickzeug mitzubringen, jetzt war's ein schwarzer Pullover.

»Ich kam gestern nacht vorbei. Dein Licht war an.«

»Ich weiß.«

»War Leslie hier?«

»Geh zum Teufel.«

»Hör zu«, sagte Dottie, »ich muß dir was sagen. Sir Quentin hat uns allen befohlen, in sein Haus nach Northumberland zu kommen. Er sagt, wir werden hier in London verfolgt, und er will aus seinem Haus eine Art Kloster machen.«

»Wie Newman in Littlemore?«

»Genau. Du mußt zugeben, es ist schon was dran an Sir Quentins Zielen.«

Ich konnte keine Ähnlichkeit entdecken zwischen Newman mit seiner Gruppe von Oxforder Anglo-Katholiken in ihrem nüchternen Refugium in Littlemore und Sir Quentin und seinem Haufen Narren. Newman hatte tatsächlich wegen seiner Ideen unter religiöser und auch politischer Verfolgung zu leiden, und außerdem litt er auch unter einem Verfolgungsgefühl, das nicht immer mit einer Ursache zusammenfiel. Sonst gab es nichts, was Hallam Street mit Newman verband.

Ich sagte zu Dottie: »Man könnte meinen, daß Sir Quentin überhaupt nur von zwei Büchern gehört hat. Das eine ist Newmans *Apologia*, das andere ist mein *Warrender Chase*. Er ist besessen.«

»Er hält dich für eine Hexe, einen bösen Geist, der gesandt wurde, um Ideen in sein Leben zu bringen. Seine Mission ist es, Böses in Gutes zu verwandeln. Ich finde, es ist schon einiges dran an dem, was er sagt.«

»Schön, du kannst den Teekocher aufsetzen«, sagte ich, »ich habe noch nicht gefrühstückt.«

Sie füllte den Kocher und stellte ihn auf den Gasring.

»Sie gehen nach Northumberland, alle bis auf mich.«

»Du mußt natürlich hier bleiben und Revisson Doe glücklich machen«, sagte ich.

»War nicht Leslie gestern nacht hier?«

»Meine Sache«, sagte ich.

»Mein Mann«, sagte Dottie. »Er gehört mir.«

»Warum vermietest du ihn nicht stundenweise?«

»Ich würde gern nach Northumberland gehen«, sagte Dottie. »Sir Quentin rief alle an und drängte sie dazu. Sie gehen alle. Maisie rief mich an. Sie geht. Pater Delaney –«

»Das ist die beste Nachricht seit langem«, sagte ich. »Was ist mit Edwina?«

»Oh, die nehmen sie nicht mit. Sie bleibt in London, mit der Schwester. Und ich kann dir auch sagen, falls du es nicht ohnehin schon weißt, daß sie, wenn sie einmal stirbt, überhaupt nichts zu hinterlassen hat.«

Ich sagte, und ich weiß nicht, warum (aber ich dachte an meine Figur, die alte Prudence, die den Besitz meines Warrenders erbt): »Vielleicht überlebt sie ihren Sohn und erbt das Ganze.«

»Du und dein *Warrender Chase*«, bemerkte Dottie, und machte Tee.

»Nimmst du Dexedrin?« fragte ich.

»Nein, ich hab damit aufgehört. Mein Arzt hat's mir verboten. Deshalb kann ich ja auch nicht nach Northumberland. Sir Quentin will mich nicht.«

»Geht Beryl Tims mit ihnen?«

»Natürlich. Sie ist doch die Hohepriesterin bei den Zeremonien. Sie fahren sofort ab. Ich weiß nicht, was ich tun soll.«

»Vergiß sie«, sagte ich.

»Du kannst leicht reden«, sagte sie.

»Keine Spur«, sagte ich. »Eines Tages werde ich über das alles schreiben.«

Ich dachte an Cellini:

Alle Männer, welches immer ihre Umstände, die irgend etwas Verdienstvolles geleistet haben, oder was den Anschein von Verdienst hat, sollten, sofern sie der Wahrheit ergeben sind und Ansehen genießen, die Geschichte ihres Lebens eigenhändig schreiben.

»Du hast schon darüber geschrieben«, bemerkte Dottie in ihre Tasse. »Du weißt schon, daß dein *Warrender Chase* nur von uns handelt. Du hast alles vorausgesehen.«

»Mach dich nicht lächerlich.«

Als sie ihr Strickzeug eingepackt hatte und fort war, suchte ich mir die Stelle aus Newmans wunderbarer *Apologia*, die ich wollte:

> . . . da wußte ich, was ich zu tun hatte, obgleich ich vor beidem zurückschreckte: der Aufgabe und der Preisgabe, welche sie einschließen mußte. Ich sagte: ich muß ihnen den wahren Schlüssel für mein ganzes Leben geben; ich muß zeigen, was ich bin, damit man daraus ersieht, was ich nicht bin, und daß das Gespenst verschwindet, das an meiner Statt herumgeistert. Ich möchte als lebendiger Mensch gekannt sein und nicht als Vogelscheuche, der man meine Sachen angezogen hat . . .

Und ich stellte sie auf den Tisch neben meinen Benvenuto Cellini:

> Alle Männer, welches immer ihre Umstände, die irgend etwas Verdienstvolles geleistet haben, oder was den Anschein von Verdienst hat, sollten, sofern sie der Wahrheit ergeben sind und Ansehen genießen, die Geschichte ihres Lebens eigenhändig schreiben.

Ich schaute von einem zum anderen und bewunderte beide. Dann dachte ich, eines Tages, wenn diese Monate zwischen dem Herbst 1949 und dem Sommer 1950 einmal lang vergangen sind und ich vielleicht etwas erreicht habe, was »wahrhaftig den

Anschein eines Verdienstes« hat, dann werde ich es laut sagen. Dotties Neuigkeit hatte mich in den Zustand eines akuten Glücksgefühls versetzt. Ich brauchte einen Job, und mein Roman einen Verleger. Aber die Abreise der Autobiographischen Gesellschaft gab mir das Gefühl, daß ich ihnen entronnen war. Obwohl ich in Wirklichkeit Sir Quentin und seine kleine Sekte noch nicht los war, waren sie jetzt moralisch außerhalb meiner selbst, sie waren objektiviert. Eines Tages würde ich über sie schreiben. Und tatsächlich habe ich, ob ich's nun wollte oder nicht, in der einen oder anderen Form seither immer über sie geschrieben, sie sind das Stroh, aus dem ich meine Ziegel machte.

Zwölftes Kapitel

Es war genau in der Mitte des zwanzigsten Jahrhunderts, am letzten Junitag des Jahres 1950, einem warmen, sonnigen Freitag, den ich als Wendepunkt in meinem Leben betrachte. Das geht auf den Tag zurück, wo ich meine Sandwiches in den alten, nicht mehr benutzten Kensingtoner Friedhof mitnahm, um beim Lunch ein Gedicht zu schreiben, als der junge Polizist zu mir herüberschlenderte und fragte, was ich vorhatte. Er war ein sauberer Jüngling, wie auf einem Kriegerdenkmal. Ich fragte ihn: »Angenommen, ich hätte etwas verbrochen, hier auf dem Grabstein sitzend, was für ein Verbrechen könnte das sein?«

»Na ja, das könnte sein öffentliche Entweihung, es könnte sein Verkehrsbehinderung ohne Berücksichtigung, es könnte sein vorsätzlich Herumlungern.« Ich bot ihm ein Sandwich an, aber er lehnte ab; er hatte eben erst selbst gegessen. »Diese Gräber müssen sehr alt sein«, sagte der Polizist. Dann wünschte er mir alles Gute und ging seiner Wege. Ich weiß nicht mehr, was ich damals gerade für ein Gedicht schrieb, aber es war wahrscheinlich eine Übung in der gemischten Form, etwa ein Rondeau, ein Triolett, oder ein Villanell; außerdem übte ich damals auch Alexandriner als erzählende Versform, also hätte es auch das sein können; ich habe die Übung von Metrum und Form oft um ihrer selbst willen faszinierend und anregend gefunden. Ich wartete nur, daß mein Hausherr, Mr. Alexander, aus dem Weg war, damit er mich nicht mit seinem Gemecker über mein vollgestopftes Zimmer belästigte.

Ich konnte mir ein größeres Zimmer nicht leisten, ich konnte mir kaum die Miete für mein kleines Zimmer leisten. Etwas Arbeit hatte ich gefunden, nämlich für den Verleger in Wapping Manuskripte und Fahnen lesen, und ich besprach auch manchmal Gedichte und Erzählungen. Außerdem war ich gut vorangekommen mit meinem zweiten Roman, *Allerseelen*, und plante schon den dritten, *Die Englische Rose*. *Warrender Chase* war noch immer nicht erschienen, Sollys Anstrengungen zum Trotz, und ich hatte schon jede Hoffnung auf eine Veröffentlichung aufgegeben; meine ganze Hoffnung setzte ich jetzt auf *Allerseelen*. Aber mein Erspartes schmolz immer mehr zusammen, und ich wußte, daß ich bald meine Bücher an den Mann bringen mußte. Ich sah mich bereits ernsthaft nach einer Ganztagsbeschäftigung um.

Aber an diesem Tag in der Mitte des zwanzigsten Jahrhunderts spürte ich mehr als je zuvor, wie schön es war, hier und jetzt eine Frau und eine Künstlerin zu sein. In den letzten sechs Wochen war ich ziemlich deprimiert gewesen, aber jetzt war auf einmal alles vorbei, wie das oft so ist mit Depressionen.

Mein Wochenende in Wallys Cottage in Marlow am Tag nach der Aufhebung der Benzinrationierung war vielleicht nicht gerade eine Katastrophe gewesen, aber jedenfalls eine ziemliche Patzerei.

Es hatte sehr gut begonnen, als ich Wally, bevor wir abfuhren, in die Hallam Street zu Edwina zum Frühstück mitnahm. Sir Quentin war bereits nach Northumberland geflohen, und Edwina war allein mit Miss Fisher und einer neuen Tageshilfe. Edwina hatte sich in Eierschalenblau herausgeputzt, mit Schwanenfedern eingefaßt, deren Schönheit im Verlaufe unsres Frühstücks gewaltig beeinträchtigt wurde; die Farbenskala wiederholte sich auf ihren Lidern. Sie mußte schon Stunden vorher mit den Vorbereitungen für das Frühstück begonnen haben. Ihre Hände waren überaus beringt und in einen schreienden Lack getunkt worden.

»Sind Sie Fleurs Freund?« gellte sie Wally an.

»Ja.«

»Sie ist zu gut für Sie.«

»Ich weiß«, sagte Wally in seiner jovialen Art.

Wir saßen an einem kleinen Spitzentisch im Fenster ihres eigenen kleinen Salons. Sie war sehr wach, glücklich darüber, ihre Wohnung für sich allein zu haben, und sie begeisterte Wally mit ihren Anekdoten über den verstorbenen Arthur Balfour. Als ich sie fragte, ob Beryl Tims in Northumberland zu bleiben gedachte, sagte sie »Beryl Wer?« Ich sah Edwina erst wieder eine Woche später, als ich sie, in schwerem Schwarz und vielen Perlenketten, zum Begräbnis ihres Sohnes Quentin rollte.

Wally war ganz hingerissen von Edwina, wie er mir auf dem Weg nach Marlow sagte. »Ich bin verliebt in deine Edwina«, sagte er. In Marlow war Wally sehr ungehalten, daß die Aufräumefrau offenbar diesmal nicht gekommen war. Was ihn, glaube ich, am meisten ärgerte, war, daß ich dadurch die Spuren eines verflossenen Wochenendes zu zweit zu sehen bekam. Mir selbst machte es wirklich nicht so viel aus, denn die Situation selbst war eine sehr lebendige; mir geht nichts über eine plötzliche Wendung. Aber ich konnte nicht verhindern, daß mir durch den Kopf ging, wer denn wohl das andere Mädchen war, und angesichts der von Mäusen beknabberten, grünlichen Brotkrusten des letzten Frühstücks am Boden, der schwarz geränderten grünen Milch im Krug, der beiden Kaffeetassen und Untertassen auf dem Spülstand, von vertrocknetem Kaffeesatz verklebt, trocken und alt, versuchte ich, das Alter der Beweisstücke zu berechnen; wie viele Wochenenden war das her, und was hatte ich mit Wally an den dazwischen liegenden Wochentagen getan? Während Wally noch dastand und fluchte, warf ich mit myopischer Ungezwungenheit meine Wochenendtasche ins Schlafzimmer. Das Bett war ganz eindeutig von zweien zerwühlt, und als hätte ein begabter Regisseur gewirkt, hing das Oberteil von Wallys blauem Baumwollpyjama über dem Bettpfosten, während die Hose, ordentlich gebügelt und unbenutzt, noch oben auf der Kommode lag. Eine fast leere Flasche Whisky und zwei Gläser, das eine mit Lippenstift verschmiert, waren vom Gesichtspunkt einer Inszenierung her doch zu dick aufgetragen, aber da standen sie. Wir machten ein bißchen Ordnung und gingen dann Mittagessen.

Gegen Abend bekam ich einen Anfall von Nervosität, und zwar aus keinem besonderen Grund, über meinen fast vergessenen *Warrender Chase*. Ich fragte mich, ob ich die Eröffnungsszene wirklich gut genug hinbekommen hätte. Ich hatte den Roman so oft abgetippt, daß ich ihn schon fast auswendig kannte.

»Weißt du, Fleur«, sagte Wally, »manchmal, wenn ich mit dir bin, passiert etwas sehr Merkwürdiges – du bist plötzlich *nicht da*. Es ist unheimlich. Sehr oft, sogar wenn ich nichts sage, habe ich irgendwie das Gefühl, daß du woanders bist.«

Ich lachte, denn ich wußte, daß er recht hatte. Ich sagte: »Ich dachte an meinen ersten Roman, *Warrender Chase*, der macht mir irgendwie Sorgen.«

»Ach nein, das darfst du nicht zulassen. Ich hab auch schon Ideen für Romane gehabt, aber für so etwas hab ich wirklich keine Zeit.«

»Glaubst du, du könntest einen Roman schreiben?«

»Mein Gott, wenn man Zeit hätte, dann könnte man sicher genauso gute Romane schreiben wie andere Leute auch.«

Dann ging er zu seiner Putzfrau, um herauszufinden, was mit ihr los war. Er hatte seine anfängliche Verlegenheit überwunden, aber dem Wochenende schien bereits die Luft ausgegangen zu sein. Vielleicht hatten wir uns beide zu sehr darauf gefreut. Daß die Liebe von Natur aus unberechenbar ist, ist genauso wahr wie alle anderen Schönschreib-Maximen. Und ich war jetzt derart in meine Gedanken vertieft, daß ich in Wallys Abwesenheit höchstens feststellen konnte, daß ich jedenfalls eine Schwäche für ihn hatte.

Wir hatten etwas Essen mitgenommen. Ich fing an, den Tisch fürs Abendessen zu decken, und zündete zwei Kerzen an, war aber dabei so abwesend, daß ich mich jetzt nur mehr an ein ganz allgemeines Bild des kleinen Häuschens erinnern kann; vom Essen weiß ich gar nichts mehr. Ich glaube, es gab ein Grammophon, und ich legte eine Platte auf.

Unerklärlicherweise ging mir *Warrender Chase* die ganze Zeit im Kopf herum, vor allem die erste Szene, wo Warrenders Mutter Prudence, sein Neffe Roland, und Charlotte, die gräßliche Haushälterin, im Salon von Warrenders Landhaus auf dessen Erscheinen warten.

Roland hat eben mit einer der südamerikanischen Indianermasken gespielt, die Warrender sammelt. Charlotte nimmt sie ihm weg: »Ihr Onkel schätzt es nicht, wenn man mit seinen Sachen spielt.« Marjorie, Rolands Frau, hat gerade einen Telefonanruf in der Halle entgegengenommen, ist darauf hinausgestürzt und davongefahren. Prudence fragt immer wieder: »Wo ist Marjorie nur hin?« und sagt: »Roland, geh und sieh nach, was mit Marjorie ist. Nimm das Fahrrad.« Roland redet über die Addiermaschinen, die er auf Kommissionsbasis verkauft. Charlotte sagt, sie interessiert sich nicht für Addiermaschinen; es sei schon so weit gekommen, daß es nichts mehr zu addieren gäbe, denn das Geld ist knapp geworden und Warrender muß zu viele Personen erhalten. Prudence weist darauf hin, daß die Maschinen auch subtrahieren. Dann sagt sie, Warrender habe angefangen, bestimmte Wörter auf neue Weise auszusprechen. Alle sprechen über diese neue Weise. »Dense« statt »dance«, »intersting« statt »interesting«, »lawst« statt »lost«. Constance wirft ein, daß Mr. Proudie so redet. »Proudies Aussprache ist leider der eines Gelehrten nicht immer angemessen«, sagt Prudence. »Dem dürfen wir jedenfalls entnehmen, daß Warrender in letzter Zeit viel mit Proudie beisammen war. Ich mache mir Sorgen um Marjorie, daß sie nach diesem Telefonanruf so einfach davonrannte. Und Warrender sollte auch schon hier sein. Wo ist er denn hin?«

Dann ließ ich meine Figur Charlotte ans Fenster treten. »Ich kann seinen Wagen kommen hören«, sagt Roland. »Nein, ich bin sicher, das ist Marjories Wagen. Warrenders Wagen macht *tum*-te-te-tum. Marjories Wagen macht tum, tum, *tum*-te-te, wie der hier.«

Prudence sagt: »Roland, hör auf, mit dieser Maske zu spielen, wenigstens mir zu Gefallen. Warrender hat eine Menge dafür bezahlt. Ich weiß, sie ist eine Fälschung, und Warrender auch.« Marjorie tritt ins Zimmer. »Was ist los, Marjorie?«

»Ach, ihr ist nicht gut, gebt ihr einen Drink, Wasser, irgendwas.«

»Marjorie, was ist passiert? Dieser Anruf. Bist du verletzt?« Endlich sagt Marjorie: »Warrender ist verletzt. Ein Zusammenstoß. Er ist schwer verletzt. Die Polizei hat angerufen. Ich fuhr zum Krankenhaus.

Ich konnte ihn zuerst gar nicht erkennen. Sein Gesicht, Warrenders Gesicht . . .« Sie fährt sich mit der Hand über ihr eigenes Gesicht und sagt: »Ich glaube, sein Gesicht ist völlig zerstört.« Hier geht Roland hinaus, um im Krankenhaus anzurufen. Charlotte: »Ist er tot?« Marjorie: »Nein, ich fürchte, er ist bewußtlos.« Jetzt stürzt sich Constance, die Englische Rose, auf den Ausdruck »ich fürchte, bewußtlos«. »Was meinst du, du fürchtest? Möchtest du, daß er stirbt?«

Roland kommt zurück: »Er ist tot.«

Draußen fuhr Wallys Wagen vor, und er kam lächelnd herein.

»Mrs. Richards hatte eine Operation. Gut, daß ich hinging. Sie kann noch ein paar Wochen nicht arbeiten. Sie ist sonst furchtbar verläßlich, ich wußte, daß etwas nicht stimmt. Nichts Ernstes, jedenfalls, sie hat mir nicht einmal die Narbe gezeigt. Die Männer zeigen einem so was immer.«

Ich sagte: »Hab ich dir erzählt, daß die Autobiographische Gesellschaft nach Northumberland übersiedelt ist, in Sir Quentins Haus?«

»Ach, vergiß sie, Fleur. Das war ein lausiger Job. Klingt gar nicht, als ob es zu dir gepaßt hätte. Edwina kann auch von Glück reden, daß sie sie los ist. Schrecklich für sie, einen Irren als Sohn zu haben. Vielleicht ist sie zu alt, um sich drüber aufzuregen.«

Jetzt beschloß ich, mir *Warrender Chase* mit Gewalt aus dem Kopf zu schlagen, und zu diesem Zweck erzählte ich Wally meinen neuen Roman, *Allerseelen*. Ich glaube, er war recht interessiert. Nach dem Abendessen gingen wir in den Pub auf einen Drink, dann gingen wir den Fluß entlang nach Haus und zu Bett. Aber es klappte nicht. Vor lauter Angst, geistesabwesend zu sein, »nicht da« mit Wally, konzentrierte sich jetzt mein

Kopf allzu absichtlich auf die Gegenwärtigkeit der Sache. Ich spürte, wie ich jedes Detail von Wallys Liebesanstrengungen überhell bemerkte, ich beobachtete, ich *zählte*. Ich war bei hellstem, konzentriertem Bewußtsein. In meiner Verzweiflung versuchte ich, an General de Gaulle zu denken, was die Sache noch schlimmer machte, viel, viel schlimmer.

»Ich fürchte, ich habe zu viel Bier getrunken«, sagte der arme Wally.

Am nächsten Morgen fuhren wir eine Stunde lang auf dem Fluß. Nach dem Mittagessen räumten wir das Häuschen auf und fuhren zeitig nach London zurück. Wally lud mich kurz nach fünf an meinem Haus ab.

Schon wieder Dottie, um Mitternacht. Ich zog mir den Schlafrock an und ließ sie herein. »Sir Quentin ist bei einem Autounfall ums Leben gekommen. Ein Frontalzusammenstoß, gestern abend«, sagte sie.

»Was ist mit dem anderen Wagen? Ist jemand verletzt?«

»Ja, die sind auch tot«, sagte sie mit jener Ungeduld, die erkennen ließ, daß sie es offenbar mit einem Trottel zu tun hatte, der die Nuß nicht von der Schale unterscheiden konnte.

»Wie viele waren im anderen Wagen?«

»Zwei, glaube ich, aber es geht doch um –«

»Gott sei Dank, daß er hin ist«, sagte ich.

»Um die Gültigkeit deines *Warrender Chase* zu beweisen.«

»Das hat nichts zu tun mit meinem *Warrender Chase*. Eine vollkommen andere Situation. Der Mann war durch und durch schlecht.«

»Sie waren alle da und haben auf seine Ankunft gewartet«, sagte Dottie. Ich beförderte sie hinaus.

Das Thema von *Warrender Chase* war tatsächlich von Gültigkeit. Solche Ereignisse, wie ich sie aufgezeichnet hatte, konnten geschehen, und sei es auch anders als in Wirklichkeit. Mein *Warrender Chase* war gültig, und ich entschied, daß Kapitel Eins, das mich in Wallys Cottage so verfolgt hatte, ruhig so bleiben konnte, wie es war.

Um zehn am nächsten Morgen rief ich Miss Fisher in Hallam Street an. Edwina, sagte sie, hätte die Nachricht sehr tapfer aufgenommen. Der Arzt sei bei ihr gewesen. Alles sei in Ordnung und Edwina sei ganz ruhig.

Nach dem Begräbnis holte mich Beryl Tims ein und sagte, so daß Edwina es hören mußte: »Sie werden irgend etwas mit Lady Edwina vereinbaren müssen. Sir Quentins Besitz fällt an sie zurück, und ich habe keine Versorgung.«

»Edwina«, sagte ich, »Mrs. Tims ist hier und möchte Ihnen ihr Beileid ausdrücken.«

»Ich habe sie bemerkt«, sagte Edwina.

Ich rollte sie fort, aufrecht, wie sie war, in ihrem glitzernden Schwarz. Was mich schockierte, war, daß Beryl Tims fast wörtlich wiederholte, was meine Charlotte bei Warrenders Begräbnis sagt.

Vom Tag des Begräbnisses an bis Ende Juni, als ich am Friedhof saß und mein Gedicht schrieb, hielt Dottie mich ausführlich über die Mitglieder der aufgelösten Gesellschaft auf dem laufenden.

»Wir wüßten gern«, sagte Dottie, »was mit den Biographien geschehen ist. Sie bekamen sie gar nie zu Gesicht.«

»Edwina hat sie vernichtet.«

»Hatte sie denn das Recht dazu?«

»Nehme ich an.«

»Dazu hast nicht etwa du sie angestiftet?«

»Nein, sie sagte mir einfach, sie hätte Miss Fisher alle Papiere vernichten lassen. Nichts von Interesse, und sie hatte nicht den Platz, um das aufzuheben.«

»Die arme Beryl Tims. Er hatte versprochen, ihr ein Legat auszusetzen. Weißt du, daß Eric Findlay zu seiner Frau zurückgegangen ist?«

»Ich wußte nicht, daß er jemals von ihr fort war.«

»Aber Fleur, er hat sie doch deinetwegen verlassen. Das stand in seiner Autobiographie. Du hattest eine Affäre mit ihm, Fleur.

Das habe ich schwarz auf weiß gesehen. Sir Quentin hat es mir gezeigt.«

»In seiner eigenen Handschrift?«

»Nein, natürlich nicht. Sir Quentin hielt es natürlich wortwörtlich fest. Er schrieb es für Eric.«

»Nun, es stimmt nicht. Er hat's erfunden.«

»Nicht ausgeschlossen«, sagte Dottie, »daß er es erfunden hat. Andererseits –«

»Hinaus.«

Und so ging es weiter. Maisie Young hatte einen Nervenzusammenbruch und erholte sich wieder, alles in diesen paar Wochen zwischen dem Begräbnis und meinem besonderen Tag auf dem Friedhof. Clotilde du Loiret war nach Frankreich in ein Kloster gegangen, um ihre Seele wiederzufinden, die sie verloren zu haben glaubte. Dottie kam öfter mit Pater Delaney zusammen, der sie gern zu Ringkämpfen ausführte und noch immer Dexedrin schluckte. Mrs. Wilks war in den Schoß ihrer Familie zurückgekehrt, besuchte jedoch Sir Quentins Grab täglich, wo sie mit ihm konversierte. Als ich Dottie fragte, ob irgend jemand das Grab von Bucks Gilbert besuchte, da sagte sie: »Ach was, Selbstmord ist eine Todsünde. Sie hätte nicht einmal ein christliches Begräbnis haben dürfen.«

Den ganzen Juni über sah ich Edwina häufig. Und Wally auch; er wollte mich noch einmal nach Marlow mitnehmen, zu einem besseren Wochenende. Aber ich mußte an allen meinen Wochenenden arbeiten, an meinem neuen Roman, an Buchbesprechungen, und ich wußte, daß ich bald eine Ganztagsstelle annehmen müsse.

Der Tag nach meinem Zusammentreffen mit dem Polizisten auf dem Friedhof von Kensington war Samstag, der erste Juli. Jetzt begann mein neues Leben. Ich bekam einen Brief von der großen und glorreichen Triad Press, einem altehrwürdigen Haus, das sich auf die Veröffentlichung von qualitätvollen Büchern spezialisiert hatte. Es war ein einfacher Brief:

Liebe Miss Talbot,
wir wären Ihnen dankbar, wenn Sie zum frühest möglichen Zeitpunkt einen Besuch bei uns vereinbaren könnten.

Hochachtungsvoll
Cynthia Somerville
The Triad Press.

Nun hatte Edwina über die Somervilles von Triad verlauten lassen, deren Großonkel sie gekannt hatte. Sie hatte gemeint, dort könnte ich vielleicht eine Stelle bekommen. Jetzt fiel mir ein, daß auch Solly einmal gesagt hatte: »Vielleicht bekommst du bei Triad einen Job.« Wahrscheinlich, dachte ich, hat entweder Edwina oder Solly mich empfohlen. Am nächsten Nachmittag erkundigte ich mich bei beiden. An diesem Sonntag führten wir Edwina nicht spazieren. Ich glaube, es regnete. Wir nahmen Tee in Hallam Street. Edwina hatte jetzt einen gutaussehenden, kräftigen Diener zu ihrem Haushalt hinzugefügt, einen Witwer namens Rudder, der vor dem Krieg Butler in einem großen Haus gewesen war, und ein Feldwebel in der Armee. Er kam mit den Rationen so gut zurecht, daß Edwinas Teeparties einen Stich ins Grandiose bekamen. »Nein, ich habe nichts zu Triad gesagt«, sagte Solly, den Brief umwendend, als enthielte er einen Geheimcode. Und auch Edwina schien nichts darüber zu wissen.

»Vielleicht hat das mit diesem Buch von Ihnen zu tun, Miss Fleur«, sagte Rudder, der schon ganz zur Familie gehörte. Dottie zufolge war er angeblich schon »sehr dick« mit Miss Fisher, und beide zusammen melkten Edwina nach Strich und Faden; jedenfalls nach Angabe von Dottie, aber ich sah nicht ein, was daran schlecht sein sollte, da Edwina bei ihnen offenbar in besten Händen war. Rudder hatte jetzt den Brief in der Hand. »Mir sieht's danach aus, daß die Ihr Buch wollen. Sehen Sie, sie sagen dankbar. Wenn Sie nun aber eine Stellung suchen, dann ist nie der Chef dankbar, dann haben Sie dankbar zu sein. Sehen Sie, hier, da steht ›Wir wären Ihnen dankbar, wenn Sie –‹«

»Mein Gott«, sagte Solly, »ich habe ihnen vor vier oder fünf

Wochen *Warrender Chase* geschickt. Das hatte ich ganz vergessen.«

»Ich hoffe, die sind auch dankbar genug«, krächzte Edwina.

Den restlichen Abend über beschrieb Solly das Triad-Trio. Zwei Brüder und eine Schwester. Sie taten alles unisono.

»Aber mach dir lieber nicht zuviele Hoffnungen«, sagte Solly. »Es könnte auch nur wegen eines Jobs sein. Vielleicht haben sie von irgendwem gehört, daß du eine Stelle suchst, und sie haben gerade eine frei.«

»Na ja, das wäre auch etwas«, sagte ich.

Es war nicht wegen einer Stelle. Es war wegen *Warrender Chase*.

Das berühmte Trio saß Seite an Seite am Schreibtisch. Es waren Leopold, Cynthia und Claude Somerville persönlich, Sachverständige in Fragen des Geschmacks und der *belles-lettres*. Ich glaube, sie hatten zusammen nur eine Seele. Ihre traurigen, graugrünen Augen waren identisch, ihre langen ovalen Gesichter sehr ähnlich. Leopold, der jüngste, Anfang dreißig, hüpfte jedes Mal ein wenig in seinem Stuhl, wenn er etwas sagte, was ihn aufregte. Cynthia saß vollkommen still, die Hände vor sich gefaltet. Sie trug ein graugrünes Kleid, genau in der Farbe der sechs Somerville-Augen; ihre Ärmel waren weit, es sah mittelalterlich aus. Claude war der älteste, sein Haar wurde schon grau; Claudes Aufgabe war es, die geschäftliche Seite zu besprechen, was er mit einem Ausdruck von so viel entschuldigendem und schüchternem Bedauern tat, daß es wahrhaft grausam gewesen wäre, die Bedingungen zu diskutieren oder den Vertrag in Frage zu stellen, den er, wie ich frohlockend bemerkte, fertig vor sich auf dem Tisch liegen hatte.

Ihr langer Tisch war glatt und glänzend, kein Löschpapier, keine Federhalter, keine Korrespondenzbehälter. Nur mein *Warrender Chase* lag vor Cynthia, vor Leopold eine Mappe mit den Gutachten der Lektoren, und vor Claude der Vertrag. So, wie sie waren, hätten sie für ihr Porträt sitzen können. Es fehlte nur noch im Hintergrund ein Brandenburgisches Konzert. Aber ich bin überzeugt, daß sie sich selbst nicht mit so viel Absicht inszenierten, wie es den Anschein hatte. Bis zu einem gewissen Grad pflegte die Triad zwar ihre Selbstdarstellung, aber im Lauf der Jahre wurde mir klar, daß ihr gemeinsames öffentliches Auftreten reiner Instinkt war, ja Genie.

Sie erhoben sich, um mich zu begrüßen, und setzten sich wieder. Leopold mit einem kleinen Extrahupf.

»Wir würden uns freuen, Ihren Roman herauszubringen«, sagte Cynthia. Die Geschwister lächelten unisono, kein breites Lächeln, aber ein freundliches.

Es wäre in diesem Augenblick schwer für mich auszudenken gewesen, daß Cynthia in der Tat ein Verhältnis mit einem Obstverlader in Covent Garden hatte, daß Leopold einem Bandleader nachrannte und Claude bereits verheiratet war, mit einer reichen amerikanischen Witwe mit bereits vier Kindern und zwei eigenen von ihm. Mir schien es vielmehr, als wäre die Triad aus dem Nichts plötzlich erstanden und als würde sie, kaum war ich fort, wieder ins Nichts zurückkehren.

Leopold klopfte auf den Akt mit den Gutachten der Lektoren und versicherte mir, diese seien so unterschiedlich, daß dies vom verlegerischen Gesichtspunkt aus als stimulierend zu betrachten sei. Er hüpfte auf seinem Stuhl und sagte: »Einige Lektoren fanden es gräßlich, andere waren begeistert.« – »Daher nehmen wir an, daß das Buch eine kleine Kultgemeinde finden wird«, sagte Cynthia. »Ein finanzieller Erfolg wird es sicher nicht«, fügte Claude hinzu. »Die allgemeine Auffassung ist«, sagte Leopold, »daß wenngleich das Böse in Warrender vielleicht eine Spur überbetont ist, Sie ein allgemeingültiges Thema haben.« (Hupf)

Ich sagte, ich hielte es für möglich, daß es Leute wie Warrender Chase im wirklichen Leben gebe.

Die drei stimmten unisono zu. Ich war überzeugt, daß unter den Lektoren, die das Buch gräßlich gefunden hatten, auch Theo und Audrey Clairmont waren, die manchmal für die Triad Press etwas lasen; und Jahre später erfuhr ich, daß gerade das Übermaß ihrer Bemühungen, *Warrender Chase* zu unterdrücken, die Triad Press schließlich dafür eingenommen hatte.

Ich wollte den Vertrag mitnehmen und zu Hause studieren, ein vernünftiger Wunsch. Aber ich hätte es nicht über mich gebracht, genausowenig wie alle anderen Menschen, die ich kannte, den sanften, zögernden Claude derart ins Herz zu treffen. Ich unterzeichnete auf der Stelle, sah nur noch zuerst nach, ob es eine Optionsklausel gab. Claude bemerkte meinen Blick. »Die Option ist zu Bedingungen, die noch festzulegen sind«, murmelte er, gleichsam atemlos hoffend, daß ich nicht noch meine Meinung ändern würde. Und er fügte hinzu: »Diese Formulierung halten wir für die taktvollste.« Er betonte das Wort »taktvoll«, mit dem Erfolg, daß Takt von der Vertragsunterzeichnungszeremonie vorübergehend abwesend war.

Aber es war in Wirklichkeit ein guter Vertrag. Der Vorschuß auf die Tantiemen waren noch nie dagewesene hundert Pfund, die ich brauchte. Ich wandte mich an Cynthia, als ich ihnen über meinen fast abgeschlossenen Roman *Allerseelen* berichtete und den Roman, den ich als nächstes plante, *Die Englische Rose*. Sie sah mich mit ihren graugrünen Augen an, Claude seufzte vor Verwunderung auf, und Leopold hüpfte zweimal. So begann meine lange Laufbahn als Romancier bei der Triad Press.

Ich streckte das Geld bis November, wo *Warrender Chase* herauskommen sollte. Ein schlechter Monat für Neuerscheinungen, aber Erstlingsromane mit unsicherer Zukunft mußten sicheren Büchern natürlich Vorrang lassen. Ich hatte die Fahnen korrigiert, tödlich gelangweilt davon. Mein *Allerseelen*, das ich in diesen Monaten aus ganzem Herzen liebte, war fast fertig.

Ich glaube, es war im September, daß Wally mich auf einen Besuch nach Cambridge nahm. Wir fuhren nach Grantchester, der Heimat von Rupert Brooke. »Steht die Uhr auf zehn vor drei?«

Die Kirchenuhr *stand* auf zehn vor drei. Auf Anordnung der Geschäftsleitung. Mich erfaßte ein plötzlicher Ekel vor der Uhr, vor Grantchester, vor Rupert Brooke und dem Ethos vom »Tee mit Honig bei«, und ich ließ mich darüber des längeren Wally gegenüber aus. Er zeigte durchaus Verständnis. Er sagte: »Ich hoffe nur, du nimmst mich von diesem Preisschießen aus.«

Wally heiratete schließlich eine Englische Rose, die alles über *placement* und Protokoll wußte und von jedermann bewundert wurde, die Kinderfrau ihrer Kinder mit eingeschlossen. Wally brachte es schließlich zum Botschafter mit einem Swimming Pool, der immer umsessen war von bedeutenden Persönlichkeiten und deren Gesponsen, zu denen Wally von Zeit zu Zeit herabstieg: »Ich konnte mich eben losmachen.«

Die Triad Press hatte tausend Exemplare von *Warrender Chase* gedruckt und rechnete damit, fünfhundert zu verkaufen. »Aber wir können auf ein paar gute Besprechungen zählen«, sagte Cynthia am Telefon. Sie schickten einen Fotografen zu mir in mein Zimmer, der mich für die Rückseite des Schutzumschlags aufnehmen sollte.

Ende Oktober erschien Leslies Roman, *Zwei Wege*. Es ging um das Porträt einer hartherzigen Frau, die mit einem armen Cockneyjungen um die Zuneigung unseres Helden rang. Mein Haupteinwand richtete sich gegen die Diktion. Leslie verwandte große Mühe auf idiomatische Ausdrucksweise, daß er sogar auf phonetische Schreibung zurückgriff, meiner Meinung nach immer ein Zeichen von literarischer Schwäche. »›Ow can yer do this ter me, guv'ner?‹« fleht Leslies junger Cockney. Wenn der Leser schon weiß, daß er es mit einem Cockneyjungen zu tun hat, braucht er sich nicht mit verschobenen Vokalen abzuquälen und dem falschen Schein von Authentizität.

Jedenfalls bekam Leslies Buch zwei Besprechungen, die Dottie mir bei ihren Besuchen stolz vorlegte. Sie waren recht matt, aber besser als gar nichts.

Gar nichts hingegen geschah mit *Warrender Chase* in den ersten zwei Wochen nach dem Erscheinen. Diese Stille kränkte mich zwar, aber nicht sehr tief, denn ich hatte das Buch schon halb vergessen, so viel hielt ich nämlich auf mein neues Werk.

Eines Donnerstagnachmittags ging ich zu Solly. Er hatte versprochen, mir etwas Geld zu borgen, damit ich meine Miete zahlen konnte, denn ich wartete auf das Geld für ein paar Buchbesprechungen und Artikel. Außerdem schuldete ich auch einem Zahnarzt Geld, dessen Sprechstundenhilfe langsam die Geduld verlor; ich hatte mich den ganzen Tag über geweigert, ans Telefon zu gehen, da ich überzeugt war, die hartnäckigen Anrufe kämen alle von ihr. Der Hausboy war ziemlich empört, als ich ihm bei der Vermittlung sagte, er solle allen sagen, ich sei nicht zu Haus. Er sagte, er tische den Leuten nicht gern Lügen auf. Ich erklärte, Nicht zu Haus sei keine Lüge. Er gab mir zwar theoretisch recht, klang aber nachträgerisch.

Solly saß umgeben von seinem üblichen Durcheinander von Zeitungen und Zeitschriften. Ich sagte: »Geldborgen ist mir peinlich. Aber ich werd's dir bald zurückzahlen.«

»Deine Sorgen möchte ich haben«, sagte Solly. Er lächelte mitten in die Zeitungen hinein, die über seinen Schreibtisch und seinen Stuhl quollen. Darunter gab es einige Wochenzeitungen. Ich sah auch den *Evening Standard*, und dann sah ich mein Foto. Alles war voll mit Besprechungen von *Warrender Chase*, alle ziemlich günstig, alle ziemlich ausführlich. Solly sagte, er hätte gehört, daß in den Sonntagszeitungen das gleiche passieren würde. Das Foto im *Evening Standard* trug die Unterschrift: »Fleur Talbot im mit Büchern überfüllten Studio ihres Stadthauses«. Das war alles schon lange her.

Ich weiß noch, daß Theo Clairmont einer der Sonntags-Kritiker war. Er sagte, es handle sich hier ohne Zweifel um ein bedeutendes Buch, daß aber die Autorin wahrscheinlich ein zweites zu schreiben nicht imstande wäre. Die Prophezeiung erfüllte sich nicht, denn *Allerseelen* kam so gut an wie *Warrender Chase*, und danach *Die Englische Rose* und andere, oft etwas mehr, dann etwas weniger.

Und noch etwas fällt mir ein, von diesem Tag, an dem ich zu Solly ging, um mir Geld für die Miete zu leihen: bei meiner Rückkehr war Mr. Alexander an der Tür, um mich herzlich willkommen zu heißen, einen *Evening Standard* in der Hand. Er bat mich, doch mit ihm und seiner Frau einen Drink zu nehmen. Ich sagte: »Ein anderes Mal.« Auch der Hausboy war ganz aufgeregt, er wußte nicht, was er mit den vielen telefonischen Botschaften tun sollte, und war gleichzeitig hypnotisiert von meinem Bild in der Zeitung. Er war nicht völlig überzeugt, daß ich mir nicht vielleicht irgend etwas zuschulden hatte kommen lassen.

Und ich weiß noch, daß Leslie mich an diesem Abend besuchte. Er gratulierte mir zu meinem Glück. Er sagte: »Natürlich ein populärer Erfolg . . .«, und sprach den Satz nicht zu Ende. Dann sagte er: »Also, du kannst immer mit mir rechnen«, als wäre ich gegen Kaution auf freien Fuß gesetzt. Die Telefonanrufe hatten sich gehäuft. Der Hausboy brachte mir ein Bündel davon herein, und um neun Uhr abends kam noch ein weiterer Berg dazu. Ich nahm sie mit ins Bett und fühlte mich völlig erschöpft. Ich ging sie eine nach der anderen durch. Einige von den Leuten, die ich zurückrufen sollte, waren Miss Maisie Young, Mrs. Beryl Tims, Miss Cynthia Somerville von der Triad Press, Mr. Gray Mauser, der Feuilletonredakteur von *Good Housekeeping*, der Literaturredakteur der *Evening News*, Mr. Tim Sutcliffe vom Dritten Programm der BBC, Mr. Revisson Doe; und noch viele andere, darunter Dottie.

Ich rief Dottie zurück. Sie warf mir vor, daß ich alles sorgfältig geplant hätte. »Du wußtest, was du tatest«, sagte sie. Ich bekannte mich zu vorsätzlichem Herumlungern und sagte, ich würde am Morgen nach Paris abreisen.

In Wirklichkeit flüchtete ich mich ein paar Wochen zu Edwina in die Hallam Street, bis sich die Aufregung gelegt hatte. Ich hatte zu arbeiten. Erfolg ist ein Gegenstand wie jeder andere auch, und ich wußte zu wenig darüber, damals wenigstens, um darüber zu diskutieren und Fragen darüber zu beantworten. In diesen Wochen verkaufte Triad die amerikanischen Rechte, die Paperback-Rechte, die Filmrechte und die meisten Auslandsrechte von *Warrender Chase*. Leb wohl, meine Armut. Leb wohl, meine Jugend.

Das ist schon lange her. Ich habe seither immer geschrieben, und mit großer Sorgfalt. Ich hoffe immer, daß die Leser meiner Bücher von guter Qualität sind. Ich hätte es nicht gern, wenn billige Leute meine Bücher läsen.

Edwina starb im Alter von achtundneunzig. Ihr Diener Rudder hatte Miss Fisher geheiratet, und die beiden erbten ihr Vermögen.

Maisie Young hat ein Vegetarier-Restaurant eröffnet, welches unter Leitung von Beryl Tims floriert.

Pater Egbert Delaney wurde wegen Exhibitionismus im Park festgenommen und in ein Resozialisierungsheim geschickt. Dottie, meine Hauptinformantin über alle diese Leute, hat ihn seither aus den Augen verloren.

Sir Eric Findlay starb in gutem Einvernehmen mit seiner Familie, nachdem er lange genug lebte, um sich einen Ruf eher als Exzentriker denn als Irrer zu verschaffen.

Die Baronin Clotilde du Loiret starb ebenfalls irgendwann in den sechziger Jahren, in Kalifornien, wo sie einer bestens organisierten religiösen Sekte beigetreten war. Dottie zufolge starb sie in den Armen ihres geistigen Führers, eines orientalischen Mystikers.

Ich habe keine Ahnung, was mit Mrs. Wilks geschah.

Aber ich trauere um Solly Mendelsohn. Solly, mit seinem großen nachtbleichen Gesicht über Hampstead Heath trampelnd und hinkend. O Solly, mein Freund, mein Freund.

Dottie hat sich scheiden lassen und hat so oft wieder geheiratet, daß ich nicht mehr weiß, wie sie jetzt heißt. Ich lebe in Paris; und Dotties jüngster Ehemann, der Journalist ist, hat sie vor ein paar Jahren auch hierher gebracht. Sie hat Probleme mit ihren Kindern. Sie hat das häßlichste Enkelkind, das ich je gesehen habe, aber sie hängt an ihm. Unter Stress steht Dottie spät nachts unter meinem Fenster und singt »Auld Lang Syne«, ein Lied, dem die Franzosen um ein Uhr fünfundzwanzig in der Frühe keinen Geschmack abgewinnen können.

Als ich neulich Dottie in ihrer kleinen Wohnung besuchte, stritt sie mit mir, darüber, daß ich mich, zum Unterschied von ihr selber, vor dem wirklichen Leben gedrückt hätte; ärgerlich wie gewöhnlich trat ich in den Hof hinaus. Ein paar kleine Jungen spielten Fußball, und der Ball flog gerade auf mich zu. Ich kickte ihn zurück, mit einer zufälligen Gewandtheit, die lange Übung und harte Bemühung mir nie verschafft hätten. Fort flog er in die Luft und landete in den wartenden Händen des kleinen Jungen. Der Junge grinste. Und nachdem ich so die Fülle meiner Jahre erreicht habe, gehe ich von hier durch Gottes Gnade froh und glücklich meines Wegs.

Muriel Spark im Diogenes Verlag

Bitte nicht stören

Roman. Aus dem Englischen
von Otto Bayer. Leinen

In den Dienstbotenräumen der Villa Klopstock wird ein merkwürdiger Auftritt geprobt und Possen des Schreckens und der Anstößigkeit ausprobiert... In der Dachstube heult der Geistesgestörte, der über seine Pflegerin in Wut gerät, lauter als der Sturm vor dem Haus... In der Bibliothek unterhalten sich in aller Ruhe der Baron und die Baronin mit ihrem hübschen Sekretär und wollen nicht gestört werden...
...alles ist vorbereitet für die »große Tragödie«, das höchst einträgliche Verbrechen aus Leidenschaft.

»Eine brillante schwarze Komödie, ein Hexengebräu, das prickelt wie erlesener Champagner mit ein paar Tropfen Arsen und einer Prise Aphrodisiakum.«
Publishers Weekly, New York

»Bedrohlich und voll schwarzen Humors, ein Meisterwerk ohnegleichen.« *The Times, London*

»Ich bin Mrs. Hawkins«

Roman. Deutsch von Otto Bayer
Leinen

»Muriel Spark spinnt ihre Fäden und Intrigen wie außer ihr höchstens noch Agatha Christie. Sie stellt den Leser vor ein Rätsel, hier in Form eines anonymen Briefes, den Wanda, die kleine polnische Schneiderin, erhält... Am Ende sind wir baff, und es ist, als erführen wir endlich, wer der Mörder ist... Das wunderbarste Buch seit Jahren.« *The New York Times*

Das einzige Problem

Roman. Deutsch von Otto Bayer
detebe 21599

Es beginnt wie eine moderne Ehekomödie, es endet wie ein Kriminalroman: die tragische Geschichte eines reichen Mannes, der ein Buch über Hiob schreibt und im Leben das Prinzip des Bösen erforscht.

»Diese Mischung von spannender Unterhaltung und ernsteren Erörterungen, die an Graham Greene erinnert, gelingt nur wenigen Autoren.«
Matthias Wegner/Frankfurter Allgemeine Zeitung

Hoheitsrechte

Roman. Deutsch von Mechtild Sandberg
detebe 21580

In Venedig, der Stadt der Kanäle, tummeln sich zwischen Gondeln und Palästen allerlei seltsame Gestalten.

»Muriel Spark in Hochform. Dieser Roman erinnert an die besten Werke von Evelyn Waugh.«
Daily Express, London

Päng päng, du bist tot

Erzählungen. Deutsch von Matthias Fienbork
detebe 21533

Im vorliegenden Band finden sich Erzählungen aus über dreißig Jahren, soweit sie nicht bereits in *Portobello Road* (detebe 20894) veröffentlicht wurden.

Das Mandelbaumtor

Roman. Deutsch von Hans Wollschläger
detebe 21466

Muriel Spark erzählt das Abenteuer der englischen Lehrerin Barbara Vaughan, die nach Jerusalem fährt, um sich über sich selbst klarzuwerden.

»Das ist Muriel Spark: eine Meisterin in der Kunst, das Phantastische erst plausibel zu machen, es dann aufzuheben und die Unsicherheit des Lesers auszunutzen zu einer zweiten Ebene der Ironie dem Leben gegenüber, das sie in diesem Roman schildert.«
Die Zeit, Hamburg

Mädchen mit begrenzten Möglichkeiten

Roman. Deutsch von Kyra Stromberg
detebe 21399

»Mit der ihr zu Gebote stehenden Mischung von Zynismus und Trockenheit, von Frische und Bosheit, die je nach Bedarf ihre Krallen zeigt oder versteckt, erzählt Muriel Spark die Geschichte eines Clubs für Mädchen, die während des ersten Nachkriegsjahres in London Unterkunft gefunden haben.«
Neue Zürcher Zeitung

Vorsätzlich Herumlungern

Roman. Deutsch von Hanna Neves
detebe 21195

»In ihrem seit Jahren witzigsten, gewitztesten und unterhaltendsten Roman führt uns Muriel Spark durch die schäbigeren Zirkel der literarischen Welt von 1949. Hauptfigur ist Fleur Talbot, die überzeugt ist, einen außergewöhnlichen Roman zu schreiben.«
Publishers Weekly, New York

»*Vorsätzlich herumlungern*, eine Art Zusammenfassung meines Lebens.« *Muriel Spark*

Robinson

Roman. Deutsch von Elizabeth Gilbert
detebe 21090

Es gab drei Überlebende bei der Flugzeugkatastrophe. Die Lissabon-Maschine war über Robinsons kleiner vulkanischer Insel abgestürzt, tausend Meilen fern von jeder Zivilisation.

Die Tröster

Roman. Deutsch von Peter Naujack
detebe 21089

Caroline Rose, eine junge Schriftstellerin und frische Konvertitin, hört Stimmen, die sie und ihr Schicksal in ein imaginäres ›Buch im Buche‹ einweben.

»Die Anfänge einer so ungewöhnlichen Begabung verfolgen zu können, gewährt großes Vergnügen. Jede Seite der *Tröster* beweist es.«
Martha Nowak/Tages-Anzeiger, Zürich

Die Blütezeit der Miss Jean Brodie

Roman. Deutsch von Peter Naujack
detebe 21055

Miss Brodie, eine Lehrerin in den besten Jahren, benutzt fünf junge Mädchen dazu, ihre eigenen politischen, ästhetischen und auch erotischen Wünsche zu erfüllen.

»Muriel Sparks immer leicht karikierender Stil hat die Attraktion eines geistigen Amüsements, das keine intellektuelle Langeweile aufkommen läßt und seine vergnügliche Feuerwerkerei bis zum Ende durchhält.«
Karl Krolow/Süddeutsche Zeitung

Portobello Road

Erzählungen. Deutsch von Peter Naujack
und Elisabeth Schnack. detebe 20894

»Die Erzählung *Portobello Road* ist ein kleines, in sich geschlossenes Werkchen, das mit seinem geheimnisvollen, soll ich sagen, ›metaphysischen‹ Ausklang in der Erinnerung haftet.«
Erich Pfeiffer-Belli/Welt der Literatur

Junggesellen

Roman. Deutsch von Elisabeth Schnack
detebe 20893

Junggesellen ist eine durch und durch englische Tragikomödie, wo üppiger geistreicher Witz seine Purzelbäume schlägt, wo tiefer, fast bitterer Ernst den Bodensatz bildet, wo beißende Ironie wie harmlos-liebenswürdiger Humor duftet und derbe Realistik höchste Stilisierung ist.«
Paul Ludwig Walser/Landbote, Winterthur

Memento Mori

Roman. Deutsch von Peter Naujack
detebe 20892

»Dieses ist ein Roman über die irdische Unbrauchbarkeit. Die Helden und Heldinnen stehen hoch in den Siebzigern, viele sind achtzig und darüber. Ihre letzte und wesentliche Aufgabe ist, ›der nächsten Generation das Sterben vorzuleben‹. Ein Buch, das unzeitgemäß ist, ein Buch, das bleiben wird.« *Die Zeit, Hamburg*

Die Ballade von Peckham Rye

Roman. Deutsch von Elisabeth Schnack
detebe 20119

Der Roman beleuchtet das vielgesichtige Leben unter Londoner Fabrikarbeitern und -arbeiterinnen, Stenotypistinnen und Fabrikanten, in das Dougal Douglas, der junge, zynische Held, Unruhe und Verwirrung bringt.

»Wir müssen alle dankbar sein, daß eine so brillante Schriftstellerin wie Mrs. Spark über ›ärgerliche‹ Dinge in einem so köstlichen Kontrast zu der üblichen garstigen Ernsthaftigkeit schreiben kann.« *Edna O'Brien*

Joan Aiken im Diogenes Verlag

Fanny und Scylla oder Die zweite Frau

Roman. Aus dem Englischen
von Brigitte Mentz. Leinen

»In ein englisches Spukhaus des 18. Jahrhunderts und das bunt-grausame Indien der Maharadschas führt Publikumsliebling Joan Aiken in ihrem neuen aufregenden Roman *Fanny und Scylla* ...
Joan Aiken verfügt, wenn man so will, über eine fast ausgestorbene Meisterschaft: Die Kunst, ungetrübtes Lesevergnügen zu bereiten.« *buch aktuell*

»Joan Aiken besitzt ein seltenes Erzähltalent, in dem sich psychologischer Scharfblick mit der Gabe vereinigt, den heutigen Leser in Spannung zu halten, obwohl die Handlung in eine ferne Vergangenheit führt.« *Die Furche, Wien*

Du bist Ich

Die Geschichte einer Täuschung
Deutsch von Renate Orth-Guttmann
Leinen

Man schreibt das Jahr 1815. In einem feinen Mädchenpensionat in England stellen Alvey Clement und Louisa Winship fest, daß ein einzigartiges Band sie eint. Zwar stammen sie aus sehr unterschiedlichen Gesellschaftsschichten und sind vom Temperament her ganz verschieden, aber vom Aussehen her *sind sie sich völlig gleich*. Dieser überraschende Zufall paßt der verwöhnten Louisa sehr gut ins Konzept.

»Wie Patricia Highsmith versteht es Joan Aiken, eine Geschichte langsam anlaufen zu lassen und sie mit unerbittlicher Hand zum dramatischen Knoten und dessen Auflösung zu führen.« *Die Presse, Wien*

Ärger mit Produkt X

Roman. Deutsch von Karin Polz
detebe 21538

Als Martha Gilroy den Auftrag bekam, eine Werbekampagne für ein aufregendes neues Parfüm zu starten, hatte sie keine Ahnung, worauf sie sich da einließ. Eine Reise nach Cornwall, wo sie einige Werbeaufnahmen machen wollte, geriet zu einem Horrortrip.

»*Ärger mit Produkt X* ist der Titel eines herrlich spannenden Krimis, dessen Autorin einen Hang zur Satire hat. Dies macht die Lektüre so amüsant.«
Martina I. Kischke / Frankfurter Rundschau

Tote reden nicht vom Wetter

Roman. Deutsch von Nikolaus Stingl
detebe 21477

Jane, Graham und die beiden Kinder sind eine ganz normale Familie. Graham ist Architekt, Jane hat ihre Arbeit bei einer Londoner Filmfirma aufgegeben, seit sie in das neue, teure Haus auf dem Land gezogen sind. Geldprobleme zwingen Jane bald dazu, ihren alten Job wieder anzunehmen und dem finsteren Ehepaar McGregor tagsüber Haus und Kinder anzuvertrauen…

»Joan Aiken präsentiert uns rabenschwarze, schaurigschöne Geschichten.« *Die Welt, Bonn*

Die Kristallkrähe

Roman. Deutsch von
Helmut Degner. detebe 20138

Kleine alltägliche Schrecknisse steigern sich in der *Kristallkrähe* über große Verwirrungen zu einem finsteren Ende. Da ist die junge Schriftstellerin, die mit ihrer entsetzlich eifersüchtigen Freundin zusammenlebt, die Ärztin und ihr Bruder, dem sie eine tödliche

Krankheit bescheinigt, dazu kommen diverse Schizophrene und Depressive und – ein entwichener Leopard.

»Als ihr Krimi *Die Kristallkrähe* erschien, verglichen die Kritiker sie mit Patricia Highsmith, Celia Fremlin und Margaret Millar. Wenn eine Bezeichnung auf sie paßt, dann wäre das: Storyteller, Geschichtenerzählerin.« *Titel, München*

Der eingerahmte Sonnenuntergang

Roman. Deutsch von Karin Polz
detebe 21473

Lucy reist nach England, um herauszufinden, was mit ihrer alten Tante Fennel und deren Freundin geschehen ist. Die beiden alten Damen lebten im High Beck Cottage am Rand des Hochmoors von Yorkshire. Nun scheinen sie verschwunden zu sein. Was wie ein ganz normaler Verwandtenbesuch beginnt, entwickelt sich rasch zu einem gefährlichen Abenteuer für Lucy...

»Das Beiwort ›unterhaltsam‹ ist für den Psycho-Thriller *Der eingerahmte Sonnenuntergang* von Joan Aiken schlichte Tiefstapelei. Die Lektüre dieses Buches ist ein hochgradiges Vergnügen.«
Martina I. Kischke/Frankfurter Rundschau

Haß beginnt daheim

Roman. Deutsch von Nikolaus Stingl
detebe 21686

Nach einem Nervenzusammenbruch ist Caroline zur Erholung bei ihrer Familie: der Mutter Lad, Trevis, der älteren Schwester Hilda und einer alten Tante. Doch statt zu genesen, wird sie immer verwirrter...

»Das Quartett der vier bösen Damen – Patricia Highsmith, Margaret Millar, Ruth Rendell [d.i. Barbara Vine] und Joan Aiken – ist auf dem Gebiet des Psycho-Krimis nicht zu schlagen. Die Damen verbreiten jenen

sanften Schrecken, dem Thriller-Fans nicht widerstehen können.«
Martina I. Kischke/Frankfurter Rundschau

Der letzte Satz

Roman. Deutsch von Edith Walter
detebe 21743

Willkommen in Helikon, dem eleganten Insel-Sanatorium, das seine Gäste vor allen Bedrohungen schützen kann. Außer vor sich selber...

»Dieses Buch ist eine Wonne!« *The Times, London*

Das Mädchen aus Paris

Roman. Deutsch von
Nikolaus Stingl. detebe 21322

Wohin sie geht, zieht Ellen Paget Liebhaber an: den ambivalenten Professor Bosschère in Brüssel, den unberechenbar-eigenwilligen Comte de la Ferté in Paris, ihren Stiefbruder Bénédict. Ihre gebieterische Patin, Lady Morningquest, bereitet einer zarten Romanze ein rasches Ende und schickt Ellen nach Paris...

»Wieder einer der bestrickenden, aufregenden Romane, die Joan Aiken seit zwanzig Jahren zu einem Publikumsliebling machen.«
Publishers Weekly, New York

Alison Lurie im Diogenes Verlag

Die Wahrheit über Lorin Jones

Roman. Aus dem Amerikanischen
von Otto Bayer. Leinen

»Alison Lurie ist die literarische Verhaltensforscherin der Denkmoden, der Konkurrenz- und Sexualgewohnheiten ganz normaler mittelständischer Stadtneurotiker.
Diesmal geht's um die New Yorker Kunsthistorikerin Polly Alter, die über die verstorbene und vergessene Malerin Lorin Jones eine Biographie schreiben soll. Polly beginnt mit lauter fixen Vorurteilen – Lorin Jones als Pollys Alter ego und als Opfer der New Yorker Kunst-Machos, die die geniale Schöne aufbauten und fallenließen –, und sie endet beschämt und verwirrt, denn die Wahrheit über Lorin Jones ist peinlicher, widersprüchlicher und komplizierter, als Polly dachte. Alison Lurie hat nicht nur ein Spottporträt über die New Yorker Kunstszene mit ihren eitlen Ticks und miesen Tricks geschrieben; nebstbei ist ihr auch noch eine hinterhältige Satire auf die Tücken des Biographengewerbes gelungen – sie läßt ihre Polly beim Recherchieren trotz allem Argwohn auf jeden Schmäh hereinfallen und von Panne zu Panne stolpern, allerdings immer in Richtung Wahrheit.« *profil, Wien*

Varna oder Imaginäre Freunde

Roman. Deutsch von Otto Bayer
detebe 21855

Ein junger amerikanischer Soziologiedozent, etwas zu scheu und voller ethischer Grundsätze, stößt auf einen etwas zu selbstsicheren und ziemlich rücksichtslosen Professor und Mentor. Die beiden mischen sich, zwecks »teilnehmender Beobachtung einer isolierten Kleingruppe«, unter eine Vereinigung kleinstädtischer religiös-spiritistischer Fanatiker, die glaubt, von Ro, dem Herrscher des Planeten *Varna*, erleuchtet zu sein. Eine hochexplosive Synthese, die Beziehungen köcheln, und das Durcheinander brodelt.

»Luries vollendetste Komödie, eine wunderschöne Metapher auf die unzähligen Schattierungen zwischenmenschlicher Beziehungen.«
Times Literary Supplement, London

Liebe und Freundschaft

Roman. Deutsch von Otto Bayer
detebe 21756

»Ein höchst unterhaltsamer, witziger und bisweilen komischer Roman.«
Volker Hage/Sender Freies Berlin

»Ein Ehebruch, bei dem gewissermaßen alles stimmt. Nach fünf, sechs angenehm verbrachten Ehejahren hat sich die schöne Frau entliebt. Sie ist in häuslicher Monotonie ermüdet und gekränkt von der zunehmenden Verschlossenheit, wohl auch Herablassung des Gatten. Was sie von seiner Arbeit hält, berührt ihn kaum. Kann er überhaupt noch zwischen Menschen und Einrichtungsgegenständen unterscheiden? Die Zeit für einen Liebhaber ist reif… Alison Lurie erreicht, was so oft verfehlt wird: die Wahrheit über das, was man ›das Leben‹ nennen könnte oder auch ›das Menschenherz‹.« *Christa Rotzoll/FAZ*

Affären

Eine transatlantische Liebesgeschichte
Deutsch von Otto Bayer
detebe 21600

Vinnie Miner, Amerikanerin, nach ironischer Selbsteinschätzung »alt, klein, unattraktiv und nicht verheiratet«, reist mit einem Forschungsstipendium nach London. Dorthin ist auch ihr attraktiver junger Kollege Fred Turner unterwegs. Beide sind allein. Keiner der beiden ist auf eine *Affäre* aus.

»Ein gleichermaßen witzig-melancholischer wie intelligenter Unterhaltungsroman.« *Die Zeit, Hamburg*

Ein ganz privater kleiner Krieg

Roman. Deutsch von Hermann Stiehl
detebe 21614

Bei der Familie Tate war noch bis vor kurzem alles in Ordnung: Die Ehe so wenig getrübt wie die Freude an den Kindern, das Heim behaglich. Mit einem Mal ist nichts mehr in Ordnung. In der Nachbarschaft entstehen scheußliche Häuser, die Kinder benehmen sich unerträglich, und Erica Tate muß entdecken, daß ihr Mann Brian sie mit einer Studentin betrügt.

»Stilvoll, komisch, distanziert und zärtlich, von seltenem Witz und Einfühlungsvermögen: Alison Lurie schreibt wie ein Engel. Sie ist sowohl von Truman Capote wie von Christopher Isherwood mit Jane Austen verglichen worden – eine kühne Behauptung, aber dieser Roman rechtfertigt sie durchaus. Ein großartiges Buch.« *Sunday Times, London*

Shirley Jackson im Diogenes Verlag

Wir haben schon immer im Schloß gelebt

Roman. Aus dem Amerikanischen von
Anna Leube und Anette Grube

Wie man einen Hexentrank braut:
Man nehme
»eine seltsame, gruselige Geschichte und die Zutaten
Haß und Angst in verzauberter Umgebung«*
Dann füge man hinzu
»zwei Schwestern, in psychotischer Einsamkeit mit
einem alten Onkel in einem großen Haus
auf einem Hügel«**
Und schmecke ab mit
»einem Hauch sanften Wahnsinns und einer ganz
speziellen Art von Zauberei und Verführung«***
Resultat
dieses Buch, ein Gebräu aus unwiderstehlichem
Grausen und anhaltender Faszination,
das garantiert *Sie* zum nächsten Opfer macht.
**Publishers Weekly* ***Newsweek*
****Virginia Kirkus Bulletin*

»Das Buch geht unter die Haut. Die gespenstische Atmosphäre, in der die beiden Schwestern und der halbverrückte Onkel leben, ist so beklemmend geschildert, daß man von der Lektüre nicht mehr loskommt, bis man endlich die letzte Seite erreicht hat.«
Frankfurter Rundschau

Die Teufelsbraut

25 dämonische Geschichten. Deutsch
von Anna Leube und Anette Grube

Die Teufelsbraut oder *Die Abenteuer des James Harris*, wie dieser Band auch heißen könnte, ist eine Sammlung kurzer, merkwürdiger Geschichten über die dunkle Seite der menschlichen Natur. Geschichten über Wahnsinn, unglückliche Liebe und Angst, beklemmend leise und alle auf rätselhafte Weise zusammenhängend – von der ersten bis zur berühmten letzten *Die Lotterie* jede ein kunstvolles, behexendes Meisterwerk.

»Die Elemente der klassischen Schauergeschichte mischt sie geschickt mit den Erkenntnissen der modernen Psychologie. Man möchte noch viel mehr von ihr lesen.« *Frankfurter Allgemeine Zeitung*

»In Shirley Jacksons Büchern gibt es weder Roheit noch Brutalität, keine wirklichen Schurken und keine echten Engel. Auf ganz leisen Katzenpfoten kommt das Grauen, und nur kurz hebt sich der Nebel über der Grenze zwischen sanftem Wahn und harter Wirklichkeit. Die Erzählungen sind erstaunlich.«
Brigitte, Hamburg

»Sie wurde zu Recht mit dem Edgar-Allan-Poe-Preis ausgezeichnet.« *Süddeutsche Zeitung, München*